여성동학다큐소설
공주편

비구름을
삼킨 하늘

비구름을 삼킨 하늘

이장상미 지음

보여주는사람들

머리말

　동학의 구전 자료를 모으러 다니시던 분에게 마을 어르신께서 우금티를 바로 눈앞에 두고 동학농민군 수천 명이 죽고 도망간 것이 아쉬워서 '무르팍으로 내밀어도 나갈 수 있었는데, 주먹만 내질러도 나갈 수 있었는데 그걸 못 했다.'는 이야기가 마을에서 전해 오고 있다고 전해 주었다고 한다.

　내가 살고 있는 공주시 금학동은 바로 120여년 전 동학농민군들이 목숨을 걸고서 넘고자 했지만 끝내 넘지 못한 곳이다. 우리집에서 우금티는 걸어서 불과 10여 분 거리에 있다. 어쩌면 너무도 편안하게 우금티를 넘어 살고 있는 부채 의식이 나를 이 무모한 도전으로 이끌었는지 모르겠다. 그러나 공주는 우금티뿐만 아니라 곳곳이 동학농민혁명의 유적지이기도 하다. 시내 한복판에 자리 잡은 공주사대부고는 삼례, 보은 집회의 시발점이 된 1892년 공주 집회가 열렸던 충청 감영 자리다. 또한 시내에서 멀지 않은 이인, 효포, 유구, 계룡 등 공주 지역 곳곳이 동학혁명의 격전지로 역사에 올라 있다.

　지역만이 아니다. 녹두장군 전봉준으로만 기억하는 동학의 인물들 중에는 공주에서 활약했던 윤상오, 이유상, 임기준, 장준환 등이 역사의 기록으로 올라 있다. 한두 줄에 담긴 이들의 기록이지만 동학혁명의 기치로 모여 목숨 걸고 싸웠던 수많은 사람 중에 한 사람임이 틀림없다. 이처럼 공주의 곳곳에 숨겨져 있는 동학의 역사 유적지와 인물들을 발로 뛰어다니면서 채록하고 정리한 분들이 계셨다. 안타깝게 이미 돌아가신 분(구상회 선생님)도 있지만 현재에도 왕성하게 활동하시는 분(정선원 선생님)도 있다. 동학의 모든 자료를 아낌없이 내어주신 박맹수 교수님과 정선원 선생님께 고마움을 전한다. 나는 그분들이 모아 놓은 자료에 '숟가락만 살짝 얹어 놓았을 뿐'이다. 그분들이 수집한 방대한 자료 중 지극히 일부분만 소설이라는 형식으로 풀어 놓았다. 공주의 우금티만 기억하는 사람들에게 공주 동학을 더 널리 알리고 싶었다. 이 소설을 쓰기 위하여 자료를 찾고 인터뷰와 공부를 하면서 얻은 표현(문장)이 일부나마 소설 속에 인용되기도 했으나 일일이 출처를 밝히지 못하였음을 양해 바란다.

고교 시절 막연하게 문학소녀를 꿈꾼 것이 전부인 내가 단편도 아닌 장편소설, 그것도 역사다큐소설에 도전한 것은 지금 생각해도 제정신이 아닌 선택이었다. 그러나 그것은 운명이었다. 동학소설을 쓰려고 자료를 모으러 다니며 동학언니들은 대부분 본인의 의지가 아닌 하늘의 뜻이라고 말한다. 나도 마찬가지다. 어쩌면 하늘이 나에게 내린 숙제인지도 모르겠다. 동학소설을 쓰면서 많은 분에게 물질적, 정신적으로 큰 도움을 받았다. 모두에게 고마움을 전한다. 특히 몸과 마음이 힘들 때마다 나를 일으켜준 가족들, 소울친구들과 사진을 찍어준 송영옥 님에게 고마운 마음을 전한다.

2015년 가을 우금티에서 공주 시내를 바라보며   이장상미

차례

비구름을 삼킨 하늘

프롤로그/ 1891년 동이

분명 어린 소녀다.

달빛에 비친 창백한 얼굴과 풀린 눈동자, 저고리 앞섶이 풀어 헤쳐져 봉긋하게 삐져나와 반쯤 드러난 작은 젖가슴, 겉치마 한쪽이 찢어져 넘어질 듯 휘청거리며 걸을 때마다 치마 사이로 뽀얀 허벅지가 드러났다. 이유상은 정신이 온전치 못한 여자아이가 틀림없다고 생각하면서도 눈을 떼지 못했다.

그러다 사대부의 체통을 잊은 자신에게 놀라 서둘러 자리를 털고 일어서려다 소녀가 주저 없이 저수지 물속으로 향하는 발걸음에 엉거주춤 몸을 낮췄다.

달빛에 흔들리는 소녀의 그림자가 위태로웠다.

"위험해! 뭐하는 짓이냐?"

저수지 물속으로 소녀의 발목이 잠겨 들어가자 이유상은 자기도 모르게 고함을 지르며 자리에서 벌떡 일어났다. 그러나 그 소리가 들리지 않는 듯 소녀의 발길은 멈추지 않았다. 이유상의 눈앞에서 순식간에 소녀의 작은 몸이 점점 검은 물속으로 잠겨 들었다.

"위험하다니까. 멈춰라."

이유상은 다급하게 도포와 신발을 벗어 던지고 물속으로 뛰어들었다. 한여름 밤의 저수지 물은 깜짝 놀랄 정도로 차가웠다. 이유상이 반은 걷고 반은 헤엄치며 다가가 가까스로 팔을 잡은 것은 소녀의 몸이 가슴까지 잠긴 후였다.

이유상에게 붙잡힌 소녀의 팔은 부러질 것처럼 가늘고 여렸다.

"뭐하는 짓이냐? 미쳤으면 곱게 미쳐야지!"

이유상이 소녀의 양쪽 팔을 붙잡고 물 밖으로 끌어내며 소리쳤다.

그때 갑자기 소녀가 잡힌 팔에 힘을 주며 매몰차게 뿌리쳤다.

"이 손 놓으세요. 그냥 죽게 좀 놔두라고요."

이유상이 놀라 멈칫했지만 소녀의 팔을 다시 힘주어 틀어잡고 물 밖으로 끌어냈다. 그러나 필사적으로 몸부림치는 소녀의 저항이 만만치 않았다.

"일단 나가자. 무슨 사연인지 모르겠지만 나가서 죽을지 살지 다시 정하자꾸나."

그는 화가 치솟는 마음을 간신히 억누르며 끌려 나가지 않으려 발버둥치는 소녀를 있는 힘껏 둑 위로 밀어 올렸다.

"제발 놔요. 이 손 놓으라고!"

갑자기 소녀가 몸을 틀어 이유상을 향해 물어뜯을 듯이 달려들었다. 순간 그의 커다란 손이 소녀의 뺨을 사정없이 내리쳤다.

"이제 그만하라고, 정신 좀 차리란 말이다!"

그 순간 소녀가 허물어지며 모래밭으로 쓰러지는 것을 가까스로 이유상이 붙잡았다. 이유상의 품 안에서 소녀는 온몸을 축 늘어뜨리며 맥을 놓았다. 소녀에게서 비릿한 피 냄새와 저수지의 물비린내가 났다. 뒤이어 그녀의 체온과 격한 떨림이 온몸으로 전해졌다.

이유상은 아득해지는 정신을 급히 끌어모으며 소녀를 안은 팔을 풀자 소녀가 옆으로 몸을 돌아누우며 흐느꼈다.

이유상은 벗어 던진 도포를 주워 소녀의 몸에 덮어 주었다.

"무슨 일인지 모르겠지만 일단 진정해라. 그리고 잠시 몸을 말릴 곳을 찾아보자."

이유상은 언제 또다시 물속으로 들어갈지 몰라 소녀의 몸을 끌다시피 안고 저수지를 벗어났다. 그 순간 마을에서 올라오면서 지나쳤던 상엿집이 생각났다. 별다른 저항 없이 이유상의 품에 안기다시피 끌려가면서도 소녀의 흐느낌은 멈출 줄을 몰랐다. 상엿집으로 향하는 그의 발걸음이 점점 다급해졌다.

생전 처음 들어와 보는 상엿집 안은 커다란 꽃상여가 가운데 놓여 있어 밖에서 보기보다 훨씬 좁고 어두웠다. 이유상은 젖은 몸을 웅크리며 떨고 있는 소녀를 둥그렇게 말아 놓은 가마니 속에 밀어 넣었다. 이유상의 거친 손놀림에 작은 몸이 흔들리면서도 소녀의 눈동자는 허공을 헤맸다. 그 순간 소녀의 조그만 얼굴로 달빛이 쏟아져 내렸다. 핏기 없이 창백한 얼굴은 작은 점 하나 없이 투명해 보였고 울어서 발갛게 변한 눈과 선이 고운 콧날은 단아하고 고왔다. 그러나 고집스럽게 다문 입매는 초조해 보였다. 소녀는 입술을 잘근잘근 깨물었다.

'서영이보다 한두 살 어려 보이니 열여섯 일곱가량 되겠구나.'

이유상은 소녀의 작은 얼굴을 바라보며 정혼자인 서영을 생각했다. 서영을 떠올리자 스스로 목숨을 끊으려는 소녀에게 갑자기 화가 치밀어 올랐다.

"도대체, 산목숨을 끊으려 하다니!"

이유상이 치밀어 오르는 화를 참지 못하고 소리쳤다. 소녀가 고집스럽게 내리깔았던 눈을 들어 이유상을 쏘아보았다.

"왜 살려 줬어요? 누가 살려 달랬나요?"

이유상이 처음에는 소녀가 나지막하게 내뱉는 말을 알아듣지 못하고 눈을 가늘게 떴다.

"뭐라고?"

소녀가 깊고 낮은 목소리로 말을 이었다.

"왜 살렸느냐고요. 누가 살고 싶다고 했나요? 날 살려 주면 어쩔 건데요? 선비님이 무슨 자격으로 나를 살렸느냐고요?"

이유상은 예상치 못한 말에 놀라 멍하니 그녀를 바라보았다. 7월의 한여름 밤이었지만 흠뻑 젖은 몸에 한기가 몰려오자 정신이 번쩍 들었다.

"… 그런 상황이면 누구나 나처럼 한다. 알겠느냐? 눈앞에서 죽으려는 사람을 보고 그냥 지나치는 사람은 없다고! 그렇게 죽고 싶었으면 다른 사람 눈에 띄지 않게 죽었어야지! 넌 죽고 싶었던 것이 아니야. 살려 달라고 소리친 거라고!"

이유상은 소녀를 향해 소리를 질렀다. 서영의 죽음과 맞물려 억지로 참고 있던 것들이 한꺼번에 터져 나왔다.

"내가 살고 싶었는지 죽고 싶었는지 선비님이 어떻게 알아요? 죽지 못해 살아야 하는 것이 어떤 것인지 알고나 있어요?"

소녀는 달려들 듯이 다가오는 이유상을 향해 벌떡 일어나며 큰소리로 맞받아쳤다.

"진짜로 죽고 싶은 것이냐? 정녕 그것이 네가 원하는 것이더냐? 그렇다면 이번에는 막지 않을 테니 어서 물속으로 기어 들어가거라. 어서!"

이유상이 소녀의 두 팔을 움켜잡고 거적문 쪽으로 몸을 밀었다. 그러나 소녀는 이유상의 손을 뿌리치며 눈을 부릅떴다.

"아뇨, 죽든지 살든지 그건 내가 선택할 문제예요. 아무도 나에게 살라 말라 할 권리는 없다고요! 제가 죽든지 말든지 선비님이 무슨 상관이에요?"

이유상은 순간 움켜쥔 손에 힘이 풀리고 더 이상 어떤 말도 하지 못했다. 그가 두 팔을 늘어뜨린 채 멍하니 서 있자 소녀가 밖으로 나가려다 말고 돌아보았다.

"고맙다고 안 할 거예요. 죽을 때까지 원망할 거예요. 그러나 걱정 마세요. 다시 물에 뛰어들지는 않을 테니까. 어차피 굶어 죽거나 매

맞아서 죽거나 할 테지만….”

소녀가 이유상을 노려보며 한마디 덧붙였다. 그러고는 몸에 둘렀던 도포를 거칠게 벗어 그에게 내밀었다.

“됐다. 가지고 가거라. 그리고 혹시 다시 죽으려거든 절대로, 절대로 남의 눈에 띄지 말거라. 알겠느냐?”

이유상은 버럭 소리를 지르며 손을 내저었다. 소녀가 손끝에 걸린 옷을 어찌할까 망설이다 다시 자신의 몸에 둘러쓰고 그대로 몸을 돌려 밖으로 뛰쳐나갔다. 이유상은 소녀의 뒷모습을 쳐다보며 뒤쫓아가서 붙잡아야 하나 망설이며 몸을 일으키다 주저앉았다. 갑자기 온몸에 느껴지는 한기에 다시금 정신이 번쩍 들었다. 그제서야 사방이 눈에 들어왔다. 상엿집에 혼자 앉아 있으려니 등골이 오싹했다.

‘오늘 하루가 길고 길었구나. 집으로 가야 하는데….’

이유상은 생각과는 다르게 소녀가 누워 있던 가마니 속으로 몸을 뉘었다. 소녀의 젖은 옷이 닿았던 가마니 바닥에서 축축한 냉기가 올라왔다. 그러자 잠시 잊고 있던 사실이 아프게 되살아났다.

‘살고 싶었던 사람은 죽었고 죽고 싶었던 사람은 살았다.’

오늘 이유상의 정혼자인 송서영이 죽었다. 이유상과의 혼인이 한 달밖에 남지 않았는데 죽었다는 연락을 받았다. 이유상은 믿을 수가 없었다. 서영과는 오래전부터 집안에서 혼인이 정해진 사이였고, 이유상에게 그녀는 첫 정인이었다.

집안끼리 친밀히 왕래하는 사이였고, 자라면서는 서로에게 사랑이자 그리움이었다. 불과 한 달 후면 혼인하여 백년해로를 할 거라고 생각했는데 이제 이승에서는 영영 만날 수 없다. 그러나 이유상이 할 수 있는 일은 없다.

서영을 위해 슬픔을 내비칠 수도 없었고, 하다못해 서영과의 마지막 인사조차 그에게는 허락되지 않았다. 그것이 조선의 법도였다. 사랑했던 여인의 마지막조차 함께하지 못하는 양반가의 법도.

이유상의 집안에서는 드러내 놓고 말하진 않았지만 정혼을 했다 하나 혼인한 후에 죽은 것이 아니어서 천만다행이라며 안도하는 것조차 그는 견딜 수 없이 괴로웠다.

마음을 달래려 집을 나와 정처 없이 걷다 보니 인적 없는 곳까지 오게 되었고 생각지도 못한 일에 휘말렸다. 이유상은 서영이 죽은 마당에 죽고 싶어서 스스로 물에 뛰어든 여자아이를 살려 주고 거기에 힘을 쏟아 버린 자신이 한없이 후회스러웠다.

그러나 어이없게도 그는 가엾게 작은 몸을 떨던 소녀의 모습을 기억하며 서서히 잠에 빠져들었다.

1장/ 의령

도망치다시피 상엿집을 뛰쳐나온 동이는 뒤집어쓴 도포를 더욱 몸에 감쌌다.

달빛이 유난히 밝았다.

죽으려 물속에 들어간 순간부터 어머니의 목소리가 들렸다. 절대로 죽으면 안 된다고, 어떻게든 살아남겠다고 약조하라던 어머니의 말을 무시하고 물속으로 들어갔는데 선비가 뛰어들었다. 어머니의 바람 때문일까? 동이는 어머니를 생각하자 젖은 옷이 달라붙은 몸에 한기를 느꼈다. 그러자 다시 온몸이 떨리기 시작했다. 도포로 아무리 몸을 감싸도 떨림은 멈추지 않고 더욱더 심해졌다.

동이는 머리가 어지러웠다. 죽지도 못하는 목숨이란 게 이런 것이구나 생각했다. 술에 취한 아버지가 울면서 하던 말이 떠올랐다. "죽는 것이 사는 것보다 힘들단다. 동이야, 동이야." 눈물 젖은 아버지의 목소리가 바람 소리처럼 동이의 귓가를 스쳐 지나갔다.

눈물이 동이의 뺨을 타고 흘렀다. 그동안 흘린 눈물로 눈물샘이 말라 버릴 때도 됐는데, 오히려 둑이 무너진 것처럼 쉴 새 없이 흘러내렸다. 부모를 따라 죽는 것도 자신에게 허락된 것이 아니었다.

순간 동이의 몸이 허공을 가르며 떠오르다 앞으로 쏟아져 내렸다. 손을 내밀어 보기도 전에 온몸이 땅으로 패대기쳐졌다. 동이가 악 소리도 내지 못하고, 까무룩 정신을 놓치는 순간에 어디선가 어머니 아버지의 웃음소리가 들려왔다. 다섯 살 무렵의 동이는 어머니와 함께 아버지가 우스꽝스럽게 춤추는 모습을 보며 자지러지게 웃고 있었다. 동이가 그 모습을 잡으려 손을 뻗었지만 허공에서 맴돌 뿐 아무것도 잡히지 않았다.

눈앞에서 불빛이 일렁이고 개 짖는 소리가 점점 가깝게 다가왔다.

"넌 죽고 싶었던 것이 아니야! 살려 달라고 소리친 거라고!" 소리치던 선비의 목소리가 들린다 싶어, '상관하지 말아요. 왜 살려 주었느냐고요!'라고 맞받아 소리치고 싶은데 목소리가 나오지 않았다. 그러고는 그만 정신을 잃었다.

동이의 머리를 쓰다듬는 다정한 손길이 느껴졌다.

'어머니….' 그녀는 웃음을 지었다. 손을 뻗어 어머니의 손을 잡고 싶었다. 그러나 온몸이 결박당한 것처럼 손가락 하나 까딱할 수가 없다. 무언가 중얼거리는 소리가 자꾸만 귓가를 간질렀다.

'눈을 떠야 하는데, 눈을 떠서 어머니를 봐야 하는데. 그래야 꿈에서 깨어날 수 있는데, 어머니가 가 버리기 전에 일어나야 하는데.'

동이는 눈물이 났다. 머리 위에 있던 다정한 손길이 동이에게서 멀어졌다.

'안 돼요. 어머니 가지 마세요. 저 혼자 두고 가지 마세요. 너무 무
서워요. 어머니 제발 가지 마세요.'

동이는 멀어지는 손길을 붙잡으려 몸부림을 쳤다.

"애야, 정신이 드니? 애야?"

그러자 동이의 귓가에 낯선 목소리가 들렸다.

'어머니가 아니다. 어머니는 어디 가신 걸까?'

동이는 다시금 정신을 잃었다.

"벌써 닷새째 정신이 돌아오지 않고 있어요. 이대로 괜찮을지 모르
겠네요."

누군가의 말소리가 들렸다.

'어머니는 어디 가신 걸까?' 동이는 흐려지는 의식 속에서 간간이
들리는 목소리에 정신을 그러모았다.

"어디 사는 뉘 집 자식인지, 식솔들이 있다면 얼마나 애태우고 있
을까요?"

"이 서방을 시켜 은밀히 여기저기 알아보고 있는데 인근 고을 아이
는 아닌 듯합니다."

"여식이 몹쓸 짓을 당한 걸 안다면 집안에서 내쳐질지도 모르니
정신이 돌아오고 몸이 회복된 다음에 돌려보내는 것이 낫지 않을까
요?"

"저도 같은 생각이에요. 의식이 없는 상태에서 헛소리를 하며 우는데 마음이 너무 아팠어요. 아무래도 깊은 사연이 있는 아이 같습니다."

동이는 두 사람이 소곤거리는 말소리에 가슴이 철렁 내려앉았다.

"그나저나 어서 정신을 차려야 할 터인데 걱정입니다."

"오늘도 김 의원이 다녀가지 않았습니까? 거칠던 숨소리도 제법 좋아진 것 같고, 뱉어만 내던 탕약도 조금씩 삼키고 있으니 너무 걱정하지 말아요. 곧 일어날 테니까."

"어린 나이에 그런 험한 일을 당하다니, 김 의원이 진맥하고는 혀를 내둘렀습니다. 여인으로 얼마나 수치스럽고 무서웠을까요? 참으로 가여운 아이입니다."

한숨처럼 이어지는 부인의 말에 동이는 숨이 가빠 왔다.

"몸의 상처야 시간이 지나면 나아지겠지만 마음의 상처는 어디 쉽게 낫겠어요!"

부드러운 목소리가 동이의 상처 난 몸과 마음을 가만히 내만져 주듯 귓가를 울렸다.

"참, 이 아이를 데려다 주었던 선비가 몇 번이나 안부를 물어 왔습니다. 유구에서 사는 선비라고 하지 않았습니까?"

"그날은 경황이 없어서 제대로 얼굴도 못 봤습니다. 유구에 사는 오정선이라 했습니다."

두 사람의 조근거리는 말소리가 점점 뚜렷하게 들렸다. 눈을 뜨면 모든 것이 사라질 것만 같았다. 다정한 소리가 사라진다면 어떻게 해야 하나. 이제 죽을 용기도 없는데 어찌 살아가야 하나…. 동이는 눈을 뜨고 누군지 확인할 자신이 없었다.

"우리 의령이와 비슷한 나이 같지요?"

그 순간 그녀의 머리를 쓰다듬던 손길에서 미세한 떨림이 전해졌다.

"아무 걱정하지 마라. 다 잘될 테니까. 어서 일어나야지."

불안한 동이의 마음을 들여다본 것처럼 다정한 목소리에 마음이 울렁거렸다.

가만가만 머리를 쓰다듬는 다정한 손길이 느껴지자 동이는 천근만근 무거운 눈을 뜨고 소리 나는 쪽을 쳐다보았다.

"어머, 정신이 돌아오나 봐요. 얘야, 정신이 드니?"

동이는 정신을 가다듬고 가만히 눈을 떴다. 처음엔 흐릿하던 얼굴이 점점 또렷해졌다.

"내가 보이느냐?"

낯선 얼굴 둘이 걱정스럽게 자신을 쳐다보았다.

"얘야, 일어나서 미음 좀 먹자. 조금만 기운을 차려 보거라."

대답을 기다리는 걸 알지만 동이는 한마디도 할 수 없었다.

동이가 정신을 차린 후 며칠째 같은 일이 반복되었다.

부인은 동이가 먹을 것을 입에 대지도 않고, 반응도 보이지 않은 채 죽은 듯 누워 있는데도 화를 내거나 채근을 하지 않았다. 그저 걱정스런 목소리로 말을 걸어 왔다.

미동도 없이 돌아누워 자다 깨다를 반복하는 동이의 등을 토닥토닥 두드리다 스님의 진언 같은 소리를 중얼거리기만 했다.

"…천… 화정 영… 망 만사…, 시천… 조화정 영세… 만사지, 시천주 조화정 영세불망 만사지, 시천주 조화정 영세불망 만사지."

뜻을 알 수 없는 그러나 왠지 낯설지 않은 그 소리가 동이의 마음을 파고들었다.

어디선가 들었던 주문 소리. 어디서였더라? 아버지가 지나가는 말처럼 중얼거리셨던가? 어머니가 한밤중에 숨죽여 울면서 했던 말이었던가? 동이는 머릿속에서 맴돌기만 하는 생각의 끈을 찾으려 애썼다.

친숙한 그 소리에 동이의 마음이 조금씩 움직였다. 그녀는 손가락하나 까닥할 기운 없이 누워 있는데도 그 주문 소리에 실처럼 가느다랗게 남아 있던 기운이 한곳으로 몰리면서 저절로 등이 움찔거렸다. 동이는 자신의 등에서 느껴지는 따스한 손의 온기와 주문 소리에 울컥 눈물이 났다.

"윤 접주께서는 억울하지도 않습니까?"

그때 갑자기 밖에서 시끄러운 소리가 들려왔다.

"조용히 하세요. 안에 병자가 있어요. 다 끝난 일인데 여기까지 따라오셔서 소란을 피우시면 어쩌십니까? 태인 접장들께서 이러시면 제 입장이 난처해집니다."

목소리를 한껏 죽였지만 단호했다. 동이에게 다정하게 안부를 묻고 주문을 외우던 주인어른의 목소리였다.

"아무리 해월 선생께서 그동안에도 상하 반상 구별이 없이 처리하셨다지만, 윤 접주의 호남우도편의장 직을 빼서 좌도편의장 남계천에게 좌우도편의장을 겸하게 하다니요. 남계천이 누굽니까? 백정 출신입니다. 백정이요."

주인어른의 말을 받아 소리치는 자는 화가 잔뜩 난 듯 낯설고 거칠었다.

"김 접장 말이 맞아요. 백번 양보해도 이번 처결은 해월 선생께서 너무 성급하셨어요. 반드시 바로잡아야 합니다."

누군가 말하자 여기저기 동조하는 소리로 소란스러웠다.

"돌아가세요. 저는 그분의 뜻에 따릅니다. 해월 선생께서도 충분히 말씀하시지 않으셨습니까? 동학에서 우리가 배우는 법도가 무엇입니까? 모두가 하늘입니다. 해월 선생 말씀대로 반상, 적서, 빈부 차별이 없는 세상을 만들려고 우리가 도를 수행하는 거예요. 그러니 모두들 돌아가세요."

주인어른의 낮지만 단호한 말에 사람들의 웅성거림이 간헐적으로 들렸다. 그러다 곧 한 무리의 발소리가 멀어졌다.

그러고도 한참이나 인기척이 없더니 이윽고 방문이 조심스럽게 열렸다.

방 안에서 듣고 있던 부인도 기척 없이 등을 두드리던 손길을 멈췄다가 다시 움직였다. 밖의 시원한 바람이 들어와 시린 동이의 어깨에 닿았다. 부인이 이불을 동이의 어깨까지 올려 덮으며 다독였다.

"오늘은 뭘 좀 먹었습니까?"

조심스럽게 묻는 주인어른의 목소리가 동이의 등 뒤에서 들렸다.

부인이 깊은 한숨을 내 쉬자 동이의 얼어붙었던 가슴에 조그만 균열이 생겼다.

"어서 기운을 차려서 뭘 좀 먹어야 할 텐데⋯."

"곧 일어날 겁니다."

두 사람의 말소리에 간절함이 묻어났다.

"손님들은 가셨습니까? 상황이 험악한 듯하여 인사도 못 드렸네요."

"안에서 소란스러웠겠군요. 이 아이가 놀라지 않았는지⋯."

둘은 한껏 목소리를 낮췄다.

"해월 선생께 그리 호되게 꾸지람을 들으셨는데도 아직 미련을 못 버리니⋯. 영감 입장이 난처하셨겠어요."

"태인의 접장들이 저렇게 강경하게 나올 줄은 몰랐습니다. 해월 선생이 타이를 때는 그쯤에서 수긍할 줄 알았는데⋯. 태인 접장들의 서운한 마음도 모르는 바는 아닙니다. 아무리 양반이니 상것이니 하는 신분 차별을 없애는 것이 우리 도라고는 하나 그것이 옳은 것인 줄 알고 살아온 세월이 있는데 하루아침에 변하겠습니까? 해월 선생께

한꺼번에 몰려가 항의를 하니 진노가 이만저만 아니었어요. 저렇게 크게 화를 내신 적이 없으시니 다들 당황했지요."

"영감은 법헌 어른의 결정에 서운하지 않으셨어요?"

부인이 넌지시 물었다.

"사람인데 왜 서운하지 않겠어요? 하지만 스승님의 큰 뜻을 아는데 어찌 개인의 사사로운 감정으로 일을 처리하겠습니까? 스승님을 모신 지가 10년이 넘었어요."

주인어른이 흔들림 없이 대답하자 두 사람 사이에 한동안 침묵이 흘렀다.

동이는 두 사람 사이의 침묵이 답답하여 벌떡 일어나고 싶은 마음을 간신히 참았다.

"의령이가 죽었는데 무슨 영화가 남았겠습니까? 자식이 죽었는데 그까짓 것들이 무슨 소용입니까?"

주인어른이 혼잣말처럼 중얼거리더니 누워 있는 동이를 향해 신음처럼 내뱉었다.

"얘야, 이제 그만 일어나거라. 산목숨을 억지로 끊는 건 사람의 도리가 아니다. 네가 억지로 끊으려는 목숨은 살고 싶어서 몸부림쳤던 내 딸아이의 목숨과 같은 것이니까. 제발 목숨을 소중히 여기고 일어나서 뭣 좀 먹자꾸나."

그 말을 듣는 순간 동이는 한순간 서러움이 가슴속 밑바닥부터 차올랐다. 그녀의 온몸이 서서히 떨렸다.

낯선 곳에서 낯선 사람들에게, 게다가 애지중지하던 딸을 잃어버린 분들의 보살핌을 받는 마음이 미안하면서도 따스해서 그녀는 더 이상 등을 돌릴 수가 없었다.

부인이 울음을 터트리는 동이를 일으켜 가슴에 안았다. 그녀는 그 품속을 파고들며 서럽고 외로운 울음을 토해 냈다.

이마에 엉겨 붙은 머리카락을 떼어 내는, 투박하지만 조심스러운 손길에 기분이 좋아 잠에서 깨어났지만 눈을 뜨지 않았다.

"얘야, 잠시만 내 얘기 좀 들어 주런?"

주인어른의 나지막한 목소리가 들렸지만 동이는 눈을 뜨지 않았다.

"의령이라는 딸이 있었다. 그 아이는 박꽃처럼 예뻤지. 어릴 적부터 몸이 약해 늘 탕약을 달고 살았지만 걱정하는 아비 어미를 오히려 위로했다. 그 아이는 마지막 숨이 끊어지는 순간까지도 삶의 의지를 놓지 않았다. 그러니 애야, 살아 다오. 부디 끝까지 살아 나오. 더 이상 허망한 죽음을 보고 싶지 않구나. 의령이가 너를 우리에게 보내 준 것이다. 그러니 너는 살아야 한다."

떨리는 주인어른의 목소리가 가슴을 울렸다. 동이는 눈을 뜨고 몸을 돌렸다. 그분의 모습에서 동이의 죽은 아버지가 보였다.

"의령아, 내 딸 의령아. 너를 그리 허망하게 보내고도 아비는 이렇게 살아가고 있구나. 의령아, 보고 싶구나."

주인어른은 울고 있었다. 그 눈물에 그녀는 자신도 모르게 두 손을 내밀었다. 서로 두 손을 잡았다. 따스했다.

그때, 부인이 조그만 상을 들고 들어왔다.

"이제 그만 일어나서 미음 좀 먹자꾸나."

동이는 그 소리에 주인어른의 손을 놓고 부인을 쳐다보았다.

"자아, 어서."

그녀가 동이의 몸을 부축하며 일으켜 세워 자신의 어깨에 기대어 앉혔다.

그러고는 숟가락으로 김이 모락모락 나는 그릇에서 멀건 미음을 떠 입으로 후후 불어 조심스럽게 내밀었다. 한동안 물끄러미 쳐다보고만 있던 동이는 재촉하듯 숟가락이 다시 다가오자 천천히 입을 열었다. 그녀는 묽은 미음을 받아 입에서 굴린 후 천천히 목구멍으로 넘겼다. 입 안이 소태처럼 썼다. 그러나 미음을 떠서 입가로 나르는 부지런한 움직임에 부인의 달뜬 마음이 묻어나 동이는 차마 물리지 못했다.

미음이 들어가자 온몸으로 따스한 생명의 기운이 퍼져 갔다.

동이는 손가락 끝을 조심스럽게 움직이고 발가락 끝을 움직였다.

살아 있구나. 살아야겠구나. 동이는 살아 있다는 것을 느끼기 위해 미음을 받아먹고 온몸을 꿈틀거렸다.

미음을 먹으면서부터 동이는 빠르게 기력을 회복했다. 그녀는 부인과 주인어른의 극진한 보살핌을 거부하지 않고 받아들였다.

그러나 거기서 또 한걸음을 나아가는 일은 쉽지 않았다. 몸이 회복되는 것보다 마음이 회복되는 것이 더 문제였다. 동이의 눈빛은 여전히 불안정하게 흔들렸고 입을 굳게 닫고 한마디도 하지 않았다.

두 사람은 동이가 미음과 탕약을 받아들이는 것만도 기쁜 듯 별다른 내색은 하지 않았다.

"일어나! 일어나라고! 넌 죽고 싶었던 것이 아니야. 살고 싶어서 소리친 거라고! 그러니 어린애 같은 투정 그만 부리고 일어나!"

꿈인 듯 생시인 듯 화가 잔뜩 난 표정으로 동이를 향해 소리치는 목소리에 깜짝 놀라 잠에서 깨어났다. 꿈속이었지만 귓가에 생생하게 들린 목소리는 저수지에서 자신을 구해 준 선비였다.

"아이는 어떻습니까?"

갑자기 낯설고 낮은 목소리가 들려왔다.

"요즘은 미음도 먹고 탕약도 잘 받아먹고 있어서 기운을 많이 차렸어요."

부인의 목소리였다.

"의령이처럼 될까 봐 얼마나 걱정을 했는지 모릅니다. 선생님께서 소중한 인연을 잃게 잘 거두라고 말씀하지 않으셨으면 저 아이가 어찌 되었을지 생각만 해도 가슴이 아픕니다."

주인어른 내외와 낯선 어른이 동석해 있었다. 동이는 다시금 가슴이 벅차올랐다. 두 분 내외의 걱정스런 목소리에 눈물이 핑 돌았지만 감은 눈은 뜨지 않았다.

잠시 후 선생님이라 불린 어른의 말씀이 이어졌다.

"죽음도 삼라만상의 이치에 따라 자연으로 돌아간 것이므로 마냥 슬퍼할 일만은 아니지만, 어린 나이의 의령이를 잃고 저도 이렇게 가슴이 아픈데 두 분이야 오죽할까요? 그러나 자신의 핏줄만 소중한 것은 아니지요. 핏줄을 앞세우고 가문만을 내세운 지금의 세상이 어찌 되었습니까? 수운 대선생께서는 집에서 부리는 노비 두 명을 면천하여 한 사람은 며느리로 삼고, 한 사람은 여식으로 삼았습니다. 이것이 동학을 한다는 것이지요. 백정 출신 남계천 대접주나 덕망 있는 윤상오 대접주나 여기 사지에 갔다가 돌아온 이 아이나 모두 같은 하늘님입니다. 만인이 평등한 세상, 이것이 동학을 행하는 마음입니다."

나직한 목소리가 마음을 끌었다. 동이는 자신도 모르게 눈을 뜨고 소리 나는 쪽을 바라보았다. 수염이 반쯤 얼굴을 가리고 가슴께를 뒤덮은 순한 눈매의 노인이 보였다.

노인은 그녀와 눈이 마주치자 놀란 듯 한동안 동이의 얼굴에서 눈을 떼지 못했다. 그러나 노인은 곧 엷은 웃음을 짓고는 고개를 끄덕였다. 동이는 그 눈빛과 웃음에 마음이 놓였다.

"이제 다 잤느냐? 어서 일어나야지."

노인이 다정하게 말하자 동이는 저도 모르게 고개를 끄덕였다.

그 모습을 바라보고 있던 주인어른이 갑자기 몸을 바르게 세우고 노인과 부인에게 큰절을 올렸다.

"선생님, 부인, 이제야 알았습니다. 왜 저 아이가 우리 곁에 왔는지, 선생님의 뜻이 무엇인지 알았습니다. 저 아이를 딸로 삼겠습니다. 부인, 저 아이를 우리 딸로 정성껏 키웁시다."

주인어른의 말에 노인이 빙그레 웃으며 고개를 끄덕였다. 잠시 당황하여 말문이 막혀 있던 부인의 얼굴에도 웃음이 퍼졌다.

"예, 그러세요. 의령이가 저 아이를 보낸 것이군요. 알겠습니다. 저 아이가 허락한다면 딸로 정성껏 키우겠어요."

부인이 울먹이며 대답하자 주인어른이 동의를 구하듯 동이를 쳐다보았다.

"어떠냐? 내 딸로 여기에 남지 않겠느냐?"

이런 일이 있을 수 있을까? 동이는 믿어지지 않았다.

부인이 동이를 품에 안았다. 그녀가 가만히 고개를 끄덕이며 울음을 쏟아 냈다. 주인어른의 투박한 손이 부드럽게 동이의 머리를 쓰다듬었다. 동이는 따스하게 올라오는 벅찬 마음을 감당하느라 숨을 몰아쉬었다.

윤상오는 자신의 눈앞에 다소곳이 앉아 있는 동이를 바라보았다.

한 달 전 다 죽어 가는 몸으로 자신의 집으로 업혀 왔던 것이 언제인지 까마득했다. 동이의 몸이 완전히 회복되지 않아서 얼굴색은 파리했지만 커다란 두 눈에 생기가 돌았다.

"소녀의 이름은 이동이라 하옵니다. 어미 아비는 모두 죽었고 저만 혼자 남았어요. 저는 이 시간 이후부터 제 이름도 과거도 모두 잊겠습니다. 그리고 두 분께서 허락하신다면 앞으로는 윤의령으로 살겠어요."

동이가 몸을 일으켜 윤상오와 배씨 부인에게 큰 절을 올리자 두 사람은 황급히 일어나 그녀와 맞절을 했다. 햇살이 눈부신 한여름의 어느 날 이동이가 공주 사곡의 신평마을에 살고 있는 윤상오와 배씨 부인의 딸 윤의령으로 다시 태어났다.

2장/ 1892년 유상

그 소녀다.

1년 전의 그 소녀가 분명하다.

유상은 금영(충청 감영)의 감사에게 인사차 들렀다가 감영 안에 있는 소녀를 보았다.

포졸들이 저잣거리에서 동학도들로 의심된다며 한 무리의 사람들들을 잡아왔다는데 소녀는 그 속에 끼어 있었다.

유상은 처음에는 소녀를 알아보지 못했다. 그녀는 햇볕에 그을렀지만 맑고 투명해 보이는 얼굴에 커다란 눈을 깜박이지도 않고 부릅뜬 채, 고집스럽게 입을 꾹 다물고 있었다. 다른 사람들처럼 겁에 질려 떨지도 않았고 억울하다고 하소연하지도 않았다.

그저 홀쩍이는 아이들 몇 명을 모아 안고 조용조용 달래고 있는 당찬 모습과 입술을 잘근잘근 깨물고 있는 것이 낯설지 않아 유상은 소녀에게서 눈을 떼지 못했다.

그러다 두 사람의 눈이 마주치고 나서야 유상은 소녀를 알아보았다.

유상과 눈이 마주치자 무표정했던 소녀가 얼굴에 희미한 웃음을 짓더니 눈길을 피하지 않고 마주 쳐다보았다. 그 눈빛이 하도 당당해서 오히려 당황한 유상이 얼굴을 돌렸다.

'웃다니…. 이 상황에서 웃을 수 있다니…. 그때도 그랬지만 참 맹랑한 아이로구나.'

유상은 포졸들이 모여 있던 무리를 감영 안으로 몰아넣는 것을 지켜보다가 옆의 서리에게 넌지시 물었다.

"어디서 뭐 하는 자들을 잡아 온 것이냐?"

"아, 저자들 말입니까요? 거야 뭐… 장터 한구석에 모여서 뭔가 꾸미고 있는 듯하여 잡아 왔답니다요."

"아이들과 아녀자도 있는데, 훤한 대낮에 거기다가 사람들도 많은 장터에서 무슨 짓을 꾸몄단 말이냐? 증좌(證左)라도 있어서 잡아 왔느냐?"

유상은 소녀와 무리가 사라진 쪽을 쳐다보며 자신도 모르게 목소리를 높였다.

"그야 뭐… 증좌가 있다기보다는… 동학도로 의심만 되도 잡아들이라는 감사의 명이 있는지라… 저는 잘 모르는 일입니다요."

서리가 유상을 흘깃거리고는 말끝을 흐리며 도망치듯 감영 안으로 들어가 버렸다.

유상은 길게 한숨을 내쉬었다.

바로 이틀 전이 서영이 죽은 지 1년이 되는 날이었다. 그리고 조금 전 본 소녀를 처음 만난 날이기도 하다.

그동안 유상처럼 소녀에게도 많은 변화가 있었던 것이 틀림없었다. 더구나 동학도로 의심을 받아서 잡혀 왔다니…. 십여 년 전까지 서학을 발본색원한다며 엄청나게 많은 사람들을 죽였지만, 이제 나라에서 그 활동을 자유로이 하도록 허락하는 마당에 정작 동학도들을 사도로 몰아 마구 잡아들인다면 또다시 피바람이 불지 않을까 하는 걱정이 되었다. 유상은 무엇보다 율법을 엄수해야 할 관에서 확실한 증좌도 없이 마구잡이로 백성을 잡아들여 재물을 갈취하는 일이야말로 인심을 흉흉하게 하고, 안팎으로 어려운 나라 형편을 더욱 궁지로 몰아넣는 짓이라고 생각했다.

유상은 한 발 뒤쯤에 서 있던 임기준을 불렀다.

"기준아, 아까 동학도 무리 중에 열여덟가량 되어 보이는 여인이 있었지 않았느냐? 아이들과 함께 있었던 그 여인에 대해 은밀히 알아보고 나에게 알려 다오. 어디 사는 누구인지, 동학도가 맞는지…."

"예, 도사 나리."

유상의 말에 기준이 무언가 물으려 하다가 이내 고개를 숙이고 감영 안으로 사라졌다.

감영 안은 보지 않아도 동학도로 의심되어 잡혀 들어온 자들의 식솔들이 정해진 돈을 내고 잡힌 사람을 빼내 가기 위해 기다리고 있을 터였다. 평상시와 다름없는 모습이었지만 유상은 오늘따라 불쾌한 기분을 떨치지 못했다.

유상은 충청 감사에게 인사하려던 생각을 접고 저잣거리로 발길을 돌렸다.

장날의 저잣거리에는 많은 사람들이 오갔다. 그중에는 왜인과 청인들이 적지 않았다.

유상은 그들을 유심히 살펴보며 저잣거리 한복판에 길을 잃은 듯 한참동안 서 있었다.

다음 날 기준이 유상을 찾아왔다.

"알아냈느냐?"

"예, 사곡의 신평마을에 사는 윤상오라는 자의 여식으로 이름은 윤의령, 나이는 열아홉에서 스무살가량이라고 하옵니다. 윤상오는 양반은 아니오나 신평에서의 세력이 만만치 않은 자로, 재물도 상당하고 동네에서 인심도 좋고 평판도 좋았습니다. 그런데 윤의령은 친딸이 아니라 1년 전에 거렁뱅이로 집 앞에 쓰러져 다 죽어 가는 것을 살려서 딸로 삼았다고 합니다."

유상은 기준이 전해 주는 뜻밖의 말에 깜짝 놀랐다.

"거렁뱅이를 딸로 삼았다고? 믿을 수 없는 일이로구나."

"예, 여러 번 확인해 보았는데 사실이었습니다. 그뿐만 아니라 윤상오의 집에서는 노비들도 가족처럼 지낸다고 합니다."

유상은 기준의 말을 직접 듣고도 납득이 되지 않았다.

"윤상오에게 다른 자식들은 없다더냐?"

"윤상오는 두 번 혼인을 하였는데, 첫 번째 혼인하고 이태 후에 아이를 낳다 부인과 아이가 죽고, 1년 후 지금의 배 씨와 혼인하여 두 아들과 딸 하나를 낳았습니다. 그런데 두 아들은 10여 년 전 괴질이 돌 때 모두 죽었고, 딸은 지금의 윤의령이 집으로 오기 직전에 죽었답니다. 전라도 부안에 소실이 있는데 그 소생으로 아들이 둘 있습니다. 그리고 신평뿐만 아니라 전라도 쪽에도 전답이 많다고 합니다."

"아무리 소실 소생이라도 아들이 없는 것도 아닌데 근본도 모르는 아이를, 그것도 계집아이를 양녀로 삼았다? 필시 무슨 곡절이 있을 텐데…."

유상은 기준을 쳐다보며 혼잣말처럼 중얼거렸다.

"그럼 윤상오의 양녀가 되기 전에는 무슨 일이 있었는지 알아냈느냐?"

그는 의령이 무슨 일로 저수지에 빠져 죽으려 했는지 알 수 있지 않을까 기대하며 기준을 쳐다봤다.

"그 전의 일은 아무도 알지 못한다 합니다."

"그래? 그런데 어제는 왜 잡혀 왔다고 하더냐?"

"그게, 장터에서 아이들에게 서책을 읽어 주고 이야기를 해 주었다고 합니다."

유상은 갑자기 그녀의 낮고 깊었던 목소리가 떠올랐다.

"서책을 읽어 주고 이야기를 들려 줬다? 무슨 책을 읽어 주었길래 동학도로 의심을 받아 잡혀 왔다는 말이냐?"

"뭐 아녀자들이나 아이들이 좋아하는 이런저런 이야기들이라고
합니다."

"그것말고 윤의령이 동학도로 의심받을 만한 증좌라도 있었느냐?"

"특별한 것은 없었습니다. 동학도는 특별히 드러내 놓고 도인으로
행세하는 것이 아니랍니다. 증표라야 주문을 외운다거나 무슨 부적
을 가지고 있어야 하는데 그런 것이야 은밀하게 행해지는 것이니 도
인을 색출해 내기가 쉽지 않습니다. 이런 사정이다 보니 오히려 동학
도인으로 덮어씌우기도 쉬운 일이구요. 특별히 동학 도인이 아니라
는 증좌도 없으니 말입니다."

유상의 잔잔한 마음이 조용히 소용돌이쳤다.

"아무래도 석연치가 않다. 뭔가 감추는 게 있는 것이야. 네가 직접
윤상오와 그 여식에 대해 좀 더 알아보아라."

"알겠습니다."

유상은 의식 깊은 곳에서부터 울리는 위험 신호를 감지하면서도
의령에 대해 점점 커져 가는 호기심을 무시하지 못했다.

그 선비였다.

의령은 필사하려던 붓을 놓고 자신을 쳐다보던 선비를 떠올리며
손으로 두 뺨을 감쌌다.

저수지에 빠져 죽으려 들어가기 직전부터 무슨 일이 있었는지 정
확히 기억이 나지 않았다. 그러다 선비에게 세차게 뺨을 맞고 나서야

정신이 번쩍 들었다. 뺨을 맞고 정신을 차리자 물에 젖은 몸이 추위와 무서움으로 정신없이 떨렸다. 아픔 때문이었는지 슬픔과 무서움 때문이었는지 눈물은 멈추지 않았다. 어머니가 죽고 참아 왔던 서러움이 한순간 몰려왔다. 그 선비는 자신의 치부를 몽땅 들켜 버린 사람이라 더욱더 미웠다. 그러나 고마웠다.

의령은 그동안 몸과 마음이 약해질 때마다 자신을 질책하며 쏘아보던 선비의 차가운 눈빛이 떠올라 마음을 다잡았다.

그를 다시 본다 해도 한눈에 알아보지 못할 줄 알았는데 그 선비는 생각했던 모습보다 더 강인해 보이는 인상이었다. 최상의 품질로 보이는 크고 넓은 갓을 쓰고 엷은 색의 쪽빛으로 색을 낸 도포에 남색의 술띠를 맨 모습이 예상대로 높은 벼슬을 가진 사대부의 지체 높은 양반 자제가 틀림없었다.

수시로 떠오르는 얼굴과 차가운 목소리가 꿈속에서만 존재하는 것마냥 아련했는데 눈이 마주친 순간 그를 알아보았다.

세상 모든 일에 무심해 보이는 눈이었지만 화가 났을 때는 얼음도 녹일 듯 차갑고 격렬해서 오금이 저렸다. 그래서 더욱더 오만방자하게 입을 놀렸는지 모른다.

오늘 감영에서 의령을 쳐다보던 차가운 눈빛은 여전했지만 호기심으로 반짝 빛이 나는 걸 보았다. 들일을 하지 않고 방 안에서 서책만 보는 양반치고는 얼굴빛이 적당히 그을려 있었고 반듯하고 시원스런 콧날과 무표정했던 입은 의령과 눈이 마주친 순간 슬쩍 비틀려 올라갔다. 그 순간 의령은 저도 모르게 웃음을 지었다. 반가운 웃음이었을까? 그는 그런 의령을 외면하며 곧바로 눈길을 돌렸다.

의령은 선비를 언젠가 한 번이라도 마주치면 좋겠다고 생각했지만 막상 감영에서 갑작스럽게 만나니 낭패스러웠다.

속옷까지 모두 찢겨 속살이 다 드러났던 수치스러운 몰골과 고마움도 모르는 철면피하고 안하무인으로 비쳤을 것을 생각하면 눈이 마주쳤던 그 순간 서 있던 자리에 구멍이라도 뚫고 들어가고 싶었다.

자신의 가장 처참하고 비참했던 상황을 목격한 사람. 그럼에도 의령을 죽음에서 구해 준 은인. 꼭 한 번 만나고 싶었다가 또 절대로 만나고 싶지 않은 이중적인 심정을 스스로도 설명할 수 없어 의령은 가만히 한숨을 내쉬었다.

"의령 성님, 큰어머니가 찾으시는데요."

잠시 후 성연이 조금 열려 있던 방문에 얼굴을 들이밀었다.

"알았어. 곧 갈게."

그녀는 심란한 마음을 떨쳐 버리듯 벌떡 일어나 안방으로 건너갔다.

의령은 안방 문을 열고 들어가 필사한 서책을 읽고 있던 어머니 배씨 부인의 맞은편에 앉았다.

"이번 책도 재미나구나. 아이들이 좋아하겠어. 이런 이야기들은 어디서 다 들었니?"

배씨 부인이 그녀가 필사해서 엮은 서책을 펼쳐 보면서 물었다.

"장에 나갈 때 만난 어르신들에게 여쭤 보거나 동네의 어르신들을 찾아다니면서 들은 것들을 옮겨 적은 것뿐인걸요"

"그래 잘했다. 제가 살고 있는 곳의 산과 들과 강과 사람들을 이해하는 것이 그곳에 뿌리를 내릴 수 있는 첫걸음이지. 조선에서는 아녀자가 맘 놓고 돌아다니지 못하니 나야 네 아버지에게 전해 들은 것이 대부분이지만 공주는 명산인 계룡산과 금강이 흘러가는 그야말로 산자수명으로 아름다운 고장이란다. 무엇보다 호남에서 한양으로 올라가려면, 대개는 공주를 거쳐야만 하니 지리적으로도 아주 중요한 곳이지. 공산성을 보더라도 오래전이지만 한때는 임금이 살았던 곳이 아니더냐?"

"예, 제가 워낙 옛날이야기를 좋아하다 보니 동리 어르신들에게 들은 얘기들을 아이들에게 전해 주다가 아예 서책으로 엮어 보면 어떨까 싶어서 그리해 본 것이에요."

의령이 잔잔한 웃음을 흘렸다.

"그러게. 어릴 적 많이 들었던 얘기들을 이렇게 모아 놓으니 재미나고 좋구나. 심청전이나 운영전 같은 것들은 어린애들이 이해하기 힘들지."

"어른들은 어린애들이 옛날이야기 해 달라고 하면 가난해진다고 그리 썩 좋아하진 않아요."

의령이 가볍게 말하며 큰소리로 웃었다. 배씨 부인이 그 모습에 웃음을 지었다.

"서거정이라는 분이 공주십경시(公州十景詩)를 지었다니 정말 놀랍다.

금강춘유(錦江春遊), 월성추흥(月城秋興), 웅진명월(熊津明月), 계악한운(鷄嶽閑雲), 동루송객(東樓送客), 서사심승(西寺尋僧), 삼강창록(三江漲綠), 오현적취(五峴積翠), 금지함담(金池菡萏), 석옹창포(石甕菖蒲)라니 정말 아름다운 시로구나"

"그 시는 아버지께서 알려 주셨어요. 서거정이라는 분은 아주 뛰어난 문인이라네요."

"금강춘유라는 구절을 들려줄래? 네 목소리로 듣고 싶구나."

배씨부인이 의령을 향해 웃으며 서책을 내밀었다.

"그럴까요?

금강의 뱃놀이 / 씻은 듯한 금강 가 봄기운 무르녹아 / 이, 삼월 날씨가 화창하도다. / 옥항아리 술을 담아 꽃동산 찾아가니 / 늦은 햇살 따사로운 바람에 매혹이 되네. / 맑은 강물이 넘쳐 금포도빛 띠었는데 / 난목삿대 천천히 저어 작은 배 옮겨 가네. / 살구꽃 성긴 그림자 밑으로 취한 몸 의지해 돌아오는데 / 옥피리 한 소리에 산 높이 달이 떴네."

의령의 차분한 목소리가 방 안을 휘돌아 듣는 사람의 마음을 흔들었다.

"올봄 너와 함께 갔던 금강의 뱃놀이가 생각나는구나. 의령아, 우리 곁에 와 주어서, 그리고 이렇게 건강하게 잘 지내서 고맙다."

의령을 쳐다보는 배씨 부인의 눈가에 물기가 어렸다. 그녀는 어머니의 눈길에 마음이 따스해졌다.

"고맙습니다, 어머니. 보잘것없는 저를 이렇게 귀애해 주셔서요. 제가 이 은혜를 어찌 다 갚을 수 있을지….."

의령의 말에 배씨 부인이 정색을 하며 나무랐다.

"네가 몇 달 동안 한 일들은 아무나 하는 일이 아니었다. 동경대전과 용담유사를 언문으로 바꾸어서 글을 모르는 이들에게 알기 쉽게 알려 주고 아버지를 도와 백정마을에 혼신을 기울인 일은 결코 쉬운 일이 아니다. 너는 귀한 하늘님으로 우리에게 와서 아버지와 나에게 큰 기쁨을 주고 있으니 자신을 스스로 낮추는 말은 하지 말거라."

의령이 얼굴 가득 웃음을 띤 채 고개를 끄덕였다.

"그나저나 장날에 애들 모아 놓고 서책 읽어 주는 것은 당분간 조심해야 하지 않겠느냐? 그러다가 또 잡혀 가면 어찌하누."

배씨 부인의 목소리에 걱정이 듬뿍 묻어나자 의령은 살짝 풀어진 마음을 다잡았다.

"조심해서 하도록 할게요. 장에서는 『동경대전』이나 『용담유사』에 대한 것이 아니라 옛날이야기나 동네에 전해 내려오는 얘기만 하고 있으니 트집 잡을 일이 없을 거예요."

"그래도 조심해라. 아버지도 집에 안 계시는데 너에게 무슨 일이라도 생기면 어찌 하누."

"명심하겠습니다. 그리고 아버지에게 언제 도착하신다는 기별은 있으셨나요?"

그녀는 배씨 부인의 염려스런 마음을 돌리려 화제를 바꿨다. 아버지 윤상오의 장기간 부재는 두 사람을 불안하게 했다.

"보름 정도 예상하고 가셨지만 아직 모르겠구나. 상주까지면 그리 가까운 거리는 아니니 기다려 봐야지. 그나저나 가신 일이 잘되어야 할 터인데…."

"서장옥, 서병학 접장님들과 함께 가셨다지요? 해월 선생을 뵙고 요청하신 일이 잘 풀릴지 모르겠네요."

윤상오는 서장옥, 서병학 등과 함께 상주 공성면 왕실에서 은거 중인 해월 선생을 만나러 며칠 전부터 출타 중이었다.

"서학인 천주학은 벌써부터 금압에서 풀려났는데 우리 동학은 수운 대선생이 억울하게 돌아가신 한도 풀어 주지 않고 있으니 이렇게 억울하고 원통한 일이 어디 있겠니? 20년 전 영해 거사의 실패 때문에 해월 선생이 심사숙고하여 결정하신다는 건 알지만, 워낙 세상이 어수선하니 아버지와 서장옥 접장께서 더욱더 서두르시는 것 아니겠니? 관에서는 동학의 동 자만 들어도 무조건 잡아다가 매질을 해대지만, 결국은 돈을 뜯어먹자는 수작이 아니냐? 장터나 나루마다 왜놈, 청나라놈, 서양놈들이 버젓이 돌아다니는데 왜 유독 동학만은 금단하는지 도무지 알 수가 없구나. 에휴."

부인이 긴 넋두리 끝에 한숨을 내쉬었다.

"고마 나루에 매일매일 쌀이 태산처럼 쌓이고, 또 그만큼씩 배에 실려 북쪽으로 가는 건 세곡이요, 남쪽으로 가는 건 모두가 왜놈 나라로 팔려 가는 거라네요. 조선 백성들은 굶어 죽는데 다른 건 몰라도 그 많은 쌀을 왜국으로 실어 가는 건 도대체 어찌 된 일인지 원⋯. 그뿐만 아니라 장터에서 왜놈들과 청나라 놈들, 심지어 서양 놈들까지 극악한 행패를 부리는데도 어쩌지 못하니 사람들 불만이 이만저만이 아니에요."

나루마다 일본으로 실어 가기 위해 쌓아 놓은 쌀더미가 산처럼 높았다. 일본으로 반출되는 쌀은 대부분 조선 백성들의 고혈을 빨아 빼앗은 수탈의 열매였다. 그로 인해 시중에서는 쌀값이 천정부지로 치솟았고 굶어 죽는 백성들이 부지기수였다.

"이렇게 당하고만 있을 수야 없겠지. 여기저기서 농민들이 들고 일어나는데도 어째서 나라님은 아무런 대책이 없는지 답답하구나."

"장터에 나도는 말로는 궁에서는 임금이 아무런 힘이 없다고 해요. 왜인, 청인과 서양 여러 나라에서 꼼짝도 못 하게 옭아매고 있다는 소문이 파다해요. 민 중전과 민씨 일파의 횡포야 어린애도 다 알고 있는 얘기고요."

"10년 전 임오군란 때도 난리가 아니었는데 10년이 지난 지금도 바뀐 것이 없고 왜놈, 청나라놈도 모자라 온 세상 나라란 나라 사람들은 죄다 조선 사람의 속고쟁이까지 벗겨 가려고 눈을 뒤집고 있는 것이 지금 형편이라고들 하더구나. 한양에서 이리 떨어진 곳 사람들까지 그리 훤히 알고 있는 일을. 쯧쯧⋯."

"……."

둘은 한숨을 내쉬며 답답한 마음을 어찌지 못했다. 아녀자들이지만 나랏일만 생각하면 한숨이 저절로 나왔다.

잠시 후 의령이 넌지시 말했다.

"저 어머니…. 그 선비님을 봤어요."

"응? 선비? 누구?"

의령은 의아하게 쳐다보는 배씨 부인과 시선을 마주치지 못하고 눈을 밑으로 내렸다.

"어머니 집에 오기 전에 죽으려는 저를 살려 주었던 그 선비님이오."

"그래? 어디서?"

의령이 과거의 일에 대해서는 입을 다물었지만 저수지에서 자신을 구해 주었던 선비에 대해서는 털어놓았다. 다시 만날 수 있을 것이라고는 생각지도 않은 듯 배씨 부인의 눈이 놀라움으로 커졌다.

"어제 감영에서요. 차림새로 보아하니 행세깨나 하는 양반인가 봐요."

기대에 부풀었던 배씨 부인의 얼굴이 양반이라는 말에 한순간 걱정으로 변했다. 의식을 잃고 쓰러졌을 때 덮어 주었던 도포로 지체 높은 양반이라고 짐작은 했지만 금영을 드나드는 사람이라는 말에 지레 걱정이 되었다.

현재 금영의 잔혹한 수탈과 횡포는 위로는 감사로부터 아래로는 향리에까지 그 극심함이 이루 말할 수 없을 정도였다.

"이런, 이상한 사람은 아니겠지? 너를 알아보더냐?"

"그런 눈치였어요."

"감영 안에서야 아는 척 하지 못했겠구나."

배씨 부인이 그 상황을 이해한다는 듯이 고개를 끄덕였다.

"예. 살아생전에 만날 수 있다고 생각하지 않았는데 갑작스럽게 그런 곳에서 만나게 되니 당황스러웠어요."

"이 서방에게 누구인지 알아보라 그럴까?"

배씨 부인이 의령에게 조심스럽게 물었다. 그러나 그녀는 세차게 도리질을 쳤다.

"저를 죽음에서 구해 준 생명의 은인이니 어떻게든 고마움을 전해야 하는 것이 도리겠지만 그 선비가 어떤 사람인지도 모르는 상황에서 위험을 감수할 필요가 없어요. 혹시라도 지금 아버지가 도모하시는 일에 걸림돌이 되는 사람이라면 큰일 아니겠어요?"

"그래, 너를 구해서 우리에게 보내 주었으니 우리에게도 큰 은인이지만 금영을 드나드는 양반이라고 하니 조심은 해야 할 것 같구나. … 혹시 그 일을 빌미로 협박을 하려는 것은 아닌지…."

배씨 부인의 조심스러운 말에 의령은 선비의 차가운 눈빛이 생각나 자신도 모르게 소리 내어 웃었다.

"그럴 양반은 아닌 것 같았어요. 그럴 생각이었다면 어제 저를 만났을 때 아는 척을 했겠지요. 걱정하지 마세요. 어쩌면 그게 마지막

일지도 모르지요. 제가 금영에 또 잡혀가면 모를까."

"그런 소리 하지 마라. 난 어제 생각만 해도 가슴이 철렁한다. 이 서방이 빨리 손을 써서 다행이었지 아버지도 안 계신데 어찌할 뻔 했니."

배씨 부인이 의령을 나무랐다. 의령은 그런 어머니의 걱정이 마음에 닿아 가슴이 시려 왔다.

"죄송해요. 정말로 조심할게요. 선비에 대해서는 너무 걱정하지 마세요."

"네 생명의 은인인데 그냥 무시할 수는 없지. 아버지가 돌아오시면 의논해 보자꾸나."

"알겠어요. 그럼 저는 이만 나가 보겠어요. 필사할 것들도 아직 남았고 저녁도 준비하게요."

의령이 배씨 부인의 손을 잡았다. 마주 잡고 토닥이는 손이 따스했다.

"그래라. 참, 저녁 먹고 술시(저녁 7시~9시) 전에 모임이 끝나도록 조금 일찍 모이자꾸나. 아이들이 너무 늦게 잠자리에 들면 좋지 않겠다."

"그리 전할게요.".

의령은 안방을 나와 대청마루에 잠시 멈춰 서서 밖을 내다보았다.

이곳 사곡의 신평마을은 금영에서 마곡사로 가는 도중에 있다.

동쪽으로는 무성산이, 북쪽으로는 태화산이 자리하고 있으며, 북

서쪽의 상원골에서 발원된 마곡천과 유구천이 만나, 산은 높고 들은 좁은 산악 지대를 이루어 피난처로는 안성맞춤이었다. 더구나 마을에서 조금 떨어진 곳에 위치한 윤상오의 집은 뒤쪽이 바로 숲으로 연결되어 있어서 1년 전 저수지에서 내려와 쓰러져 있던 동이가 이곳으로 옮겨진 것이었다. 동이는 숲을 바라보며 한숨을 길게 내쉬고는 눈을 돌려 집 안을 둘러보았다.

아버지 윤상오는 동네에서 꽤나 부자였지만 안채는 그리 넓지 않았다. 그러나 안채와 떨어진 사랑채는 제법 넓고 방도 여러 개여서 사람들이 항시 북적거렸다.

요즘은 윤상오의 부재로 사랑채를 찾는 사람들이 줄었지만 여전히 그곳에 모여 동학 수련과 기도를 하고 강도회를 열었다.

그녀는 사랑채를 가만히 건너다보다 마당으로 내려가 우물 속의 두레박을 건져 올려 손을 씻고 부엌으로 들어갔다. 성연과 몇몇 사람이 부지런히 왔다 갔다 하며 저녁 준비를 하고 있었다.

"성연아, 오늘은 사랑채에 손님이 몇 분이나 되더냐?"

"지금 남은 사람들은 다섯 분이라는데요."

"그럼 함께 온 아이들까지 함께 먹어야 하니 넉넉하게 해야겠다."

의령은 쌀독으로 가서 합장하여 절한 후 밥 지을 쌀을 퍼서 한 그릇만큼 덜어 그 옆의 큰 쌀독에 옮겨 담았다. 끼니때마다 조금씩 모은 것이 단지 안에 반 이상이 찼다. 윤상오의 집에서는 이렇게 모은 쌀이 독에 가득 차면 가난한 사람들에게 골고루 나누어 주었다. 이는 비단 윤상오의 집에서뿐만 아니라 동학을 하는 많은 사람들과 어려울 때 도움을 받은 사람들도 집안의 사정에 따라 독의 크기나 덜어 놓는 곡식의 종류와 양만 다를 뿐 각자의 처지에 맞게 모아 더 가난한 사람들과 나누었다.

의령은 덜어내고 남은 쌀을 우물가로 갖고 나가 정성껏 쌀을 씻었다. 손바닥에 부딪치는 껄끄러운 쌀 알갱이들이 사락사락 소리를 냈다. 이제 미리 삶아 놓은 보리와 잡곡을 섞어 밥을 지을 것이다. 지금에야 이렇듯 쌀이 섞여 있는 잡곡밥을 배불리 먹는 처지가 되었지만 1년 전만 해도 상상할 수도 없는 일이었다.

저녁상을 물리고 사랑방에는 10여 명의 남녀노소 사람들이 골고루 섞여 앉아 저마다 일거리를 손에서 놓지 않았다. 잠시 후 의령과 배씨 부인이 들어와 사람들과 마주 앉아 큰절을 했다. 의령이 자리를 정돈하고 가운데 작은 책상 위에 청수를 봉전했다. 방 안에 있던 사람들이 숨소리도 내지 않고 무릎을 꿇고 경건한 마음으로 심고를 드렸다. 그러고는 소리가 밖으로 새어 나가지 않도록 마음속으로 주문을 외우는 묵송을 시작했다.

사람들은 천지개벽의 간절한 마음을 담아 '지기금지 원위대강 시천주 조화정 영세불망 만사지' 21자를 외우고 또 외웠다.

의령이 사경을 헤맬 때, 이제는 아버지 어머니가 된 윤상오와 배씨 부인이 머리맡에서 쉬지 않고 외워 대던 주문이었다. 한참을 묵송을 하고 나자 배씨 부인이 필사본 서책을 펼쳤다. 매일 저녁 이어지는 배씨 부인의 동학 이야기는 하루하루 목숨을 연명하기 바쁜 사람들에게 살아갈 힘을 주었다.

"오늘은 해월 선생께서 전해 주신 「내수도문」에 대해 말씀드리겠어요. 의령이 언문으로 필사해서 나눠 드린 것을 보세요. 모든 이들이 이것을 외우고 외워서 몸에 배게 하면 하늘님의 뜻에 따라 동학을 하는 것이에요."

그녀의 말에 사람들이 종이를 펼치며 조용히 귀를 기울였다.

"부모님께 효도를 극진히 하오며, 남편을 극진히 공경하오며, 내 자식과 며느리를 극진히 사랑하오며, 하인을 내 자식과 같이 여기며, 육축이라도 다 아끼고, 나무라도 생순을 꺾지 말며, 부모님 분노하시거든 성품을 거스르지 말며 웃고, 어린 자식 치지 말고 울리지 마옵소서. 어린아이도 하늘님을 모셨으니 아이 치는 것이 곧 하늘님을 치는 것이오니, 천리를 모르고 일행 아이를 치면 그 아이가 곧 죽을 것이니 부디 집 안에 큰소리를 내지 말고 화순하기만 힘쓰옵소서. 이같이 하늘님을 공경하고 효성하오면 하늘님이 좋아하시고 복을 주시나니, 부디 하늘님을 극진히 공경하옵소서."

배씨 부인은 글을 낭독한 후 말을 멈춘 뒤 가만히 어린아이들을 쳐다보았다. 어린아이들이 몸을 꿈지럭거리며 각자의 어미 아비에게 몸을 기대고 있었다.

"수운 대선생과 해월 선생께서 말씀하시기를, 사람은 누구나 자기 마음 안에 하늘님을 모시고 있고, 이 하늘님은 양반이나 노비나 서자

나 백정이나 아이나 노인이나 가리지 않고 차별 없이 모두 똑같다고 했어요. 사람뿐만 아니라 미물인 육축과 생순의 자연까지도 생명으로 아끼고 함부로 하지 말라고 말씀하시지요. 하물며 여인의 경우는 하늘님을 낳는 하늘님이므로 더욱더 존귀해요. 사람은 누구나 존귀한 존재이므로 함부로 하지 마시고 하늘님을 모시는 것처럼 서로 보듬어 주시어 화목하게 사는 것이 바로 우리 동학이 전하는 말이에요"

배씨 부인이 자신의 발밑으로 다가와 치마를 만지작거리는 어린 여자아이를 무릎위에 앉히고 머리를 쓰다듬었다.

"어린아이들을 때리거나 말로도 함부로 하지 마세요. 아이 치는 것이 곧 하늘님을 치는 것이라는 말씀을 명심 또 명심하셔야 해요. 아이들을 있는 그대로 귀애해 주시고 있는 그대로 인정해 주세요. 그렇다고 모든 것을 다 받아 주시라는 말은 아니에요. 옳고 그름을 확실히 알게 하시되 그것은 회초리나 말이 아니라 몸소 실천하는 행동으로 보여주시면 아이들은 부모나 어른들의 올바른 행동을 고대로 배우고 따라 합니다."

배씨 부인의 부인수도에 대한 이야기는 반 식경가량 계속됐고 바로 문답이 이어졌다. 이윽고 마치는 심고를 하고 서로에게 맞절하는 것을 끝으로 사람들은 각자 집과 처소로 돌아갔다. 성연마저 방으로 먼저 돌아가자 의령이 배씨 부인에게 말했다.

"어머니, 오늘도 좋은 말씀이었어요. 언제나 어머니의 말씀은 귀에 쏙쏙 박히고 가슴을 울려요"

그녀의 눈에 어머니에 대한 동경이 넘쳐 났다.

"난 그저 수운 대선생이나 해월 선생의 말씀을 사람들에게 대신 전해 주는 것뿐인데 뭘. 이 일도 이젠 너에게 물려줘야 하니 너도 열심히 준비를 해야 한다."

"예? 벌써요? 전 아직 멀었어요, 어머니."

의령은 배씨 부인의 말에 깜짝 놀라며 손을 내저었다. 언젠가는 어머니처럼 사람들에게 『동경대전』이나 『용담유사』에 담긴 말씀을 전해 주는 일을 하고 싶다고 생각했지만 그 일은 한참 지난 후가 될 것이라고 생각했다.

"아니다. 지금은 우리 집에서만 하지만 앞으로는 다른 곳에 가서 글을 모르는 사람들에게 수운 대선생이나 해월 선생의 말씀들을 전해 주어야 한다. 이것이 우리의 할 일이라는 걸 잊지 말아라."

그녀는 배씨 부인의 단호한 말에 놀랐지만 담담히 대답했다.

"알겠어요. 열심히 공부하고 준비할게요. 그래서 말인데요. 『동경대전』에 있는 말은 한문을 모르는 사람들이나 특히 아녀자나 어린아이들은 알기가 어렵잖아요. 그걸 알기 쉽게 이야기로 만들면 어떨까 그 생각을 했어요."

의령은 그동안 생각만 했던 일을 배씨 부인에게 조심히 털어놓았다.

"그거 좋은 생각이구나. 『용담유사』야 언문으로 쓰여져 읽기 쉽다지만 언문을 알거나 시간이 있는 사람들에게나 해당되는 것이지 글을 모르거나 하루 종일 일하느라 피곤에 지친 사람들에게는 그마저도 어려운 일이지. 그걸 재미난 이야기로 풀어서 전해 주면 더 많은 사람들이 쉽게 접할 수 있겠구나."

배씨 부인이 좋아하자 의령은 기쁘게 웃었다.

잠시 후 의령이 자신의 방으로 돌아오니 고단했는지 성연은 곤히 잠들어 있었다.

의령은 조심스럽게 들어와 책상에 앉았다. 손때가 반들반들하게 묻은 『동경대전』을 펼쳤지만 하루 종일 머릿속에서 떠나지 않았던 선비가 또다시 생각났다. 그리고 기억에서조차 지우고 싶은 끔찍했던 일이 떠올랐다. 자신의 몸을 유린하고 짓누르던 더러운 손길과 역한 냄새를 풍기던 더운 입김이 귓가에 생생하게 들려 숨이 막혔다. 의령은 스멀스멀 올라오는 기억을 지우려 고개를 세차게 흔들었다. 자신이 잘못하지 않은 일에 괴로워하지 말자고 스스로를 다독이며 지내 왔기에 어느 정도 극복했지만 아주 잊기에는 몸과 마음에 남아 있는 고통이 너무 컸다.

잠시 눈을 감고 숨을 고른 후 장을 열어 깊숙이 넣어 두었던 보자기를 꺼냈다. 저수지에 몸을 던졌을 때 구해 준 선비가 벗어서 몸에 덮어 주었던 도포다. 도포의 사연을 알고 배씨 부인이 직접 빨아서 정성껏 손질한 후 마음이 흔들릴 때마다 선비의 고마움을 잊지 말라며 의령에게 준 것이다. 의령은 도포를 손끝으로 가만히 쓸며 언젠가는 이 도포를 선비에게 돌려줘야 한다고 생각했다. 도포를 온전히 선비에게 돌려주며 고맙고 미안한 마음을 전하고 과거를 끊어 내리라. 의령은 도포를 내려놓은 손으로 보자기를 있는 힘껏 움켜쥐며 눈을 감았다.

그녀는 더 이상 지난날의 고통 속에서 살고 싶지 않았다.

그 며칠 후 장날, 의령은 거짓말처럼 자신의 눈앞에 나타난 유상을 보았다. 의령은 쓰개치마를 뒤집어쓰고 얼굴만 내밀고 걸어가다 멀리서 다가오는 유상을 발견하고는 깜짝 놀라 발걸음을 늦췄다. 그러다가 저잣거리 한가운데서 서로를 마주 보며 우뚝 멈춰 섰다. 그녀는 자신을 빤히 쳐다보는 유상을 마주 보다 얼른 고개를 숙이고 앞으로 나아갔다. 뒤에서 그가 따라오는 기척이 들렸지만 걸음을 멈추지 않았다. 그러고는 한적한 골목길 끝에 가서 멈춘 뒤 의령이 조심스럽게 뒤를 돌아보았다. 조금 떨어진 곳에 서 있는 유상이 보였다.

의령은 유상에게 조금 비켜서며 나직이 말하였다.

"작년에 저를 구해 주신 선비님이시지요?"

"저수지에서….”

"제 목숨을 구해 주셔서 고마웠습니다.”

의령은 내외한 채로 머리를 숙여 절하였다.

"그때는 경황 중에 민망한 꼴을 보였습니다. 은인에게 감사는커녕….”

"아니, 이런 인사를 받자고 한 일은 아니다.”

유상은 의령의 말을 막았다.

"저는 신평에 사는 윤의령이라고 하옵니다."

의령이 이번에는 유상을 향해 깊숙이 허리를 굽혔다.

1년 만에 듣는 그녀의 목소리는 유상이 기억하는 것보다 낮고 성숙했다.

유상은 패악스럽게 소리치며 떠났던 소녀가 어엿한 여인네의 풍모로 다소곳하고 정중하게 인사를 건네자 말문이 막혔다.

가까이 바라본 의령의 얼굴은 고집스러운 눈빛은 여전했지만 1년 전과는 어딘지 모르게 달랐다. 이제 소녀가 아닌 온전한 여인이었다.

"그때는 제가 경황이 없어서 제대로 인사도 못했습니다. 미안했고 고마웠습니다."

"됐다. 고맙다는 말을 듣고 싶어서 따라온 것이 아니다. 단지 네가 맞는지 확인하고 싶었을 뿐이다."

유상은 의령에 대한 궁금증이 가득한 얼굴이었지만 차마 묻지 못하고 의령을 쳐다보다 사람들이 오는 기척에 몸을 돌렸다. 그녀도 재빨리 쓰개치마를 뒤집어썼다.

"여기는 아녀자가 오기에는 적당한 곳이 아니니 먼저 가거라. 나는 잠시 후에 나가마."

"… 예. 그럼 안녕히 돌아가시어요."

의령이 무슨 말인가 하려는 듯 망설이다 곧바로 고개를 숙이고 그를 지나쳐 골목을 빠져나갔다. 유상은 눈만 보이게 쓰개치마를 뒤집어쓰고 멀어지는 의령의 모습을 바라보다 조용히 뒤따라 나왔다. 의령은 뒤돌아보지 않고 자신을 찾고 있는 성연과 아이들에게 다가갔다.

"성님, 어디 갔다 이제 와요? 또 잡혀간 줄 알고 깜짝 놀랐잖아요."

"미안하다. 장거리를 구경하느라 시간이 이리 지난 줄 몰랐네. 잠시 포목점에 들렀다가 가자꾸나."

"포목점은 왜요? 옷감이 필요한 거예요? 누구 옷을 지으시려고요?"

의령은 성연의 물음에 말없이 웃음으로 답한 뒤 성연과 아이들을 데리고 포목점으로 발길을 돌렸다.

그 뒤에서 유상이 꼼짝 않고 서서 그녀가 보이지 않을 때까지 눈을 떼지 못했다.

3장/ 결단

해월은 눈을 감은 채 미동도 없었다. 그와 뜻을 같이하는 강시원이 걱정스런 얼굴로 해월을 보았다. 해월 앞에 앉아 있던 서장옥, 서병학, 윤상오는 숨을 죽이고 그의 입이 열리기를 기다렸다.

"접장들께서는 법헌의 고민을 모르셔서 이러십니까? 20년 전 이필제와 함께 도모했던 영해 거사의 실패로 조직이 풍비박산이 나고 관의 탄압으로 숨조차 쉴 수 없었습니다. 그동안에도 법헌께서는 몇 차례나 죽을 고비를 넘기셨고, 사가의 많은 분들이 붙잡혀서 고초를 겪고 또 죽은 이는 얼마입니까? 그 고초 끝에 이제 도의 운수가 안정되어 충청도와 전라도에까지 도인들이 없는 데가 없게 되었습니다. 이러한 교세는 관에 맞서 싸워서가 아니라 정성 들이고, 공경을 다하였기에 이룩한 것입니다. 이제 세력이 수십 배로 커졌다 하나 이럴 때일수록 신중을 기하자는 것입니다."

해월의 침묵을 기다리다 못해 교조신원운동을 본격적으로 벌이는 것은 신중히 하자는 뜻으로 강시원이 말했다.

"저희가 왜 모르겠습니까? 저희들이야말로 어려운 시절을 함께했던 사람들입니다. 강 접장 말대로 지금 우리 동학의 교세가 급증하고 있습니다. 하루에도 수백 명이 입도하고 있지만 서양에서 들어온 천주학이 공인된 지가 10년이 넘으면서 조선 사람들의 생활에 깊숙이 파고들고 있습니다. 그런데 우리 도는 수운 대선생의 억울한 죄명도 풀어 드리지 못하고 사도로 탄압을 받고 있으니 제자 된 도리로서 이런 불경이 어디 있겠습니까? 이보다 더 급한 것은 지금 당장 도인들이 관의 지목을 피해 목숨을 부지하기 위해서 삶터를 버리고 도망가거나 가산을 팔아 속전을 내는 것으로 관의 탄압에 대응하고 있다는 것입니다. 언제까지 이렇게 당하고만 있어야 합니까?"

서장옥이 강시원과 해월을 번갈아 쳐다보며 목소리를 높였다. 이번에야말로 해월 선생에게 응낙을 받아 내고야 말겠다는 뜻이 뚜렷했다.

"법헌, 20년 전 영해의 경우와 지금은 다릅니다. 무엇보다 지금은 동학의 위세가 그 어느 때 보다도 강합니다. 이럴 때 우리가 스승님의 신원을 요구하지 않는다면 앞으로 더 많은 어려움에 봉착할 것입니다. 게다가 영해 때처럼 무기를 들자는 것도 아니고 정식으로 소장을 제출하자는 겁니다. 우리의 뜻이 올바른 이상 저들도 끝까지 물리치기만 하겠습니까? 지금은 스승님의 신원이 가장 절실합니다. 법헌, 부디 용단을 내려 주십시오."

서병학도 해월에게 바싹 다가앉으며 해월을 쳐다보았다. 내처 호남의 신진 도인들의 들끓는 여론을 말하려다가 입을 다물었다. 해월이 그런 사정을 모를 리가 없다고 생각했고, 또한 그것이 해월이 결단을 내리는 데 득이 될지 실이 될지 판단하기 어려웠다.

윤상오는 해월을 쳐다보았다. 해월의 깊은 고뇌가 느껴졌지만 더이상 물러설 수가 없었다.

"법헌, 얼마 전까지 저희 집에 계셨으니 충청 감사 조병식의 횡포를 잘 아실 겁니다. 그자가 동학을 금지한다는 구실로 동학 도인은 물론이고 일반 백성들까지도 가혹하게 탄압하면서 가렴주구를 일삼아 백성들의 고혈을 빨아먹고 있습니다. 이뿐입니까? 왜인, 청인, 양인들까지 조선을 한입에 삼키려고 호시탐탐 노리고 있으니 나라의 운명이 바람 앞의 등불처럼 위태롭기만 합니다. 이제 더는 물러설 수 없습니다."

윤상오가 낮은 목소리로 호소했다. 잠시 후 해월이 눈을 떴다.

해월이 한동안 말없이 그들을 쳐다보다 입을 열었다.

"접장들의 마음을 내가 왜 모르겠습니까? 말씀대로 며칠 전까지 저도 공주 신평에서 윤 접주 집에 머물고 있다가 조병식의 동학 금령으로 체포령이 떨어져 이곳으로 피신해 있는 것 아니겠습니까? 그러나 신중해야 합니다. 제게는 수운 대선생의 유지를 받들어야 하는 막중한 책임이 있음을 부디 헤아려 주십시오."

해월이 말을 마치자 혹시나 하고 기대했던 세 사람의 입에서 동시에 아쉬움의 한숨이 터져 나왔다. 서장옥이 입을 열어 반문하려 하자 해월이 손을 들어 막았다.

"이번에는 신중하고 또 신중하게 시작해야 합니다. 영해에서와 같은 실패를 반복해서는 안 됩니다."

해월은 들었던 손을 조용히 내려놓았지만 입에서 나오는 말은 단호했다.

"이제는 더 이상 동학을 한다는 이유로 도인들과 백성들을 사지로 내모는 일은 없어야 합니다. 그러니 안전하고 정당하게 스승님의 신원을 할 수 있는 방법에 대해 의논하고 준비를 시작해 주십시오. 다만 좀 더 깊이 생각할 시간이 필요하며 모든 것은 추수를 마친 후에야 가능할 것입니다."

방 안은 순간 정적이 감돌았다. 누구도 먼저 입을 열지 않았다. 해월은 신중한 사람이었다. 그가 고심하고 고민한 끝에 수운 선생의 신원을 위한 길을 찾아보기로 결심했다는 것이다. 그러나 해월의 결단에 마냥 기뻐할 수 없었다.

"법헌…. 도인들의 뜻을 하나로 모으고 지혜로운 처신으로 반드시 수운 대선생의 신원을 성사시킬 것입니다."

서장옥이 넙죽 절을 하며 눈물을 삼켰다. 강시원, 서병학, 윤상오도 뒤따라 절을 했다. 해월도 그들에게 맞절을 했다. 고개를 드는 그들의 눈은 붉게 상기되고 눈물이 맺혀 있었다.

"마님, 아씨, 나리마님 오십니다요."

상주로 떠난 지 보름 만에야 윤상오는 피곤에 지친, 그러나 어둡지 않은 얼굴로 돌아왔다. 미리 기별을 받고 대문 밖에 마중 나와 있던 배씨 부인과 의령은 그를 반갑게 맞았다.

"어서 오시어요. 고생이 많으셨지요?"

"아버지, 무탈하시었어요?"

윤상오가 의령의 손을 잡으며 배씨 부인을 쳐다보았다.

"부인, 그동안 고생했소이다. 의령이도 어머니를 많이 도와주었다고 들었다. 고맙다. 어서 들어가십시다."

안방으로 들어간 세 사람은 자리에 앉아 서로 맞절을 했다.

"해월 선생도 평안하시지요?"

의령이 해월 선생의 안부를 물었다.

"그래, 네 안부를 묻더구나. 부인에게도 안부를 전하셨습니다."

두 사람을 바라보는 윤상오의 시선이 따스했다.

"저희들까지 잊지 않고 챙겨 주시고, 언제나 자상하신 분이지요. 그래, 가셨던 일은 잘되셨는지요?"

윤상오는 상주에서 해월 선생을 만나서 간곡히 간청드렸던 일을 떠올리자 다시금 눈시울이 붉어졌다. 그러다 문득 자신을 쳐다보는 두 사람의 눈길에 정신이 들었다.

"나리?"

"예, 신중하게 신원을 준비하라고 말씀하셨습니다."

"그나마 다행이네요. 원하시는 대로 해월 선생의 승낙을 받았지만 앞으로가 걱정입니다. 과연 우리의 뜻대로 될 것인지, 오히려 긁어 부스럼이 되지는 않을지….”

배씨 부인이 조심스럽게 입을 열자 그가 한숨을 내쉬었다.

해월 선생이 공주 접들의 의견을 받아들여 결단을 한 것은 다행이었다. 그러나 이 길이 과연 최선인지 배씨 부인은 다시금 생각을 돌이켜 보는 것이다.

“압니다. 그렇기에 우리도가 분열되지 않고 힘을 모으기 위해 여러 번 간청드리면서 해월 선생이 결단을 내리실 때까지 기다린 것이지요. 언제나 다양한 의견을 모두 들으시고 신중하게 결정하시는 분이니 결국은 허락하실 거라 믿었으니까요. 이제 준비의 명이 떨어졌으니 도인들 모두 힘을 합쳐 앞으로 나아가는 것만 남았습니다. 의령이와 부인께도 여러 가지 도움을 받아야 하니 준비해 주세요.”

“알겠습니다. 힘껏 돕겠습니다.”

배씨 부인이 고개를 끄덕이며 대답했다.

“아버지, 저녁 진지 드시기 전까지 좀 쉬세요. 몸살이라도 나실까 염려됩니다.”

의령은 윤상오가 피곤한 얼굴로 눈을 감자 재빨리 안색을 살폈다.

“괜찮다. 집에 와서 어머니와 너의 얼굴을 보니 피곤이 싹 풀리는구나. 참, 의령이는 큰일 날 뻔했다고 들었다.”

“죄송해요. 제가 미련하여 아버지 어머니와 가족들에게 심려를 끼쳐 드렸어요.”

“네 탓은 아니다만 조심하여라. 관에서 물불 안 가리고 날뛰는 것이 심상치가 않다. 당분간은 저잣거리에도 나가지 말고 집 안으로 아이들을 불러 서책을 읽어 주도록 하여라."

윤상오가 걱정스런 목소리로 의령에게 말했다.

"그럼 내일 장날에 저잣거리를 다녀오면 안 될까요? 아이들에게 직접 소식을 전하고 싶어요."

"알았다. 조심히 다녀오거라."

윤상오는 의령의 맑은 눈을 보며 해월 선생을 생각했다.

상주에서 떠나기 전 해월 선생이 윤상오를 따로 불렀다.

"의령이는 잘 지내고 있습니까?"

해월의 입에서 나오는 의령이의 이름이 따사로운 햇살처럼 부드러웠다.

"염려하신 덕분에 아주 잘 지내고 있습니다. 1년 전의 다 죽어 가던 아이라고는 상상도 할 수 없을 정도로 어여쁘고 강건하게 커서 이제 여인이 다 되었습니다."

의령을 떠올리는 윤상오도 얼굴에 웃음이 가득 찼다.

"다행이군요. 그리될 줄 알았습니다. 그 아이를 보면… 누군가가 생각이 납니다. 고집스럽고 깊은 눈빛이 너무나 닮아서 처음에는 깜짝 놀랐습니다."

해월이 지나가는 말처럼 무심히 내뱉었다.

"그 아이를 처음 보았을 때도 그러시더니, 대체 누구를 닮았다고 그러십니까?"

윤상오가 고개를 갸웃거리며 해월에게 물었다. 해월은 당치도 않은 일이라, 설마 그 사람의 아이일 리가 있으랴 생각하며 뻗어 가던 생각을 접고 고개를 저었다.

"아닙니다. 그저 저 혼자 간직한 이야기입니다. 괘념치 마십시오. … 언제 한번 어여쁘게 큰 의령이를 보고 싶군요."

"곧 그리될 것입니다. 부디 강건하십시오."

윤상오는 해월과 함께한 날들을 떠올리며 새삼 감회에 젖었다.

"왜 그러서요? 아버지, 피곤하신데 저는 그만 나가 볼까요?"

의령이 애틋한 눈으로 자신을 바라보는 윤상오의 시선을 담담히 받으며 조심스럽게 물었다.

"아니다. 너를 보니 해월 선생을 처음 만났을 때가 떠오르는구나."

의령이 해월이라는 말에 윤상오 앞으로 바짝 다가섰다. 의령이 기억하는 해월 선생은 자신을 조용히 지켜보시는 분이었다. 어쩌다 마주치면 다정한 미소를 지었다. 그것은 연민이 아닌 아픈 마음을 이해하고 격려하는 따스한 눈빛으로 자신감을 잃은 의령에게 큰 힘이 되었다. 해월 선생은 수련과 기도를 게을리하지 않으면서도 손에서 일거리를 놓지 않았다. 그래서 의령에게 해월 선생은 늘 궁금하고 신비로운 존재였다.

"정말요? 저도 늘 궁금했어요. 아버지는 언제 동학을 알게 되었고 언제 처음 해월 선생을 만나신 거예요?"

의령이 궁금증을 참지 못하고 묻자 배씨 부인이 빙그레 웃으며 윤상오를 쳐다보았다.

"내가 동학을 알게 된 것은 아주 오래전이란다. 10여 년 전 지금 살아 있다면 너의 오래비가 되었을 아이들을 괴질로 잃고 무척이나 상심해 있었는데 동학을 하는 사람들은 전염병에 걸리지 않고 멀쩡하다는 소문을 들었단다. 그 후 동학을 접한 것은 경진년(1880)이고 다음 해에 충청도 단양 두솔봉 아래 송두둑에 은거하고 계시던 해월 선생을 찾아가 입도하였지. 그리고 그 인연으로 해월 선생께서 공주에도 자주 은신해 계셨고. 그 후 공주 근처 궁원, 가섭암 등에 은신하시면서 충청도에도 동학이 전파되었고, 그릇에 물이 넘치듯 전라도 지방에도 급속도로 동학이 퍼지는 계기가 된 것이지."

윤상오는 처음 해월을 보았을 때의 충격을 잊지 못한다. 말로만 듣던 그의 첫인상은 초라해 보이는 중노인이었다. 그러나 해월이 입을 열자 그에게 한없이 빨려 들어가는 자신을 느꼈다. 그의 입을 통해 흘러나오는 강론은 보잘것없다고 생각했던 자신을 위로하고 한 생명으로 살아갈 수 있는 확신과 희망을 주었다.

"그렇군요. 그리 오래되었군요."

"처음에 단양에서 해월 선생을 만나고 오셔서 감격해 하시던 날이 어제인 듯 생생합니다."

배씨 부인이 웃으며 말했다. 두 사람은 그때를 떠올리며 다시 감격에 젖었다.

"그랬지요. 의령이도 겪어 봐서 알겠지만 참으로 강직하고 올바른

분이시지. 수운 대선생이 억울하게 참수되신 후 한시도 그분의 가르침을 잊지 않으셨고, 주문과 기도를 통한 수행을 게을리하지 않으신 분이다. 언제나 손에서 일거리를 놓지 않으셨고. 왜 알지 않느냐. 우리 집에 머물러 계실 때도 짚신 삼는 걸 멈추는 법이 없으셨지."

"해월 선생은 말할 것도 없고 그 가족들이 겪은 고초는 얼마나 심했습니까? 그분들을 생각하면 지금도 가슴이 아프고 눈물이 앞을 가립니다."

배씨 부인이 눈물을 훔치며 말했다. 수운 대선생이 좌도난정의 죄명으로 효수되고 동학이 사도로 낙인찍힌 뒤 끊임없이 쫓겨 다닌 해월도 그렇지만 그 가족들이 겪은 고초는 도인들에게는 안타까운 한이 되었다.

"그분을 만난 것이 벌써 10년이 지났구나. 강산이 변해도 한 번은 변할 시간이었다. 그러나 그 10년 동안 수많은 어려움들이 있었지. 죽음의 고비도 수없이 넘겼지만, 기쁨의 순간도 함께했다. 동학의 형편으로만 보자면 그야말로 상전벽해의 상황이 아니냐. 도인은 수천수만을 헤아리게 되었고, 지역도 강원도와 충청도는 물론 전라도, 경기도를 넘어 황해도와 그 북쪽까지 확대되었다. 또 지역마다 걸출한 도인들이 뛰어난 도력을 발휘하여 포덕을 늘려서 접이 날마다 늘어나고 여러 접을 지도하는 대접주도 손으로 꼽을 수 없을 만큼 많아졌단다. 나 또한 계미년(1883) 여름에 공주접의 이름으로 돈을 대 『동경대전』을 간행했을 때를 생각하면 지금도 온몸에 소름이 돋을 정도로 감격스럽단다. 동학을 하면서 해월 선생과 그 모든 것들을 함께했지. 앞으로도 죽을 때까지 그럴 것이고…."

윤상오가 아련한 눈빛으로 조용히 추억을 더듬었다. 해월은 윤상오의 전부를 걸 만큼 큰 존재였다. 처음 만나고부터 그는 열과 성을 다해 해월을 보필했다. 그로 인해 공주는 충청도와 전라도 포덕의 출발점이 되었다.

"내가 왜 동이였던 너를 망설임 없이 의령이로 받아 들였는지 아느냐?"

윤상오가 갑자기 의령을 쳐다보며 물었다.

"……."

의령은 윤상오의 갑작스런 물음에 대답하지 못하고 멀뚱히 쳐다보았다. 사실 그녀도 그것이 항상 궁금했다. 거렁뱅이로 다 죽어 가는 자신을 거두어 준 것도 모자라 딸로 삼아 지극한 사랑을 베풀어 주는 이유가 무엇인지 알고 싶었지만, 그저 두 분의 어진 성정이 자신을 가엾게 여긴 것이라 짐작할 뿐이었다.

"너를 만나기 전인 작년 5월쯤에 나에게 큰 시련이 있었지. 나는 그때 전라도 지방을 양분하는 호남우도편의장 겸 도접주로 임명되었다. 무거운 책무인지라 마냥 기뻐할 수만은 없었지만 나를 돕고 지혜를 베풀어 주시는 주위의 많은 어른들과 접장들이 있어서 그 직을 받아들였다. 한편으로는 그동안 내가 해 온 일들이 인정받았다고 생각했다. 그러나 그로 인해 난 자만과 교만에 빠졌다. 바로 호남좌도편의장에 임명된 백정 출신 남계천을 받아들이지 못한 것이지. 나보다도 나를 돕던 접장들이 더 완강하게 해월 선생의 뜻을 꺾으려 들었단다. 그러나 해월 선생은 거기에서 오히려 한 걸음 더 나아가 얼마 후에는 호남좌우도를 합치고 그 편의장으로 남계천을 임명하셨지. 처음에는 받아들일 수가 없었다. 참을 수 없을 만큼 서운하고 억울했다. 겉으로야 해월 선생의 결정을 따른다고는 했지만 속으로는 원망하고 또 원망했지. 나는 동학을 한다면서 모든 사람들이 하늘이며 평등하다는 것을 마음으로 받아들이지 않은 것이야."

윤상오가 잠시 말을 멈추고 의령을 쳐다보았다. 그의 눈에 회한이 가득했고 무릎 위에 올려놓은 두 손을 꼭 잡고 있었다.

"태인 접장을 비롯해 많은 사람들이 강력하게 항의하고 백정 출신인 남계천을 따를 수 없다며 시정을 요구했다. 그러나 선생은 결정을 번복하지 않으시고 단호히 말씀하셨지. '사람은 모두 하늘이라 평등이요 차별이 없다. 사람이 인위로써 귀천을 가리는 것은 곧 한울님의 뜻에 어긋나는 것이다. 일체 귀천의 차별을 철폐하여 스승님의 뜻을 계승하기로 맹세하라.'며 끝까지 남계천을 놓지 않으셨다. 내가 얼마나 어리석었는지 알겠지? 수운 대선생이나 해월 선생의 뜻을 그저 입으로만 떠들어 댄 것이지. 그리고 의령이가 죽었다. 그제서야 난 정신이 번쩍 들었단다. 애초에 병약한 아이였으나, 그 아이는 죽는 순간까지 내 마음을 위로하면서도 해월 선생의 뜻을 받아들이기를 당부하였다. 죽은 의령이는 나와 네 어머니에게 딸이면서도 우리를 이끄는 스승 같은 존재였다. 그렇기에 더욱더 의령이의 죽음을 받아들이기 힘들었다. 그리고 너를 만났지. 그때 해월 선생이 소중한 인연을 귀하게 받아들이라는 말씀과 수운 대선생의 노비 면천 이야기를 들려주며 나를 위로하셨다. 그때서야 난 동학을 한다는 것이 무엇인지 마음 깊이 깨닫게 되었단다. 너를 내 딸로 받아들임으로써 나는 진정한 동학인으로 한 발 내딛게 된 것이지. 너는 내 딸 의령이고, 나를 동학으로, 해월 선생께로 다시 이끈 인연의 끈이다."

윤상오가 긴 말을 마치고 의령을 쳐다보았다. 그의 눈이 촉촉이 젖어 있었다. 의령은 윤상오의 눈물에 가슴이 먹먹해졌다.

"그 말씀 하실 때가 생각나요. 그때 저는 절망적이었지만 또 살고 싶다고 생각했어요. 아버지 어머니의 딸이 되면 참 좋겠다고…."

의령이 그때를 회상하자 울음이 차올랐다. 윤상오가 손을 뻗어 의령의 눈물을 닦아 주었다.

그들은 지난 1년을 돌이켜 보듯 한동안 말없이 앉아 있었다. 편안한 침묵이 주위를 감쌌다.

"참, 성연이가 보이지 않는구나. 집으로 돌아 간 게냐?"

윤상오가 갑자기 성연을 찾자 의령이 눈물 젖은 얼굴을 들었다.

"예, 어제 집으로 돌아갔어요."

"그동안은 성연이 때문에 적적하지 않았겠구나."

본가의 기별을 받고 허겁지겁 달려가던 성연이 생각나자 의령과 배씨 부인이 마주 보며 웃었다.

"며칠 더 머물 예정이었는데 작은집에서 이번에 혼담을 매듭짓는 다는 전갈이 왔어요."

"성연이가 그리도 목을 매던 장준환 도령에게 시집을 간다니 좋아서 뒤도 안 돌아보고 달려갔지요."

배씨 부인이 웃으며 말했다.

"이번 신원 준비로 장준환접장과 성연이의 혼인이 미루어 질지도 모르겠구나. 우리 의령이도 좋은 배필을 만나 혼인을 해야 하는데…."

윤상오는 의령이 안타까웠다. 그녀가 평범하게 살았으면 벌써 혼인을 하고도 남았을 텐데 하는 생각이 들자 윤상오는 마음이 아팠다.

"그런 말씀 마세요. 저는 혼인 안 하고 아버지 어머니하고 살 거예요."

윤상오와 배씨 부인은 그녀의 마음속 상처가 아직 다 아물지 않았다는 생각에 안타까운 마음이 들었지만 더 이상은 아무 말도 하지 않았다.

의령이 두 사람에게 아직 동이로 살던 과거 이야기를 해 주지 않았지만 평탄한 삶을 살지 않았으리라 짐작했다. 그녀는 가끔 자다가 악몽에 시달려 소리를 질렀고 또 멍하니 생각에 잠겨 있는 적도 있었다. 그러나 그 횟수가 점점 줄어들고 있다는 것을 다행으로 여겼다.

그들은 하루빨리 의령이 지난날의 악몽으로부터 온전하게 벗어나기를 간절히 바랐다.

다행히 지금까지는 동이가 아닌 윤의령으로 부족함이 없었다. 그녀는 글을 읽고 쓸 수 있었고 영민했다. 목소리는 맑고 청아했으며 알 수 없는 힘이 느껴졌다. 책을 읽어 주거나 옛날이야기를 하면 주위의 모든 사람들이 하던 일을 멈추고 귀를 기울였다. 즉석에서 이야기도 곧잘 지어냈다. 그러나 무엇보다 그녀는 동학의 한문 경전인 『동경대전』과 언문가사 경전인 『용담유사』와 해월 선생이 지어 배포한 내칙과 내수도문에 깊이 매료되고 그것을 알기 쉽게 주위 사람들에게 전해 주는 데 힘을 기울였다.

　죽어 마땅하고 미물보다 못하다고 생각했던 자신이 무엇보다 소중한 존재이며 살아갈 이유가 충분하다고 말해 주는 동학은 의령에게 생명줄이었다.

　윤상오는 신평에서 신망이 높았으며 그를 따르는 도인들도 상당히 많았다. 그의 집은 늘 도인들로 북적였고 대부분 배고프고 힘없는 가난한 사람들이었다. 동학 도인이 되어 서로를 존중했으며 서로를 도왔다. 그것은 부자가 가난한 사람들에게 주는 적선이 아니었다. 서로가 서로를 돕는 것, 유무상자(有無相資)의 실천이었다. 내게 필요치 않은 것이 다른 이에게는 요긴한 것이 되기도 했고, 받고도 나눠 줄 것이 없는 이들은 작은 힘이라도 보탬을 주고자 했다. 오직 밖으로부터 구할 줄만 알았던 가난한 농군들은 자신들도 남에게 베풀어 줄 수 있고, 나눠 줄 수 있다는 사실에 놀라고 감격해했다.

　의령이 또한 이야기로 동학을 전해 주며 스스로의 아픔을 치유했다. 그녀로서는 힘들이지 않고 떠오르는 대로 이야기를 나눠 주었지만, 그보다 더 큰 삶의 기운을 돌려받았다.

"성연아, 신중히 생각해 보아라. 네가 예정대로 혼인을 한다고 고집하여 날을 잡기는 했지만 조금만 더 날을 늦추는 것은 어떠냐?"

윤상현이 고집스럽게 입을 다물고 앉아 있는 성연에게 물었다.

해월의 허락이 떨어져 수운 대선생의 신원을 위해 도소에서 공주 감영에 의송 단자를 제출하기로 한 날짜가 혼인날과 겹칠 것을 우려해 다른 날로 미루자고 했지만 성연은 단호하게 거절하며 예정대로 진행하기를 고집했다. 오히려 도인들이 그들의 혼인에 하례객이 되면 관헌의 눈을 피하기도 좋지 않겠냐며 거꾸로 설득했다. 한없이 밝고 유쾌한 성연이었지만 한번 고집을 부리면 꺾지 못했다. 게다가 성연의 말이 그럴싸하다는 생각도 들었다.

"예, 저의 결심은 변하지 않아요. 아버지 너무 걱정하지 마세요. 저 잘 해낼 수 있어요. 저도 동학 도인이에요."

성연이 윤상현을 똑바로 쳐다보며 대답하자 그가 미간을 찌푸리며 한숨을 길게 내쉬었다.

"알았다. 네가 그리 결심했다면 할 수 없구나. 혼인날은 시월 스무날이다. 그동안 처신을 조신하게 하고 혼인 준비를 하도록 해라. 어미 없이 컸다고 손가락질 받으면 안 된다는 말이다. 큰어머니와 의령이와 상의하면 크게 어려움은 없을 것이다."

한동안 윤상헌의 당부가 이어졌다. 성연은 철없는 어린애 같다가도 어린 동생을 돌보는 일이나 준환에 관한 일은 양보가 없었다. 그렇지만 어미 없이 혼인을 치러야 하는 것이 안쓰러웠다.

"예. 알았어요. 아버지."

그제서야 성연이 얼굴을 붉혔다. 아버지의 걱정을 알지만 혼인을 미룬다고 말하지 못하는 자신이 미안하고 민망했다.

"그리고 아버지, 오늘 공주 장날이라 의령 성님을 저잣거리에서 만나기로 했는데 다녀오면 안 될까요?"

"알았다. 그럼 성민이를 데리고 가도록 해라. 그리고 의령이를 만나면 곧 집으로 형님을 찾아뵌다고 말을 전해 주어라."

성연이 아버지의 허락이 떨어지자마자 서둘러 안방 문을 나서다 치마를 밟고 넘어졌다. 무릎이 알싸하게 아팠으나 뒤에서 혀를 차는 아버지의 눈총이 더 아파 얼른 일어서며 겸연쩍은 얼굴로 뒤를 돌아보며 한 번 더 고개를 숙였다. 그러고는 허겁지겁 마당으로 내려서며 동생 성민이를 찾았다.

성연이 오기만을 초조하게 기다리던 성민은 벌써 대문에서 기다리고 있었다. 성민의 얼굴에 불만이 가득했다.

"저런…. 쯧쯧, 아직도 어린 아이인 걸 어찌 시집을 보내누…."

성연은 윤상헌의 나무라는 소리를 못 들은 척하고 성민과 함께 대문을 나섰다.

"의령 누나가 기다리겠다. 얼른 가자구."

성민이 투덜대며 뛰듯이 앞서 갔다. 성연보다 두 살이나 어린 열다섯 살의 성민이었지만 그녀보다 한 뼘이나 더 커서 성큼성큼 뛰어가는 발걸음을 좇아가기가 벅찼다.

성연의 집은 금영 근처였으므로 장이 서는 저잣거리는 지척이었다. 성연과 성민이 장날만 되면 달려가는 곳은 김문경의 세책방이었다. 장날에만 여는 그곳은 도둑 떼의 소굴 같았다. 장이 서는 저잣거리의 제일 끝 후미지고 구석진 곳에 있었으며, 안은 비좁고 어두침침했다. 비좁은 방 안에 빽빽하게 쌓아 올린 서책은 누군가 잘못 건드리기만 하면 우르르 무너질 듯 위태로웠다.

세책방 주인인 김문경은 홀아비로 왜소한 몸체에 늘 잔기침을 달고 살았다. 몸이 좋지 않아 낙향했다는데 한양에서 무관으로 있었다는 둥, 평양에서 떵떵거리고 살다가 기생에게 빠져서 재산을 모두 탕진하고 도망쳐 왔다는 둥, 그에 대한 소문이 무성했다. 그러나 그는 한마디도 자신에 대해 말하지 않았다. 약삭빠르게 장사를 하지도 않았고 사람이 오건 가건, 서책을 보건 말건 별 상관없이 나른한 눈으로 오가는 사람들을 쳐다보며 지냈다.

처음 윤상오를 따라온 변복 차림의 의령에게 눈길이 잠시 머물렀지만 이내 무심한 표정으로 고개를 돌렸다. 의령은 이상하게 냄새나고 어두컴컴한 세책방이 좋았다. 그 좁은 구석에 쪼그리고 앉아서 서책을 읽었고 누가 부르기 전까지 하루 종일이라도 그곳에 머물렀다.

그에 반해 성연과 성민은 코를 살살 간질이는 큼큼한 서책 냄새에

다 어두컴컴하기까지 해서 조금만 머물러 있어도 가슴이 답답하고 머리가 어질어질하다고 질색했다.

의령은 나가자고 보채는 두 사람을 달래려 서책을 읽어 주었다. 그러자 이내 두 사람은 듣는 재미에 푹 빠졌다. 의령이 읽어 주는 건 혼자 읽는 것하고는 달랐다.

그녀가 책을 읽기 시작하면 성연과 성민뿐만 아니라 나른하게 밖을 쳐다보고 있던 김문경까지 귀를 기울였다.

그 후부터 그들은 장날이면 대부분을 세책방에서 시간을 보냈다. 그 좁은 구석에 세 명이 쪼그리고 앉았다 일어서면 제대로 서기도 힘들었다. 그렇게 얼마의 시간이 흐르고 김문경의 세책방이 달라졌다. 김문경이 그곳에 딸린 골방을 활짝 열어 놓은 것이다. 골방은 뒤쪽으로 출입문을 따로 내서 그런지 앞쪽 서책이 있는 쪽하고는 달리 환하고 시원했다. 의령은 김문경의 의도를 알아챘다. 의령은 미소를 머금고 그에게 고개를 숙여 인사한 후에 자리를 잡고 앉아 서책을 읽어 주었다. 시간이 흐르면서 골방에 아이들이 하나둘 늘어났다. 아이들뿐만 아니라 서책을 사거나 빌리러 오는 아낙들도 슬그머니 자리를 잡고 앉았다.

공주 오일장마다 김문경의 세책방은 의령이 서책을 읽어 주는 이야기 사랑방이 되었다.

성연과 성민이 헐레벌떡 뛰어서 도착하니 의령과 아이들 몇 명이 앉아 있었다.

"헉헉. 의령 누나, 아직 안 읽었지? 지난번에 이어서 읽어 주기로 한 홍길동전, 아직 안 읽었지?"

"그래, 아직 시작 안 했어. 성연이와 성민이는 숨 좀 돌려라. 잠시 후에 읽을 거니까."

의령은 그들을 뒷자리에 앉혀 잠시 쉬게 한 다음 서책을 들었다. 더위로 땀을 뻘뻘 흘리면서도 아이들은 미동도 없이 앉아 있었다. 간간이 양쪽에서 불어오는 바람이 더 시원하게 느껴졌다. 그녀의 책 읽는 소리가 낭랑하게 울렸다.

드디어 의령이 책의 마지막 장을 덮자 아이들 입에서 탄식이 쏟아졌다.

"다행이다. 홍길동이 여기 공주에도 왔으면 좋겠다. 그래서 왜놈들과 청나라놈들을 다 쓸어가 버리면 좋을 텐데. 그리고 못된 양반놈들, 구실아치들 재산을 몽땅 뺏어서 우리한테 나눠 주면 좋은데…."

"진짜 그러면 좋겠다. 그런데 율도국이 진짜 있을까? 있으면 거기 가면 배도 안 고프고 엄니 아부지도 안 끌려가고 좋은데."

"바보야, 이건 그냥 꾸며 지은 이야기일 뿐이잖아. 그런 나라가 세상천지에 어디 있겠냐?"

"어딘가에 있으니 이야기가 전해졌을 테고, 그래서 서책으로 나온 게 아냐? 아니, 아직 없다면 내가 커서 그런 나라를 꼭 만들 거야!"

의령은 이야기책을 덮고 아이들이 와자지껄 떠드는 소리에 조용히 웃다가 옆에 있는 두툼한 보자기를 열었다. 그리고 그 속에 든 떡을 꺼내 아이들에게 나누어 주었다.

"얘들아, 다음 장날부터는 당분간 여기를 못 오게 되었다. 많이 서운하겠지만 조금만 참고 기다리면 곧 다시 와서 책을 읽어 줄게. 그리고 만약 신평에 오게 되면 잊지 말고 우리 집에 꼭 들러. 알겠지?"

그 말에 떡을 먹던 아이들이 일제히 입을 다물었다. 지난번 장날에 의령과 아이들이 감영에 끌려갔던 일이 생각나자 차마 다음에도 또 와 달라는 말을 하지 못하는 눈치였다. 성연과 성민이도 안타까운 얼굴을 했다.

떡을 먹던 아이들이 돌아가자 세 사람은 골방을 나와 김문경에게 다가갔다.

"어르신 그동안 고마웠어요. 덕분에 아이들과 즐거운 시간 보냈어요. 당분간 나오지 못하니 편안히 계세요."

의령이 허리를 굽혀 인사하자 나른하게 밖을 쳐다보던 김문경이 그녀를 쳐다봤다.

"아가씨…. 몸조심하십시오. … 지금처럼만… 잘 지내시면 됩니다."

김문경이 기침을 참으며 간신히 말했다. 의령은 걱정스럽게 김문경을 쳐다보다 세책방을 나갔다.

의령이 저잣거리로 들어가는 모습을 끝까지 바라보며 그가 중얼거렸다.

"동이야, 이제 나에게 남은 시간이 별로 없구나."

정선은 세책방에서 나오는 의령을 먼발치에서 바라보았다. 길가에 쓰러져 있는 것을 처음 발견하고 가장 가까이 있던 윤상오의 집으로 옮겼던 것이 1년 전이었다.

의령을 알기 전 신평은 정선에게 낯선 고을이었다. 그날 밤 자정이 넘은 시각에 지름길을 택하여 낯선 신평을 지나다 길가에 쓰러져 있는 의령을 발견한 후부터 그곳은 더 이상 낯선 마을이 아니었다. 신평은 의령이 있는 곳이었다.

정신을 잃은 의령의 가냘픈 몸은 도포로 감싸여서 어린아이처럼 작아 보였고 핏기 하나 없이 하얀 얼굴과 단아한 이목구비는 이 세상 사람이 아닌 것처럼 신비롭고 아름다웠다.

의식을 잃기 전 눈을 뜨고 자신을 바라보던 의령의 처연한 모습이 정선의 가슴에 박혀 잊혀지지 않고 오랫동안 가슴에 남았다. 그것은 정선이 11살 때 첩실에게 아버지의 사랑을 빼앗기고 시름시름 앓다가 피를 토하며 죽어 가던 어머니의 모습이었다.

처음엔 의령의 안위가 걱정스러웠다. 숨이 끊어질 듯 아슬아슬한 그녀가 안타까웠다. 자신에게 이런 마음이 생길 수 있다는 것이 정선 스스로도 믿어지지 않았다. 정선은 그녀에게 향하는 마음을 멈출 수가 없었다.

정선이 얼마 후에 금산현 수령으로 발령이 났고, 그곳에서도 사람을 시켜 의령의 소식을 하나도 빠짐없이 전해 들었다. 시간이 지날수록 의령을 향한 참을 수 없는 그리움과 집착은 점점 커져만 갔다.

의령이 죽을지도 모른다는 소식을 들었을 때는 모든 것을 팽개치고 그녀에게 달려가고 싶은 것을 간신히 참았다. 차라리 처음 의식 없는 의령을 발견했을 때 멀더라도 자신이 머물고 있는 곳으로 데리고 올걸 그랬다고 후회하며 밤을 지새웠다. 그랬다면 지금쯤 이렇게 멀리 떨어져 있지는 않았을 텐데. 그랬다면 지금쯤 그녀는 온전히 자신의 것이 되었을 텐데…. 인편을 통해 전해 듣는 그녀의 소식은 감질나고 애가 탔다.

그러다가 그녀가 죽을 고비를 넘기고 윤상오가 자신의 여식으로 삼았다는 소식에는 안심이 되면서도 절망했다. 정선은 의령이 점점 멀게만 느껴졌다. 신평의 윤상오는 재산가이면서 덕망이 있다고 했다. 아무리 친딸이 아니라지만 그런 집에서 자신에게 그녀를 소실로 내주지는 않을 것이라는 불안감이 그를 절망케 했다.

정선은 의령을 향한 마음을 멈출 수가 없었다. 이 미칠 것 같은 마음은 의령을 온전히 제 것으로 만들어야만 풀어질 것이었다.

정선이 그동안 그녀에게 돌아오기 위해 갖다 바친 재물이 상당했다. 그리고 드디어 그녀 앞에 다가갈 순간이 온 것이다.

1년 만에 보는 의령은 정선이 상상했던 그대로였다. 옥색의 쓰개치마를 둘러쓴 의령은 싱싱한 생명력이 넘쳐났으며 순결하고 아름다웠다.

의령이 함박웃음을 지으며 정선의 곁을 스쳐 지나가자 그는 빠르게 뛰는 심장을 느끼며 질끈 눈을 감았다. 의령이 정선을 알아보지 못하고 옆으로 스치듯 지나간 자리에서 향긋한 꽃 내음이 나는 듯했다. 정선은 숨을 깊게 들이쉬고 의령이 흘리고 간 그녀의 향기를 맡았다. 그러고는 자신에게서 점점 멀어져 가는 뒷모습을 초조하게 지켜보면서 갑자기 심한 갈증과 온몸에 걷잡을 수 없는 열기를 느꼈다.

정선은 의령의 모습이 완전히 시야에서 사라지자 온몸으로 퍼져 가는 열기와 갈증을 잠재우기 위해 서둘러 가까운 기방으로 발걸음을 옮겼다.

의령과 헤어져 고마 나루를 향해서 부지런히 발걸음을 옮기던 성연과 성민이 길을 벗어나 한가한 금강 변 모래밭으로 걸어갔다. 그곳은 커다란 수양버들이 나뭇가지를 길게 늘어뜨려 길에서 보면 안쪽이 잘 보이지 않았고, 수양버들 속에 앉아 있으면 햇빛을 막아 주고 강에서 불어오는 시원한 강바람에 한여름에도 덥지 않았다. 고마 나루 앞 비단결처럼 고요하게 흐르는 강이 햇빛을 받아 금가루를 뿌려 놓은 듯 반짝거렸다. 고마나루의 부산스러움에서 벗어난 자리였다.

땀을 뻘뻘 흘리며 다가오는 두 사람을 지켜보던 준환이 기대고 있던 수양버들 속에서 몸을 세웠다. 멀리서 조그맣게 다가오던 성연의 모습이 점점 커지며 그녀의 표정이 한눈에 들어왔다.

성연은 더위에 빨갛게 익은 뺨과 근 보름 만에 그를 본다는 설렘이 가득한 표정을 숨기지 않은 채 두리번거리면서도 성민과 투덕투덕 좋알대는 모습을 보니 웃음이 절로 나왔다.

그러고는 준환을 먼저 발견하고 한달음에 달려오려다 성민이 급하게 팔을 잡고 나무라자 쓰개치마를 고쳐 쓰고 새침한 표정으로 천천히 다가왔다.

"오라버니, 무사히 잘 다녀오셨어요?"

"형님, 별일 없으셨지요?"

성연과 성민이 허리를 굽혀 인사하자 준환도 허리를 굽혀 맞절을 했다.

"그래, 잘들 있었느냐?"

"흠흠, 그럼, 저는 아버지 심부름을 해야 해서 먼저 집에 갑니다. 누님은 형님이 집에까지 데리고 와 주십시오."

성민이 점잖게 말하며 발길을 돌렸다.

"성민아, 그럴 것 없다. 조금 있다가 같이 가자꾸나. 아저씨께 문안 인사를 드려야 한다."

준환이 웃으며 붙잡자 그가 급하다며 뒤도 돌아보지 않고 뛰어갔다.

성연이 다른 때와는 달리 그런 성민을 잡지도 않고 준환에게서 시선을 떼지 않았다.

준환이 뛰어가는 성민을 쳐다본 후 천천히 몸을 돌려 성연에게 다가갔다.

"우리 성연이, 잘 있었느냐?"

"네…. 잘 있었어요. 아니, 오라버니 보고 싶어서 잘 못 있었어요."

그가 횡설수설 대답하는 그녀를 보고 장난스럽게 눈을 치떴다.

"잘 있었다는 게냐, 아니라는 게냐? 하하, 보름 만에 보는데 그 사이에도 많이 자란 듯하구나."

준환이 손을 뻗어 성연의 머리를 가만가만 쓰다듬었다.

"무슨 소리여요? 이제 저 어린애 아니에요. 곧 혼인할 몸이라고요."

성연이 입을 내밀었지만 그를 쳐다보는 눈빛은 어느 때보다 반짝거렸다.

"그으래? 어떤 도둑놈이 이렇게 고운 사람을 데려간단 말이냐? 고얀 놈인지고."

"그러게요. 어떤 사람인지 복이 터졌지요!"

그러면서 그녀가 배시시 웃었다. 강바람이 불어오자 땀에 젖어 흘러내린 성연의 귀밑머리가 바람에 흔들렸다. 준환이 성연을 향해 한걸음 다가갔다.

"꼬맹이 시절 내 뒤를 졸졸 따라다니던 너와 혼인을 하다니 내가 참 도둑놈처럼 느껴진다."

"내가 언제 졸졸 따라 다녔다고 그러세요? 성민이도 그러고…. 그래도 좋아요. 오라버니랑 혼인해서 정말 좋아요."

성연이 눈을 들어 그를 똑바로 쳐다보며 말했다. 한참 동안 마주보다 그가 손을 내밀자 주저 없이 마주 잡았다.

준환은 성연의 손을 끌어 수양버들 옆의 바위 위에 앉히고 자신도 옆에 앉았다. 그는 아무런 걱정 없이 혼인을 한다고 좋아하는 성연에게 미안했다.

"미안하다."

준환이 웃음기를 지우고 목소리를 낮추며 말하자 그녀가 의아스런 눈빛으로 쳐다보았다.

"나와 혼인을 하는데 왜 오라버니가 미안해요? 난 고맙기만 한데요."

"보잘것없는 우리 집에 오면 고생 많이 할 것인데도 좋으냐? 몸이 편찮으신 어머니를 보살펴야 하는데도 좋으냐? 내가 동학 접주로 위험한 일이 많을 텐데…. 그래도 좋으냐?"

그가 얼굴을 돌려 앞을 보며 담담히 묻자 성연이 고개를 크게 끄덕였다. 준환은 윤상오와 함께 해월 선생을 만나고 온 후 어떤 일이 벌어질지 알고 있었다. 만약 수운 대선생의 신원을 요구하고 동학 도인에 대한 탄압을 금하여 달라는 의송을 공주 감영에 제출한다면 동학 접주인 준환에게도 위험이 닥칠 것이다. 준환은 이런 상황에서 혼인을 강행하는 것이 옳은 일인지 판단이 서지 않았다.

"예, 좋아요. 성민이랑 아버지가 마음에 걸리지만 나 오라버니랑 혼인할래요."

"성연아, 나는 사실 혼인하지 않으려 했다. 만약 혼인날 전후로 도소에서 의송 단자를 금영에 제출하고, 또한 도인들이 금영 앞에서 집회를 열게 된다면 나 또한 동학 접주로 나서야 한다. 그러다 보면 쫓기는 몸이 될지도 모르는데 어떻게 너를 그런 위험에 빠트릴 수 있겠느냐? 지금이라도 늦지 않았다. 다시 생각해 보는 게 어떻겠니?"

준환이 다시 고개를 옆으로 돌려 간절한 눈으로 성연을 바라보았다.

성연은 준환의 말이 끝나기도 전에 크게 고개를 저으며 다급하게 그의 옷깃을 움켜잡았다.

"아니오, 후회 안 해요. 오라버니가 하는 일이 무슨 일인지 잘 알아요. 힘껏 도울게요. 자신 있어요. 오라버니랑 함께라면 어떤 것도 두렵지 않아요. 오라버니 보기에 제가 덤벙대고 어린애 같겠지만 정말 자신 있어요. 혼인해서 오라버니 닮은 아이 낳아 사람답게 사는 세상에서 키우고 싶어요. 그러니까 걱정하지 말고 저랑 혼인해요. 네?"

준환은 그녀가 숨도 쉬지 않고 빠르게 말을 뱉어 내는 모습을 한참 동안 말없이 바라보다 체념한 듯 슬픈 미소를 지었다.

"용감하네, 우리 성연이. 다 컸구나. 이제 나랑 혼인해도 되겠다."

그러고는 가만히 그녀의 어깨를 감싸 안았다.

준환은 성연의 작은 몸을 힘주어 안으며 마음을 다잡았다.

두 사람은 서로의 심장 소리를 느끼며 한동안 말없이 앉아 있었다.

한쪽의 부모를 잃고 서로에게 의지하며 살아온 세월 동안 측은지심에서 서서히 사랑으로 변해 온 그 연정이 이제 정점에 도달하는 순간이었다.

4장/ 혼란

"나으리 손님이 찾아오셨는데요?"

유상은 사랑방에 앉아서 서책을 읽고 있다가 밖에서 들리는 소리에 고개를 들었다.

"손님? 이 시간에 손님이라니? 누구란 말이냐?"

"신평의 윤상오라고 합니다요."

"뭐라고? 누구라고?"

유상은 깜짝 놀라 자리에서 벌떡 일어나 문을 벌컥 열었다.

"그게, 신평의 윤상오라고…."

문 소리에 놀란 영배가 말을 더듬거렸다.

"알았다. 안으로 들이도록 해라."

유상은 복잡한 얼굴로 미간을 찌푸렸다.

잠시 후 영배를 따라 들어온 윤상오는 키가 작고 눈매가 날카로웠지만 얼굴 가득 웃음을 띤 모습으로 들어왔다.

마주 앉은 두 사람 사이에 보이지 않는 긴장감이 흘렀다.

"인사드립니다. 저는 신평에 사는 윤상오라고 합니다. 연통 없이 이렇게 불쑥 찾아온 무례를 용서해 주십시오."

"아니오. 이유상이라고 하오. 벼슬을 내려놓고 낙향하여 쉬고 있는 이 몸을 무슨 연유로 찾아오신 건지요?"

유상의 물음에 그가 들고 온 비단 보따리를 앞으로 내놓았다.

"이것이 무엇이오?"

윤상오가 대답 대신 그를 향해 크게 절을 하자 유상이 당황하여 엉거주춤 몸을 일으켰다.

"다시 인사를 드립니다. 일년 전 저수지에 빠져 죽으려는 아이를 구해 주셨는데 기억하시는지요? 그 아이가 바로 저의 여식입니다."

"… 그 자리에 있었다면 그 누구도 그렇게 했을 것인데, 일부러 찾아와서 인사를 하니 심히 당황스럽소이다."

유상은 윤상오를 바라보며 당황한 얼굴을 감추지 못했다.

"아닙니다. 그때 도사님이 구해 주지 않았다면 저희는 의령이를 만나지 못했을 것입니다. 이런 큰 은혜를 입었는데 어찌 모른 척 넘어가겠습니까? 이것은 그때 제 여식에게 빌려주셨던 도포와 제 여식이 고마운 마음으로 지은 중치막입니다."

윤상오가 비단 보자기를 열어 곱게 갠 도포와 감청색의 중치막을 내밀었다.

"제 여식이 손끝이 야무져 바느질 솜씨가 아주 좋습니다. 생명의 은인에 대한 고마움의 표시오니 꼭 받아 주시라는 말을 전해 달라 했습니다."

유상은 뜻밖의 선물을 받아 들고 잠시 할 말을 잃었다. 그러나 잠시 후 엷은 웃음을 지은 채 자신을 바라보는 윤상오를 향해 입을 열었다.

"도포는 제 것이니 받겠지만 다른 것은 받을 수 없소이다. 아까 말했듯이 의도해서 그대의 여식을 구한 것이 아닌데 어떻게 받을 수 있겠소이까? 고마운 마음만 받도록 하겠소. 여식에게도 그리 전해 주시오."

유상이 단호하게 말하며 자신의 도포를 뺀 후 비단 보자기를 다시 윤상오에게 돌려주었다.

"그러면 저희들은 어떤 방법으로 고마움을 표시해야 하는지요? 생각 같아서는 미천한 우리 집의 가산이라도 팔아 보답해도 아깝지 않으나 도사님의 성품으로 그런 것을 받지 않으실 줄 알기에 정성을 다해 지었다고 합니다. 이것은 목숨을 살려 준 최소한의 성의니 부디 받아 주십시오. 그래야 제 여식도 마음 편하게 지난날을 잊고 잘 살수 있을 것이라고 합니다. 부탁드립니다."

유상이 머리를 조아리며 간곡히 말하는 윤상오를 난처하게 바라보고 앉아 있는데 다과상이 들어왔다.

유상은 급히 다과상을 들이고 앉은 후에 한숨을 길게 내쉬었다.

"알겠소이다. 여식이 그리 말을 하였다니 고맙게 받겠소이다. 그런데 저를 어떻게 찾으셨소이까?"

유상이 차를 한 모금 마시며 윤상오에게 넌지시 물었다.

"지난번 관에서 제 여식이 억울하게 붙들려 있을 때 서리와 말씀을 하셨다고 해서 이리저리 알아보았습니다. 허나 꼭 만나서 고마움을 전해야 했기에 그리한 것이니 불쾌하셨다면 용서해 주십시오."

"아니오. 그냥 궁금해서 물었을 뿐이오. 그리고 다시는 생명의 은인이라는 얘기는 꺼내지 마시오. 우연하게 그리한 것을 은혜니 보답이니 하면 내가 더욱 민망해지는 일이오."

"알겠습니다. 그러나 이렇게 된 것도 인연이니 신평에 오시면 저희집에 꼭 들러 주시고, 미천하지만 저에게 부탁하실 일이 있으시면 언제든지 연락 주십시오. 오늘은 미리 연통하지 않은 큰 결례에도 불구하고 환대해 주서서 고맙습니다."

윤상오가 유상을 향해 절을 하며 일어섰다.

유상은 윤상오가 돌아가고 다시 사랑방에 앉자마자 급하게 영배를 불러 기준에게 보내고, 비단 보자기를 펼쳐 보았다. 일년 전 소녀에게 둘러 주었던 유상의 도포가 반듯하게 접혀 있었다. 그것은 마치 어제 지은 새 옷처럼 깨끗했다. 혼인할 때 입으려던 것을 정혼자인 서영이 죽었다는 말을 듣고 울컥해서 입고 나온 후 저수지에서 죽으려던 그녀에게 입혀 주었던 옷이다. 그러고는 까맣게 잊고 있었는데 마치 새 옷처럼 일년이 지난 후에 그대로 자신에게 되돌아온 것이다.

유상은 자신의 도포를 젖히고 의령이 지었다는 중치막을 펼쳤다. 한눈에 보아도 바느질 솜씨가 좋았다. 자신에게 바락바락 대들던 소녀의 날카로운 눈빛을 그처럼 차분하게 가라앉게 만든 것이 무엇인지, 일년 동안 소녀에게 무슨 일이 일어난 것인지 더욱더 궁금해졌다.

얼마 후 영배의 연통을 받고 온 기준이 유상에게 윤상오가 찾아왔다는 말을 듣고 깜짝 놀랐다. 그의 집은 기준이 직접 탐문하고 있었는데 유상의 심부름으로 살피지 못한 날 찾아왔다니 더욱 당황스러웠다.

"자기들을 살피는 것을 눈치채고 온 것이 아닙니까?"

"지난번 저잣거리에서 만났던 것을 우연이라고 생각하지 않았던 게지. 이렇게 직접 찾아올 것이라고는 생각지도 못했다. 정말 대담한 자가 아니냐?"

유상은 웃음이 가득한 얼굴로 자신을 똑바로 쳐다보던 윤상오를 떠올렸다.

"그래 그동안 알아본 것은 어찌 되었느냐?"

"윤상오의 행보가 이상합니다. 그자가 자금을 대고 조직적으로 도움을 주는 곳이 한두 군데가 아니었는데 대부분이 가장 천한 것들이 모여 사는 곳에 집중되었습니다. 그런 미천한 자들에게 얻은 인심이 대단했습니다."

기준의 말에 유상은 미간을 좁히며 그의 얼굴을 한동안 쳐다보다 이윽고 입을 열었다.

"천한 자들에게 인심을 얻어 무엇을 도모하려는 걸까?"

유상은 차마 입으로 나오지 않은 말을 삼켰다.

기준이 유상의 말에 복잡한 표정을 지었다.

"불순한 의도라고 보기에도 무리가 있어 보입니다. 무작정 돈을 대서 인심만 얻는 것이 목적은 아닌 듯도 하고….”

"그게 무슨 말이냐? 알아듣게 설명해 보거라.”

"천한 것들을 이용해서 세력을 키우려면 돈을 대 주고 인심만 얻으면 되는데 그자들이 스스로 뭔가를 할 수 있게 하는 것이 목적이라고 합니다.”

기준의 말에 유상도 어리둥절했다.

"스스로 뭔가를 할 수 있게 한다?”

"일테면 물고기를 직접 잡아 주는 것이 아니라 물고기를 잡는 법을 알려 주는 것이 목적이라는 말이지요.”

"그럼 그자의 의도는 순수한 빈민구제가 목적이란 말이더냐?”

"글쎄요. 무슨 꿍꿍이속이 있는 게 아닌지 그것은 모르겠습니다. 마음만 먹는다면 천한 것들을 속이는 거야 쉽겠지요.”

유상이 대답 없이 쳐다보자 기준이 말을 이었다.

"그리고 윤상오가 보름간 출타를 하고 온 후에 그의 집에 손님이 부쩍 더 오가고 윤 낭자는 아예 저잣거리에 나오지 않습니다. 그 대신 동네 아이들이 윤상오의 집으로 들어가는 것을 보면 아마도 집에서 서책을 읽어 주는 것으로 생각됩니다. 그런데 윤 낭자를 지켜보는 포졸이 있었습니다.”

유상은 목소리를 더욱 낮추며 말하는 기준을 바라보았다.

"동학 도인으로 의심받아 관에서 감시하는 것은 아니더냐?"

"그것은 아닌 듯합니다. 지난번 장날의 일도 윤의령이 그의 여식인 줄 모르고 잡아가서 벌어진 사달이라고 합니다."

기준의 말에 유상의 눈빛이 날카롭게 빛났다.

"일개 포졸이 왜 윤의령을 감시한단 말이냐?"

"감시를 하는 건지 기다리는 건지 모르겠지만 요 며칠 집 근처를 계속 어슬렁거리고 있습니다."

"알았다. 어차피 감시하는 것을 들킨 것 같으니 조금 더 지켜보다가 수상한 기미라도 있으면 바로 알려 다오."

유상이 말을 마치고 피곤한 듯 몸을 보료 위에 비스듬히 기댔다.

"알겠습니다. 아, 그리고 윤상오의 집안에 혼사가 있다고 합니다."

유상은 혼인이라는 말에 깜짝 놀라 자신도 모르게 몸을 일으키며 소리쳤다.

"혼사? 윤의령이 혼인을 한단 말이냐?"

유상의 반응에 기준이 곧바로 고개를 저었다.

"아닙니다. 윤의령이 아니라 윤성연이라고 사촌 여동생이라고 합니다. 그런데 윤성연의 어미가 일찍 죽어서 윤상오의 집에서 혼사를 대부분 준비하는 모양입니다. 그것 때문에 사람들이 들고 나는 것인지 아니면 다른 일 때문인지 정확히 파악하기가 쉽지 않지만 그 집에서 뭔가가 일어나고 있다는 의심이 듭니다."

"알았다. 나가 보거라."

유상은 기준이 나가자 다시 깊은 생각에 빠졌다.

그는 의령을 만난 후에 일어난 일들로 마음이 복잡했다. 그동안 지켜본 바에 의하면 윤의령과 윤상오는 평범한 사람들이 아니었다. 그들에게 다가갈수록 위험한 기운이 점점 더 짙게 느껴졌지만 그동안처럼 무심히 넘기지 못하는 자신을 알 수 없었다.

윤상오에게 의령을 구해 준 치사를 받았지만 그때의 상황을 생각하면 얼굴이 붉어졌다.

유상은 혼인을 한 달 앞두고 갑작스럽게 죽은 서영을 생각하면 아직까지도 가슴이 먹먹했다. 첫 정인이었던 서영의 죽음은 유상에게 큰 충격을 주었지만 이상하게도 그녀를 떠올릴 때마다 왜 자신을 살렸냐고 소리치던 소녀의 절망적인 목소리가 메아리처럼 따라다녔다. 살든지 죽든지 무슨 상관이냐며 쏘아보던 그녀의 눈빛이 오래도록 유상을 괴롭혔다. 그날 그 아이에게 무슨 일이 있었던 것인지, 또다시 죽으려고 하지 않았는지, 죽지 않았다면 잘 살고 있는지, 그런 생각을 하면서 유상은 자연스럽게 정혼자를 잃은 슬픔에서 벗어났다.

일년이 지난 지금까지 유상이 혼인을 하지 않은 것도 그가 서영을 마음속에 묻기에 충분했다.

집안에서는 유상에게 정혼자를 잃은 슬픔을 이길 시간을 주기 위해서가 아니라 오랫동안 알고 지냈던 송 참의와의 관계를 생각해서 곧바로 다른 가문과 혼인을 진행하지 않았다.

유상은 보료에 몸을 깊이 기대고 눈을 감았다.

송서영의 흐릿한 환영에 윤의령의 얼굴이 겹쳐졌다.

"참, 이유상 도사를 만나고 온 후 별다른 낌새는 없었나요?"

윤상오가 유상을 만나고 온 지 며칠이 지났다.

윤상오는 해월 선생을 만나고 집으로 돌아온 후에 곧바로 누군가 자신들을 감시한다는 눈치를 챘다. 해월 선생을 숨겨 주면서 그런 일에는 이골이 나 있었다. 아무리 노련하게 감시자를 붙인다 해도 10여 년 동안 관의 눈을 피해 온 윤상오를 속일 수는 없었다. 그는 의령에게서 1년 전 자신을 구해 준 선비를 만났고 며칠 전 저잣거리에서 만난 것도 우연은 아닌 것 같다는 말을 듣고는 그 즉시 대책을 세우고 의령의 외출을 제한시켰다. 다행히 성연의 혼사와 신원운동이 함께 이루어져 감시자의 눈을 피하기가 한결 수월했다.

"의령이의 염려가 마음에 걸려서 고마움을 핑계로 불시에 찾아가긴 했는데 보통은 아닌 자 같습니다. 그 나이에 도사가 어디 쉬운 벼슬입니까? 그런데 그리 쉽게 떨쳐 버리고 낙향했다고 하니 만만하게 대처하면 안 될 듯싶어요. 의령이 때문인지 아니면 동학 도인으로 의심해서 우리 집을 감시하는 것인지 알 수는 없지만 의송을 제출하는 일이 제대로 이루어지기 전에 일이 틀어지면 큰일이니 조심하는 수밖에 없지요."

"그러면 나리는 더욱더 앞에 나서면 안 되겠네요. 이 도사에게 노출되었다면 관에서도 의심을 하지 않겠어요?"

"그렇지 않아도 요즘은 거의 앞에 나서지 않고 있으니 너무 걱정하지 마세요."

"이 도사가 들려오는 소문으로도 그리 나쁜 평판은 없는 양반으로 보이는데 왜 우리 집을 감시하는지 그 속셈을 모르겠어요. 무조건 도인을 잡아들여 돈을 갈취하는 양반 무뢰배로는 보이지 않지요?"

배씨 부인의 말에 윤상오가 머리를 끄덕였다.

"그리 보이지 않았어요. 겉모습도 점잖고 갑자기 찾아간 나를 보고도 당황하지 않는 내색을 보니 평범한 사람은 아니었어요. 아마도 자신이 구해 준 의령이 때문에 관심을 갖고 있는 것이겠지요."

"지금 시기가 좋지 않아서 걱정이지요. 의령이에게 해가 되는 자는 아니겠지요?"

"당분간 조심하는 수밖에 없겠지요. 아직 어떤 자인지 알 수가 없으니…."

"그보다 집 앞을 수시로 어슬렁거리는 자가 누구인지 알아내셨어요?"

요즘 윤상오의 집은 다른 때보다 더 어수선했다. 해월 선생의 허락이 떨어져 준비되는 신원의 일과 맞물려 성연의 혼인으로 사람들의 드나듦이 더욱 잦았다.

윤상오는 주목받고 있다는 것을 눈치채고는 오히려 더 많은 사람들을 집으로 끌어들였다. 그러나 의송 준비는 대부분 서장옥과 서병학이 맡았으므로 그의 집을 드나드는 사람들은 혼인에 관계되는 사람들이거나 동학과 관계없는 인물들이 대부분이었다.

이유상을 만났지만 아직은 그의 의중을 알 수 없어 조심하고 있는데 며칠 전부터는 낯선 자가 수시로 윤상오의 집 앞을 어슬렁거리며 배회했다.

"아직 모르겠습니다. 그런데 의령이가 저잣거리를 나가지 않자 바로 우리 집을 기웃거리는 걸 보면 의령이 때문은 아닌지…."

윤상오가 말끝을 흐리며 얼굴빛이 흐려졌다. 덩달아 배씨 부인의 얼굴도 걱정으로 굳어졌다.

"의령이 과거와 연관이 있을까요? 아니면 동학 도인으로 의심받은 것일까요?"

"글쎄요. 아직은 알 수가 없습니다. 의령이가 말해 주지 않아 어떤 사연인지 알 수 없으나 험한 일을 당한 것은 틀림없습니다. 좀 더 알아보고 있으니 당분간은 그 아이에게 이 일은 함구하는 것이 좋겠습니다."

윤상오의 말에 배씨 부인은 말없이 고개를 끄덕였다.

더위가 한풀 꺾인 어느 날 유상의 집에 손님이 찾아왔다. 조정에서 함께 일하던 김도현과 조민호였다.

그들은 갑작스럽게 벼슬을 내려놓고 낙향한 유상에게 서운한 말을 늘어놓았다.

"이 도사, 지금이 어느 때인데 이처럼 한가하게 세월을 죽이고 있는 것인가?"

김도현이 핀잔하듯 말했다. 그러나 조민호는 유상을 힐끗 본 뒤 말없이 술잔을 기울였다.

"조 도사는 왜 아무 말이 없는가? 어떻게든 이 도사를 데리고 한양으로 올라가자고 오지 않았는가?"

김도현의 말에 유상이 허무한 웃음을 지으며 두 사람을 바라보았다.

"한양이야 잘난 사람들이 지키고 있는데 나 같은 한량이 무슨 필요가 있겠는가?"

"지금 한양의 사정을 몰라서 이러고 있는가? 그럴수록 금상 곁을 지키는 것이 사대부의 도리가 아닌가?"

"사대부의 도리라 했는가? 왜놈들이 우리 조선을 호시탐탐 노리고 있는데도 금상과 조정은 대안도 없고 능력도 없는데 나도 거기에 껴서 나라 팔아먹는 거 구경하고 떡고물이라도 받아먹어 볼까? 조선이 어느 놈의 아가리로 떨어지는지 구경하는 것도 사대부의 가장 큰 도리겠네그려. 하하."

유상이 한껏 비꼬며 말하자 김도현이 당황한 듯 주위를 둘러보며 목소리를 낮췄다.

"이 사람이 큰일 날 소리를 하는구만. 지금 나라에 녹을 먹는 사람들이 모두 좋아서 그러고 있는 건가? 우리도 어떻게 할 수가 없으니 숨죽이고 있는 것이지. 그렇다고 다 자네처럼 손 놓고 박차고 나와야 한단 말인가? 자기 자리를 지키면서 할 일을 찾아 죽음을 각오하고 일하는 것이 선비의 길이잖는가!'

김도현은 강한 목소리로 말하는 유상을 설득하듯이 달래며 조민호가 거들어 주기를 바랐지만 그는 외면하며 술을 마셨다.

"그곳에서 무슨 일을 어떻게 할 것인가? 10년 전 갑신정변처럼 왜놈의 손을 잡고 청나라를 칠 것인가? 아니면 청나라의 손을 잡고 왜놈들을 몰아낼 것인가? 궁궐은 이미 민 중전의 노리개에 지나지 않고 금상은 이를 제지할 힘도 없네. 더구나 종이호랑이가 되어 버린 대원군은 희망이 없네. 그러니 아무 말 말고 술이나 마시고 돌아들 가시게."

"금상이야 그렇다 치고 우리야 대원군에게 희망을 걸어야 하지 않겠는가? 지금 대원군 쪽에서 다시 사람들을 모은다는 소문이 있네. 우리가 힘을 보태 줘야 하지 않겠나?"

"대원군이 종이호랑이가 된 지 벌써 십여 년이 지났네. 민 중전의 기세가 저리도 등등한데 다시 정권을 잡기가 어디 쉽겠는가? 그러니 자네들도 헛꿈 꾸지 말고 각자 갈 길 가시게."

유상이 김도현의 말에 헛웃음을 웃으며 말했다.

"이렇게 도망치는 것도 어쩌면 방법일까? 나라는 호랑이 아가리로 점점 들어가고 있는데 그것을 눈앞에서 지켜보는 것이 나은지 아니면 눈 가리고 모른 척하는 것이 나은지…. 나도 고민 한번 해 봐야겠네.”

아무 말 없이 술잔만 기울이던 조민호가 혼잣말처럼 중얼거렸다.

두 사람이 동시에 입을 다물었다. 조선은 지금 바람 앞의 등불처럼 위태롭게 흔들리고 있는데 자신들이 할 수 있는 일이 없다는 것이 자괴감으로 다가왔다. 밤은 점점 깊어 갔고 그들은 말이 없었다.

“법헌 어른? 법헌 어른?”

해월은 눈을 감고 있다가 강시원이 부르는 소리에 눈을 뜨고 그를 쳐다보았다. 해월과 강시원은 청주 솔뫼 손천민 접장 집에서 머물고 있었다.

“무슨 생각을 그리 하십니까? 공주 일이 걱정되어서 그러십니까? 그리 걱정되신다면 잠시 멈추고 숨을 고르는 것이 어떠신지요?”

강시원이 조심스럽게 입을 떼었다. 그러나 해월의 눈빛은 점점 선명하게 빛났다.

“혹시 이필제를 생각하신 적이 있으십니까?”

해월의 입에서 나온 이름에 강시원이 흠칫 놀랐다. 해월은 오랫동안 이필제라는 이름을 거론하지 않는다는 암묵을 깨고 있었다.

“어찌 그 이름을 잊을 수가 있겠습니까?”

“어쨌거나 스승님의 신원을 처음으로 주장한 사람은 이필제였어요. 영해에서의 일이 틀어진 후 그나마 겨우 복원하였던 동학 조직이 완전히 와해되고 지금처럼 되기까지 죽고 싶을 만큼 힘들고 어려웠지만 저는 요즘 이필제 생각이 자주 납니다."

해월이 회한 가득한 얼굴로 강시원을 쳐다보았다.

"저도 마찬가지입니다. 20년이 지난 후에 다시 스승님의 신원을 위한 활동을 재개하자니 그때 생각이 떠오릅니다."

강시원이 나지막한 목소리로 대답했다.

"이필제가 무모하고 충동적이었지만 그는 새로운 세상을 만드는 걸 주저하지 않았지요. 결국은 그 때문에 모두에게 큰 시련을 주었지만요."

해월의 말에 강시원이 입을 다물고 한동안 생각에 잠겼다.

"혹시 이필제를 후원했던 허가를 기억하십니까?"

"그럼요, 기억하다마다요. 이필제가 잡히자마자 후원했던 사실이 발각될까 봐 온갖 방법을 동원하여 무마하지 않았습니까?"

강시원의 말에 해월이 마른 입술을 축였다.

"그 허가에게 과부 여동생이 있지 않았습니까? 그때 이필제가 허가의 여동생을 회임시켰다는 소문이 돌았다고 들었는데 기억하십니까?"

"그랬지요. 그런 소문이 있었지만 결국 허가의 여동생이 그 집 머슴하고 눈이 맞아 도망을 갔다고 들었습니다. 그런데 왜 그런 것을 묻습니까?"

강시원이 해월을 의문이 가득한 눈으로 쳐다보았다.

"아닙니다. 이필제의 소생이 혹시 있는지 궁금해서 물어본 것입니다."

해월은 요즘 이필제를 생각하면 으레 따라오는 얼굴이 있다. 의령을 처음 보았을 때 이필제가 떠올랐다. 이제는 희미해진 이필제의 얼굴이 왜 의령과 함께 떠오르는지 해월 자신도 알 수 없었다.

"저는 지금도 이필제, 그 사람을 알 수가 없습니다. 무엇 때문에 그리도 무모한 일들을 죽을 때까지 멈추지 않았는지 말입니다."

강시원이 한숨을 길게 내쉬었다.

"결국은 하나겠지요. 지금의 세상을 바꾸어야 한다는 것 말입니다. 보세요. 20년이 지났지만 세상은 달라진 것이 하나도 없지 않습니까? 아니 오히려 더 나빠지고 있습니다. 지금 바꾸지 않는다면 100년이 지난들 세상이 달라지겠습니까?"

"설마 100년 후에도 지금과 같은 세상이라면 조선은 그 전에 망하고 말겠지요."

해월의 말에 강시원이 힘없이 대답했다.

"절대로 그리되지 않게 해야겠지요. 충주에 머물고 있는 신사과에게 서한을 보내서 망석지사(望席之士) 40명을 선발하여 그 명단을 9월 10일까지 저에게 직접 가지고 오라고 전갈을 내려 주세요."

해월의 말에 강수의 눈이 커졌다.

"결심을 굳히신 겁니까? 조금 더 생각하심이…."

"아닙니다. 벌써 공주에서는 기별을 기다리고 있을 텐데 여기서 더 머뭇거릴 시간이 없습니다."

강시원의 조심스러운 말에 해월이 강하게 고개를 저었다.

"다시는 영해에서와 같은 실수를 반복하지 않기 위해 백 번이라도 생각하고 더 신중하게 결정해야 합니다. 교도들 중에서 신망이 두텁고 사리를 아는 이들을 선발하려는 것도 그래서입니다. 그리고 호남 좌우도편의장인 남계천에게도 이러한 내용으로 윤조를 내리세요. 이제 더 이상의 망설임은 모두에게 이득이 되지 않습니다."

강시원은 해월의 굳게 다문 입과 점점 짙어지는 눈빛을 보며 고개를 깊숙이 숙였다.

"알겠습니다. 명을 받들겠습니다, 법헌 어른."

강시원에게 같이 고개를 숙인 해월은 다시 눈을 감았다. 몸속 깊은 곳에서부터의 떨림이 온몸으로 전해지기 시작했다.

"참, 청주에 머물고 계시는 해월 선생의 전갈이 왔다면서요?"

윤상오는 들고 있던 문서를 배씨 부인에게 내밀었다.

"예, 망석지사 40명을 선발하여 청주 솔뫼 손천민 접장 집으로 직접 오라는 전갈입니다."

윤상오의 얼굴이 긴장감으로 굳어 있었다. 해월 선생이 확실하게 대선생의 신원을 위한 의송을 제출할 날을 정한 것은 아니지만 지금처럼 준비를 시켰다는 것은 곧 그날이 가까워졌다는 것을 의미했다. 배씨 부인이 전갈을 펼쳐 들어 눈으로 읽어 내려갔다.

"망석지사(望席之士)라 함은 교도들 중에서 신망이 두텁고 사리를 아는 교도들을 말씀하시는 겁니까?"

윤상오가 고개를 끄덕였다.

"예, 처음으로 감영에 집단으로 의송을 내는 일이 아닙니까? 지금도 동학은 엄연히 국법으로 금하는 바이지요. 하니 이런 때일수록 우리가 한갓 사도가 아니라 바르고 의로운 공부를 하는 무리라는 점을 과시할 필요가 있어요. 해월 선생이 여러 접주들과 논의한 결과 장소는 당연히 금영(충청 감영) 앞이 되겠지요. 더불어 이번에 성과가 있다면 바로 삼례의 전라 감영에도 의송을 보낼 예정입니다. 지금 충청도, 전라도에서 동학에 대한 지방관들의 탐학과 수탈이 도를 넘고 있으니 당연한 일이겠지요."

"삼례에서도요? 그런데 의송을 보내는 날짜를 정하여 보내시지는 않으셨네요?"

"예. 아직 확실한 날짜를 정해 주지 않으셨으니 한 번 더 해월 선생을 찾아가서 10월이 가기 전에 시작해야 한다고 요청할 예정입니다. 이변이 없는 한 성연이의 혼인 즈음이 되겠지요."

충청도의 접주들은 해월 선생이 신중하게 진행하는 뜻은 잘 알지만 더 추워지면 많은 사람들이 모여 자리를 지키기가 어려워지므로 한 번 더 찾아가서 요청해야 한다는 의견이 지배적이었다.

"지금 이 일을 주도하고 계신 분은 서장옥, 서병학, 황하일 세 접장님이신가요?"

남계천 사건 이후로 윤상오는 일선에서 물러나 뒤를 지원하고 있었다. 윤상오가 배씨 부인을 향해 고개를 끄덕였다.

"관에서 지목을 심하게 하고 있는 서장옥 접장은 아마 다른 이름으로 나설 것이지만 해월 선생을 직접 보필하는 손천민 접장과 더불어 세 분이 앞장서고 계시지요. 지난번 상주에 계시는 해월 선생께 대선생의 신원에 나서야 한다고 요청하고 두 달이 지났는데 이만큼이라도 진척이 되는 것이 천만다행입니다. 성연이의 혼인 다음 날로 예정하고 있지만 두 가지 다 소홀히 할 수 없으니 부인께서는 혼인에 전념을 해 주세요. 별일 없이 지나가야 할 텐데 걱정입니다."

신원운동과 혼인 준비를 예정대로 진행하고 있지만 걱정스럽기는 모두 같은 마음이다.

윤상오가 상주에서 해월 선생을 만나고 온 후 집 안은 더욱 북적거렸다.

고심을 거듭한 해월 선생의 승인이 떨어져 사도난정의 억울한 죄를 뒤집어쓴 수운 대선생의 신원을 위한 준비가 본격적으로 시작되었고, 아울러 성연의 혼인식도 함께 준비하느라 더욱더 분주했다.

"성연이 혼인 준비는 잘되어 갑니까?"

윤상오가 사랑방에서 손님들을 배웅한 뒤 안방으로 들어와 앉으며 배씨 부인에게 물었다.

"예. 날짜가 촉박하기는 하지만 과하지 않게 정성껏 하고 있어요. 그러나 아무리 정성을 다한다 한들 제 어미만 하겠어요? 혼인날이 다가오니 일찍 죽은 어미가 더 생각나는 듯합니다."

배씨 부인이 부지런히 놀리던 바느질을 잠시 멈추고 말했다. 언제나 주변에 즐겁고 활기찬 기운을 던져 주던 성연이 혼인이 다가올수록 부쩍 말수가 없어지고 멍하니 먼 산을 바라보는 것이 가슴 아팠다.

"그래도 성연이의 강인함에 놀랐어요. 아우도 준환이도 혼인을 미루자고 했는데도 오히려 신원을 위해 사람들이 모이는 데에 도움이 된다고 혼인을 강행하는 성연이가 어찌나 의젓하던지…."

윤상오는 어려서 어미를 잃고도 언제나 밝게 자라는 조카 여식이 죽은 의령에게 많은 의지가 되었고 또한 지금의 의령에게도 큰 위로가 되는 것을 알고 있었다. 자신과 아우에게 손이 귀해서 친딸처럼 아끼고 사랑했지만 마냥 어린애 같은 성연이 다 커서 혼인을 한다니 감격스럽기도 하고 서운하기도 했다.

"혼인하여 아이를 낳고 그 아이들을 하늘처럼 귀하게 여기는 세상에서 살고 싶다고 설득하니 어찌 그 애를 이길 수가 있겠어요? 해월 선생께서 강론할 때 귀동냥으로 들은 말들이 가슴에 박혀 있다고 하네요."

배씨 부인 또한 성연이 의령에게 큰 힘이 되는 것이 어여쁘고 대견했다.

"어허 참, 우리가 아이들에게 배우고 있습니다. 그런데 의령이는 어떻습니까? 잘 지내고 있나요?"

"의령이가 서운한 내색을 하겠어요? 처져 있는 성연이 기분 맞춰 준다고 더 즐거운 척하는데 그게 더 마음 아팠어요."

"의령이라면 그리하고도 남겠지요."

둘은 누가 먼저랄 것도 없이 한숨을 쉬었다. 늘 허약했던 죽은 의령이보다 씩씩하고 속 깊은 척 의젓하게 지내는 지금의 의령이 더 마음이 쓰였다.

"나리께서는 집안일은 걱정하지 마시고 수운 대선생 신원 일에 전념하세요. 혼사는 의령이와 함께 잘 준비하도록 할게요. 성연이도 그리 연약한 아이가 아니니 잘 견뎌 낼 것이에요."

"그리 기원하고 있어요. 고맙습니다."

이제 대선생 신원운동도 성연의 혼사도 더 이상 망설이고 주저할 수 없었다.

잠시 후 밖에서 의령이 기척을 내며 들어왔다.

"성연이 혼인 준비로 네가 수고한다고 들었다. 몸 상하지 않게 해라."

윤상오가 의령을 바라보는 눈빛이 다정했다.

"수고라니요. 저에게 성연이는 친동생이나 다름없어요. 제가 도울 수 있다는 것이 기쁘기만 한걸요."

의령이 친근하고 다정스럽게 웃는 모습이 대견스러우면서도 안쓰러웠다.

"저 이번 공주 장날에 저잣거리에 잠시 다녀와도 될까요? 꼭 필요한 서책이 있어서요. 걱정하지 않으시도록 지난번처럼 변복을 하고 나갈게요."

의령이 두 사람을 안심시키려 서둘러 말을 마쳤다.

"지금은 시기가 좋지 않은 것 같은데…."

윤상오가 말끝을 흐리며 턱을 문질렀다.

"한동안 저잣거리에 나가지 않아서 아이들도 궁금하고, 서책도 몇 권 구입하고 성연에게도 들렀다 오겠어요."

의령이 말하자 잠시 윤상오가 생각에 잠긴 듯 그녀를 쳐다보았다.

"알았다. 대신 당분간은 백정마을에도 가면 안 된다. 지금 우리 집을 주시하는 사람들이 있으니 매사에 조심, 또 조심히 다녀오너라."

윤상오의 말에 의령이 활짝 웃었다.

처음 의령이 집 밖으로 나갈 때는 변복을 했다. 집 안에서만 틀어박혀 있는 것을 안타깝게 여긴 윤상오의 배려로 그를 따라 저잣거리를 다녔다.

의령은 방으로 돌아와 장롱을 열고 깊숙이 넣어 두었던 옷과 갓을 꺼냈다.

한동안 입지 않았는데도 깨끗이 손질되어 있었다. 갓을 손가락으로 문지르자 꺼실꺼실한 느낌이 전해져 왔다. 자신의 몸을 감싸는 도포와 얼굴을 가려 주는 갓을 쓰면 자유로움으로 날개가 돋아날 것만 같았다.

윤상오에게서 이유상이 자신의 집을 주시하고 있다는 것을 듣는 순간 내려앉은 심장이 그를 떠올릴 때마다 두근거렸다. 저잣거리에서 유상을 만난 것이 결코 우연은 아니라는 생각으로 포목점에 들러옷감을 끊어와 중치막을 지을 때는 이렇게 빨리 그에게 전해질 줄은몰랐다. 의령은 문득 자신이 만든 중치막이 그의 마음에 들었는지, 입으면 어떤 모습일지 궁금했다.

윤상오가 유상을 직접 만나겠다는 말을 하자 자신도 모르게 입에서는 중치막을 전해 달라는 말이 새어 나왔다.

"그냥 고마움의 표시인 거야. 그게 사람의 도리인 거지. 그뿐이야."

의령은 허공에 대고 중얼거렸다.

의령은 며칠 후 공주 장날에 변복을 한 후 집에서 나가는 손님들틈에 섞여 밖으로 나왔다. 의령의 발걸음이 곧장 저잣거리로 향했다.

그 시각 유상은 주막 구석에 앉아 있었다.

"에이, 썩을 놈의 세상. 주모, 여기 막걸리 한 사발만 내주오."

턱수염이 듬성듬성한 사내가 산더미 같은 등짐을 털썩 내려놓으며주모를 불렀다.

술자리에 먼저 앉아 있던 서너 명의 사내들이 눈인사를 하며 아는체를 했다.

"장돌뱅이 김 씨 아닌감? 뭐 큰일이라도 난 게야?"

"내가 열다섯 살부터 20년을 아버지 따라 조선 팔도 장이란 장은다 돌아댕기며 장돌뱅이로 잔뼈가 굵은 놈이여. 근디 어째 20년 전이나 10년 전이나 작년이나 나아진 게 하나도 없어. 나아지긴커녕 살기가 점점 더 힘들어지니 앞으로 살길이 막막해서 그러지."

등짐장수 사내가 투덜거리자 먼저 앉아 있던 사내 중 눈이 옆으로 길게 찢어진 자가 술을 따라 내밀었다.

"내 잔이나 먼저 받게나. 그게 어제오늘 일인가? 어디 세상 돌아다닌 얘기나 좀 해 보게."

"여기도 마찬가지겠지만 지금 조선 팔도의 백성들은 추수가 끝나가는데도 굴뚝에 밥 짓는 연기 나는 집들이 드물단 말이지. 이모작이다 뭐다 해서 수확량은 해마다 늘어나는데 열 마지기 수확하면 아홉 마지기 소출을 뜯어 가니 줄 없는 놈들은 굶어 죽든가 산속에 들어가 화적 떼나 돼야지 다른 수가 있겠나? 돌아다니다 보면 굶어 죽은 시체가 널려 있는 모습을 심심치 않게 본다네. 심지어는 관의 수탈에 못 이겨 마을 사람 전부가 모두 도망쳐 마을이 텅 빈 곳도 보았다네. 이렇게 죽지 못해 사는 세상 모조리 쓸어 버리게 차라리 다 망해 버리면 좋겠네. 에이 드런 놈의 세상, 퉤퉤…."

등짐장수가 양반 행색인 유상의 눈치를 살피면서도 마당에다 침을 탁탁 뱉었다.

"죽은 사람한테 군포를 메기고 심지어 갓난아기한테도 군포를 메겨서 배꼽도 안 떨어진 사내아기의 양물을 잘랐단 말 못 들어봤나?"

"죽은 사람이나 갓난아기는 양반이지, 이웃이나 친척집이 도망간 것까지 책임을 물어 뜯어 가지 않는가? 심지어는 개새끼한테도 군포를 매겼단 소리도 들었다네."

같이 앉아 있던 사람들도 떠들며 한마디씩 거들었다.

"아유, 그 얘기가 언제 얘긴데요. 갓난아기 양물 잘랐단 말은 벌써 오래된 얘기 아니우. 갓난아긴가 지아비인가 가물가물하네. 내가 어렸을 적에 들었던 소리구만. 그때는 그 말을 듣고 얼마나 놀랍고 부끄러웠는지 원…."

주모가 술병과 안주를 새로 내오며 사내들 속에 앉았다.

"그렇겠구먼. 갓난아기 양물을 잘랐단 말에 처녀가 부끄럽기도 했겠어? 주모는 별의별 놈들을 다 만나니 혹시 양물 자른 아기가 커서 찾아오진 않았는가? 그럼 어찌 하겠는가? 흐흐흐…."

"아니, 이 양반이, 별 시답지 않은 소리를 다 하구 있네."

사내들이 주모와 농지거리를 하며 와자지껄 떠들어 댔다.

"그란디, 요즘 공주에 사람들이 왜 이리 북적거린담?"

주모와 실없이 꺼불거리던 사내 중 한 명이 지나가듯 말했다.

"그러게. 추수도 끝나 가는데 낯선 사람들이 부쩍 많이 돌아댕기는 거 같지?"

다른 사내가 얼른 말을 받았다.

"그게 뭔 소리래요? 오늘 장날 아니오. 장날이야 사람들이 북적거리면 좋은 거 아니유?"

주모가 입을 비쭉거렸다.

"그게 아닌 거 같아서 그렇지. 점잖은 사람들이 무리 지어 돌아다니기도 하고, 객주에 머무는 사람들도 부쩍 많아졌고, 암튼 뭔지는 모르겠지만 요즘 공주가 어수선한 게 꼭 뭔가 터질 거 같단 말이지."

"아이고, 여기 장날에 돗자리 깔 양반 생겼네. 여기에 돗자리 깔아요. 지가 제일 먼저 손님 할 텡게. 호호호…."

"그럴겨? 그럼 손 좀 내밀어 봐. 손금부터 봐 줄랑게. 흐흐…."

"하이구, 내가 이럴 줄 알았지요. 이러믄서 은근슬쩍 손목을 잡을라고 그라지요?"

모여 있던 주모와 사내들이 다시 떠들어 대며 술을 마셨다.

유상은 할 일 없는 한량처럼 말없이 술잔을 기울이며 사내들의 얘기를 흘려듣고 있다가 급하게 자신을 찾는 기준을 발견하고 주막을 나왔다.

"무슨 일이냐?"

"윤 낭자가 변복을 하고 저잣거리에 나왔습니다."

기준이 유상에게 바짝 다가서며 속삭이자 그의 눈이 커졌다.

"어디에 있느냐?"

"유기전 쪽으로 가고 있습니다."

"알았다. 내가 따라가겠다."

유상은 기준의 당황한 얼굴을 무시하며 그가 가리킨 쪽으로 빠르게 걸음을 옮겼다.

유상은 어렵지 않게 의령을 발견했다. 변복 차림으로 천천히 걸어가는 모습이 어린 도령이 장 구경을 하러 나온 듯 천진스러웠다.

유상은 거리를 두고 의령이 눈치채지 못하게 그녀를 주시했다.

장에는 많은 사람들이 오가며 와자지껄 떠드는 소리가 활기찼다.

그러나 지게를 맨 채 짐을 나르려는 손님을 기다리는 늙수구레한 남자들이 한쪽에 기대서서 곰방대에 불을 붙이고 할 일없이 연기만 내 뿜었다. 그들의 눈은 하루 종일 기다려야 한다는 지루함으로 가득 찼다.

다른 쪽으로 눈을 돌리니 다닥다닥 붙어서 유기 장수, 갓 장수, 짚신 장수, 솥 장수, 채마를 파는 사람들과 옹기종기 모여서 좌판을 벌여 놓고 그 위에 인두, 가위 , 손거울, 빗 등을 가지런히 펼쳐 놓은 사람들이 보였다. 한쪽으로는 더운 날씨에 얼기설기 발을 둘러 놓고 가마솥을 걸어 뜨거운 국밥을 끓이는 아낙네도 보였는데, 등에는 온몸이 땀에 젖은 갓난아기가 위태롭게 대롱대롱 매달려 있었다. 한바탕 난리가 난 것처럼 어수선한 조선 사람들의 가게 뒤로 보이는 일본 상점에는 듣도 보도 못한 눈부시게 화려한 갖가지 물건들이 전시되어 있다. 왜인 가게 안에는 그 요상하고 신기한 물건들을 구입하려는 양반가의 집사들이 뻔질나게 드나들었다. 그로 인해 조선 물건을 파는 상인들도, 그것을 사는 사람들도 어딘지 모르게 옹색하고 초라했다.

의령은 잠시 생각에 잠긴 듯 그 모습을 지켜보며 서 있다가 엿장수의 가위 치는 소리에 깜짝 놀라 발길을 돌렸다.

그녀는 저잣거리를 물 흐르듯 돌아다녔다. 유상은 그런 의령의 뒤를 조금 떨어져서 느긋하게 따라갔다.

의령은 난전에 펼쳐 놓은 것들을 구경하며 걷는 것처럼 보였지만 누군가를 찾는 듯 연신 주위를 살폈다. 모르는 사람이 보기에 그 모습은 영락없이 어느 양반집 철부지 도령이 시장 구경 나온 것처럼 보였다.

그녀가 한참을 걷더니 갑자기 눈을 빛내며 한 무리의 거렁뱅이 아이들이 모여 있는 곳으로 재빨리 다가갔다.

"애들아!"

의령이 목소리를 낮춰 부르자 아이들이 주위를 경계하며 한꺼번에 쳐다보았다. 낯선 도령을 쳐다보다 이윽고 의령을 알아본 눈들이 커지자 그녀가 둘째 손가락을 입에다 대고 눈을 가늘게 떴다.

그 모습에 아이들이 눈을 껌벅이다 이내 눈치를 채고는 입을 다물었다. 그러고는 의령에게 다가왔다.

유상은 한 발 떨어져 서서 아이들에게 둘러싸여 활짝 웃고 있는 그녀를 보았다.

유상은 의령의 웃는 얼굴에서 눈을 떼지 못했다.

잠시 후 의령이 아이들을 향해 말하는 나지막한 소리가 들렸다.

"잘들 있었니?"

"의령, 아니, 도령님. 우린 보다시피 잘 있수."

"이제 돌아다녀도 되는 것이유?"

아이들이 작은 소리로 웅성거리자 그녀가 한쪽 아이들을 구석으로 몰아 가며 낮은 목소리로 속삭였다.

"아직은 아니야. 너희들 보고 싶어서 살짝 나온 것이야. 돈을 좀 줄 테니 아이들 데리고 국밥이라도 사 먹거라. 다른 아이들도 데리고 가고, 어서."

의령이 가장 큰 아이에게 엽전을 쥐어 주자 아이들이 고개를 끄덕이고는 우르르 몰려 나갔다.

의령이 얼굴 가득 웃음을 띠고 그들을 쳐다보는데 갑자기 뒤에서 누군가가 거친 손길로 어깨를 잡으며 돌려 세웠다.

의령은 부지불식간에 당한 일이라 깜짝 놀라 고개를 들었다. 나졸 두 명이 표정을 잔뜩 구기며 위협하듯 말했다.

"수상한 사람일세그려. 거렁뱅이 아이들에게 무슨 심부름을 시킨 것이오? 호패를 보여주시오. 어디 사는 누구쇼?"

"아니, 그게…."

의령이 갑작스런 물음에 당황하여 말을 더듬자 키가 작고 왜소해 보이는 나졸이 눈을 반짝 빛내며 갑자기 육모방망이를 바짝 들이대며 위협했다. 얼굴이 크고 곰보 자국이 얼기설기 난 다른 나졸이 의령의 팔을 잡았다.

그중 한 명의 얼굴이 낯익었다. 지난번 아이들과 함께 의령을 잡아들였던 나졸이었다.

"이 양반이 진짜로 수상하네. 호패를 보여 달라는데 왜 머뭇대는 거요? 관가로 같이 가서 뜨거운 맛을 봐야겠네."

의령은 자신의 팔을 붙잡는 손이 더욱 단단히 죄어드는 순간 입술을 깨물고 눈을 질끈 감았다. 아이들을 만나서 잠깐 방심하다 먹잇감을 노리는 나졸에게 잡혔으니 눈앞이 깜깜했다.

그러나 의령은 잠시 당황했던 마음을 가라앉히고 이 서방이 미리 준비해 주었던 호패를 꺼내려 했다.

"네 이놈, 그 손 놓지 못할까?"

호패를 꺼내려던 의령의 귀에 갑자기 호통치는 소리가 들렸다. 의령은 호패를 꺼내려던 손을 허공에 멈춘 상태로 소리 나는 쪽을 쳐다보았다. 의령을 붙들었던 팔이 느슨하게 풀린다고 느낀 순간 그들을 에워싸며 구경하던 사람들이 한쪽으로 갈라지자 노기등등한 얼굴이 나타났다. 의령의 눈이 커졌다. 이유상이었다.

좋은 건수를 잡았다고 의기양양하던 나졸들이 자신들을 향해 소리치며 다가오는 사람을 보자 의령의 팔을 잡았던 손을 놓고 황급히 고개를 숙였다. 그들은 얼마 전 충청 감사에게 인사했던 도사 이유상을 알아본 것이다.

"네 이놈들, 나졸들이 저잣거리 한가운데서 양반을 희롱하다니, 그러고도 살아남을 줄 알았느냐? 이 사람은 나를 찾아 한양에서 온 지인인데 이런 무례를 범하는가."

유상이 나졸들을 향해 노기 띤 얼굴로 버럭 고함을 쳤다. 그의 얼굴이 분노로 일렁거렸다.

"나으리, 몰라뵈어서 죄송합니다요. 요즘 동학 도인으로 의심만 되면 양반도 예외 없이 다 잡아들이라는 감사의 명이 떨어진지라. 부디 용서해 주십시오."

유상의 기세에 눌린 나졸들이 머리를 조아리며 손을 연신 비벼 댔다.

유상이 식은땀을 흘리며 몸을 숙이는 나졸들을 뒤로한 채 의령에게 재빨리 다가가 어깨를 잡아 자신의 뒤로 보냈다. 그러고는 이내 한풀 꺾인 목소리로 말했다.

"너희들이 고생이 많은 줄은 알지만 그래도 사람을 가려 가면서 일을 해야 하지 않겠느냐? 일부러 그런 것이 아닌 듯 보여 이번 일은 넘어가겠지만 다음에 또 이런 일이 생긴다면 절대로 용서하지 않겠다. 알겠느냐?"

"예, 예, 여부가 있겠습니까요? 고맙습니다. 고맙습니다."

"알아들었으면 이제 그만 가 보거라."

유상이 더 이상의 구경거리를 차단하고 상황을 마무리 짓자 지켜보던 사람들이 하나둘 흩어지고 나졸들도 재빨리 자리를 떴다.

"잠시 한눈을 판 사이 없어지면 어찌하느냐? 길도 모르는데 하마터면 큰일 날 뻔했지 않았느냐?"

유상이 그때까지도 어리둥절해 있는 의령의 어깨를 감싸 앞으로 나가며 주위를 의식한 듯 부드럽게 말했다. 그러나 의령의 어깨 위에 놓인 유상의 손에 힘이 잔뜩 들어갔다.

의령은 얼떨떨한 상태로 말없이 유상이 이끄는 대로 따라갔다.

잠시 후에 의령을 감싸던 손이 거칠게 내려가자 발을 멈추고 유상을 돌아보았다.

그곳은 지난번 만났던 저잣거리의 후미진 곳이었다.

"도대체 정신이 있는 것이냐? 감히 여인네가 겁도 없이 변복을 하고 저잣거리를 돌아다니다니. 네 아비는 여식이 이러고 다니는 걸 아느냐? 도대체 무슨 일을 어찌하는 것이야!"

유상이 돌아보는 의령에게 버럭 소리를 질렀다. 유상은 그 순간 변복으로 저잣거리 한복판을 아무 경계심 없이 돌아다니게 만든 윤상오에게 화가 치밀었다. 나졸들이 의령의 팔을 잡고 육모방망이를 휘두르려는 모습을 본 순간 유상은 그녀의 뒤를 밟고 있다는 것도 잊은 채 튀어 나갔다.

얼굴이 벌겋게 달아올라 소리치는 유상을 쳐다보던 의령의 얼굴이 점점 싸늘하게 굳어졌다.

의령이 입술을 깨물고 굳은 얼굴로 그를 쏘아보고는 주먹까지 꼭 쥐는 모습이 눈에 들어오자 유상은 정신이 번쩍 들었다. 변복하느라 쓴 넓은 갓 밑의 흰 얼굴이 주먹만큼 작았지만 서늘한 그녀의 표정은 처음 만났을 때처럼 사납고 고집스러웠다.

"도와주신 것은 고마우나 저 혼자서도 충분히 해결할 수 있었어요. 선비님이 무슨 자격으로 제 아버님을 욕보이십니까?"

유상은 의령의 말을 듣는 순간 헛웃음이 났다. 일년 전 자신을 구해 주었다고 유상을 향해 화를 내며 소리치던 소녀의 모습이 떠올랐다.

"그래, 차라리 이게 더 너답구나. 너의 안하무인은 한두 번 겪는 것이 아니니…. 내가 왜 또 네 일에 나섰는지 나도 모르겠다."

유상이 한숨을 길게 내쉰 뒤 고개를 흔들며 두 손으로 마른세수를 했다.

그의 자책하는 모습을 조용히 바라보고 있던 의령이 낮은 목소리로 물었다.

"왜 저를 미행하십니까?"

유상은 예상치도 못한 의령의 말에 감았던 눈을 번쩍 뜨고 그녀를 쳐다보았다.

당황하는 표정이 그대로 나타났지만 유상은 의령의 눈을 피하지 않고 마주 바라보았다.

"제가 모를 줄 알았습니까? 왜 저와 저희 집을 감시하십니까?"

의령의 목소리는 따지거나 비난하는 투가 아니었다. 단지 담담하게 사실을 확인하는 낮은 목소리였다. 그것이 유상을 더 당황하게 만들었다.

두 사람의 시선이 허공에서 부딪쳤다. 그들은 마치 눈싸움을 하듯 한참 동안 서로를 쏘아보았다. 그러나 유상이 먼저 눈을 피했다.

아직은 아무것도 알아낸 것이 없으니 뭐라고 할 말이 없었다.

처음에는 단순하게 의령을 향한 호기심이었지만 이제는 그 이유도 점점 흐릿해졌다.

"무엇인가 수상한 구석이 있으니 감시를 하는 것이겠지?"

유상이 의령을 향해 조심스럽게 내뱉었다.

"제가 죽으려고 했던 이유도 궁금하고, 제 아비가 그런 절 여식으로 삼은 것도 수상하고요?"

의령은 주저 없이 물으며 담담한 얼굴로 그를 처다보았다.

"만약 그렇다면 사실대로 알려 줄 것이냐?"

유상은 호기심을 가득 담은 눈으로 의령을 보았다.

일년 전 저수지에 뛰어 들어 목숨을 끊으려던 이유는 무엇이었을까? 또 일년 동안 무슨 일이 있었기에 이렇듯 초연하게 변한 걸까? 더구나 그동안 미행했던 윤상오와 윤의령의 행보는 무엇인가 석연치 않았다.

"그렇게 궁금하면 알려 드리지요. 저는 숨길 것이 전혀 없으니까요. 저에게 선비님의 시간을 며칠만 주세요. 그러면 선비님이 궁금해하시는 모든 것들을 다 알려 드릴 테니까요. 저를 딸로 받아들인 부모님께 폐를 끼치는 것은 죽기보다 싫습니다."

의령이 유상에게서 눈을 떼지 않은 채 입을 열었다. 유상은 곧바로 대답하지 못하고 자신도 모르게 침을 삼켰다.

그의 머릿속에서는 위험 신호가 계속해서 울렸지만 애써 무시했다.

"다른 사람의 인생을 엿보는 것이 쉽지만은 않을 거예요. 아무리 힘들어도 저는 도중에 멈추지 않을 겁니다. 그러니 도망치시려면 지금이 기회예요. 저에 대한 모든 것을 잊고 편안한 선비님의 일상으로 돌아가세요. 안 그러시면 후회하실 겁니다."

그녀는 손끝이 떨리는 걸 참느라 두 주먹을 세게 쥐고 있었다.

유상은 혼란한 마음으로 의령을 쳐다보았다.

그는 지금껏 가문의 명맥을 이어야 한다는 명분으로 살아왔다. 그것은 자신이 어떻게 바꿔 볼 수도 없는 것이었다. 가문의 명맥을 이어야 한다는 명분이 아니더라도 글공부는 자신이 있었다. 아무리 글공부가 뛰어나더라도 과거 급제는 아무나 되는 것이 아니었다. 다만 관직에 올랐으니 적당히 금상을 위해 충성을 다하고 공맹의 가르침대로 나라에 충성하고 부모에게 효도하며 살고 싶었다. 그러나 그곳에서 유상이 할 수 있는 일이 아무것도 없었다. 금상과 민 중전과 대신들이 백성의 안위보다 자신들의 권력을 연명하고 배를 채우기 위해 아무렇지도 않게 부정을 저지르고 외세를 끌어들이는 것을 보고 받은 충격과 실망은 이루 말할 수 없었다. 그나마 믿었던 대원군은 종이호랑이로 아무런 힘이 없었다. 바른말 하는 대신이 아무도 없었다. 옳지 않은 것을 보고도 눈감는 대신들에게 실망보다는 배신감이 들었다. 그들도 모두 치국평천하의 뜻을 품고 공맹과 정주의 도를 수학한 선비들이 아니었는가 말이다. 무엇보다 아무것도 할 수 없는 자신에게 화가 났다. 의지가 되었던 서영이 죽고 혼인이 무산되자 그동안 옳다고 믿었던 것들이 모래 위에 쌓은 집처럼 한순간에 무너졌다. 한양에서의 생활을 더 이상 견디지 못하고 모든 것을 내던지고 도망치듯 본가로 내려왔다. 유상은 아무것도 할 수 없는 자신의 비겁함에 무기력했다.

그런데 의령의 무엇인가가 끊임없이 유상을 일깨웠다

의령이 자신을 도발하는 의도가 명확하지 않았지만 그는 기꺼이 응했다.

"언제부터 시작하겠느냐? 나는 언제든지 너의 말을 들을 준비가 되었다."

의령을 향해 도전하듯 던지는 말에 그녀는 한동안 말없이 유상을 바라보았다. 그리고 그를 향해 의령은 깊고 정중하게 고개를 숙였다.

"저는 신평에 사는 윤상오의 여식 윤의령이라 하옵니다. 두 번이나 저를 구해 주신 은혜는 평생 잊지 않겠습니다. 그러나 고마움의 표현은 오늘 이 자리까지만 하겠습니다. 그래야만 저에 대해 온전히 말씀드릴 수 있으니까요."

의령이 낮은 목소리로 속삭이듯 말했다.

유상이 대답 없이 가만히 서 있자 고개를 들어 그를 보았다. 의령은 주저 없이 말을 이었다.

"그리고 약조해 주세요. 지금 이후로 저와 아버님과 저희 집의 감시를 중지해 주세요. 또한 저에 대해 알고 난 후 절대로 저에 대해 더이상 관여하지 마세요. 약조하실 수 있겠어요?"

의령이 강한 어조로 묻자 유상이 의아한 눈으로 그녀를 쳐다보았다.

"누구보다 선비님께서 제 사정을 잘 아시지 않습니까? 저로 인해

누를 끼친다면 제가 어찌 마음 편하게 살 수 있겠습니까?"

의령이 다시 한 번 강조하듯 말하자 유상이 고개를 끄덕였다.

"알았다. 내가 납득이 된다면 이후로 너에 관해 아무것도 하지 않겠다. 약조하마."

갓에 감싸인 의령의 작은 얼굴과 좁은 어깨가 새삼스럽게 유상의 눈에 들어왔다.

변복으로 아녀자의 특징은 없어졌지만 의령의 가지런한 눈썹과 커다랗고 까만 눈동자가 한눈에 들어왔다. 의령이 작은 입술을 고집스럽게 꼭 다물고 있었다. 일년 전 패악을 떨던 소녀가 어느덧 의연하고 성숙한 여인이 되었다.

"그럼 곧 서찰을 보내도록 하겠습니다."

의령은 말을 마치고 고개를 숙였다. 그러고는 자신에게서 눈을 떼지 않는 유상을 뒤로 하고 골목을 빠져나왔다. 유상도 곧 그 뒤를 따라갔다.

의령은 뒤를 돌아보지 않은 채 사람들 속으로 들어갔다. 유상은 뒤를 따르려다 멈추고는 의령이 인파 속에 파묻혀 보이지 않을 때까지 지켜보다 반대쪽으로 걸음을 옮겼다.

그러나 그 뒤를 조용히 지켜보는 눈이 있음을 눈치채지 못했다.

"아, 이사람 이 도사한테 들켜서 경을 치려고 그러나? 어서 가자고."

얼굴에 곰보 자국이 있는 박 나졸이 키가 작고 왜소한 체구의 정

나졸의 팔을 잡아끌었다.

"분명히 낯이 익은데…. 여인처럼 곱상한 저 얼굴을 어찌 잊을 수
가 있을까? 저 얼굴을 분명히 본 적이 있단 말이지…. 도대체 어디서
봤을까?"

정춘보는 박 나졸에게 팔이 잡혀 끌려가면서도 어디선가 본 적이
있는 어린 도령의 얼굴을 생각해 내느라 골몰해 있었다.

"또 시작이구먼, 아니, 한양에서 왔다는 도령을 어디서 봤다고 그
러나 그러길. 이 도사 성미가 보통이 아닌 것 같은데 뒤를 밟다가 들
키면 어찌할라고 이러나! 어서 가자고."

"자네 내가 사람 얼굴을 얼마나 잘 기억하는지 알지? 내가 다른 건
몰라도 한 번 본 얼굴은 절대 안 잊어버리거든. 분명히 저 얼굴을 본
적이 있단 말이야. 그리고 뭔가 냄새가 난다고 냄새가…."

"냄새는 자네한테서 난단 말이지. 얼른 가서 좀 씻고 주막에 가서
막걸리나 한잔하자고."

박 나졸은 이 도사의 성질을 건드려서 좋을 것이 없다고 생각했다.

"아니야, 아무래도 안 되겠어. 난 저 도령을 따라가서 정체를 밝혀
야겠네. 자네는 저잣거리를 한 바퀴 돌아보게. 어쩌면 대어를 낚은
건지도 모르지."

정춘보가 그를 잡는 박 나졸의 손을 뿌리치며 사람들 속으로 사라
진 도령을 찾으러 달려갔다.

"이보게 춘보, 이보게!"

박 나졸은 크게 소리치지도 못하고 멀리 사라져 가는 그의 뒷모습을 향해 발을 동동 굴렀다.

사람들 속으로 들어간 도령의 모습을 찾기는 쉽지 않았다. 정춘보는 사람들 사이를 헤치며 부지런히 그를 찾았다. 그러다 금영 쪽으로 걸어가는 그를 발견하고는 거리를 두고 뒤를 쫓았다. 거의 따라잡았다고 생각할 무렵 갑자기 한 무리의 거지 떼가 우르르 몰려나왔다. 그는 재빨리 길 한쪽으로 몸을 비키며 도령을 놓치지 않으려고 앞쪽을 쳐다봤지만 거지 떼의 몸놀림에 그만 시야가 가렸다. 평소대로 육모방망이를 흔들며 소리치지 못하고 무리를 비켜 앞으로 나왔지만 도령의 모습은 사라지고 없었다. 입에서 신음 소리가 흘러나왔다. 거의 다 잡았는데 놓치다니 화풀이라도 하려고 뒤를 돌아보았지만 어느새 거지 떼도 보이지 않았다. 정춘보는 도대체 그 많은 무리가 갑자기 어디로 사라진 것인지 귀신한테 홀린 것은 아닌지 눈을 비비며 텅 빈 거리를 멍하니 쳐다보았다.

그는 귀신같이 사라진 도령을 찾지 못하고 금영 앞을 서성거리다 갑자기 제자리에 우뚝 멈춰 섰다.

여인처럼 곱상한 얼굴과 맑고 큰 눈매, 고집스럽게 입을 다물고 있던 사람. 오정선이 공주로 오기 전까지 자신에게 행방을 정탐하여 보고하라던 신풍 윤상오의 여식인 윤의령. 얼마 전 박 나졸이 장날 저 잣거리에서 아이들에게 서책을 읽어 주는 걸 보고 동학도로 의심된다고 잡아온 여인. 그 여인이 의령인 것을 알고 깜짝 놀랐지만 잡혀

오자마자 집안에서 사람이 와 돈을 주고 풀려나 정춘보는 한숨을 돌렸었다.

그때 의령을 보고 여인이면서도 기죽지 않는 당당한 모습에 나졸들이 모두 혀를 내둘렀다.

그런 윤의령과 이유상 도사의 만남은 분명 이유가 있을 것이 틀림없었다.

정춘보의 작은 눈이 더욱 가늘어졌다.

5장/ 유인

"뭐라고? 이 도사를 만나기로 했다고? 안 된다. 그자가 어떤 자인 지도 모르는데 너를 그자에게 보낼 수는 없다."

유상과 따로 만나기로 했다는 말을 전해 들은 윤상오와 배씨 부인 이 강경하게 반대하며 의령을 막아섰다. 이제 겨우 의령으로 살면서 안정을 찾았는데, 아픈 상처를 들쑤시는 일은 그 어떤 경우를 막론하고 허락할 수가 없었다. 그러나 의령은 뜻을 꺾지 않았다.

"제가 두 분께 제 과거에 대해 자세히 말씀드리지 않는 이유는 더 이상 저로 인해 마음 아파 하시는 것이 싫어서예요. 아니 어쩌면 지 난 일은 잊고 온전한 아버지 어머니의 딸 의령으로 살고 싶었는지도 몰라요. 짐작하셨겠지만 저는 보통 사람들이 겪지 못한 끔찍한 일들 을 겪었어요. 그 일은 두 번 다시 생각하고 싶지도 않고 입 밖에 꺼내 기도 싫어요. 그리고 지금의 저에게 지나간 과거는 별 의미가 없어 요. 두 분을 만나서 동학을 하는 지금의 윤의령은 일년 전 동이와 다 른 사람이니까요. 그자는 의심이 풀리기 전까지 멈추지 않을 거예요. 지금 수운 대선생의 신원을 위한 의송을 준비하고 계신데 저 때문에

망치게 할 수는 없어요. 해월 선생의 허락을 얻기 위해 얼마나 많은 노력을 기울였는지 아는데 어떻게 손 놓고 있겠어요? 저에 대한 호기심 때문에 미행까지 한 것으로 보이고 다행히 아직 이번 의송의 일까지는 파악하지 못한 듯해요. 공주에서 집회가 열리기 전까지 저에게 주의를 돌릴 테니 지금처럼 준비하시면 되어요."

의령은 간곡한 마음으로 윤상오와 배씨 부인을 설득했다. 의령이 과거를 밝히지 못하는 더 큰 이유가 가족을 보호하기 위해서라는 말은 하지 않았다. 의령의 과거가 밝혀졌을 경우 사실을 알고 있는 것과 모르고 있는 것은 하늘과 땅만큼 차이가 있을 것이다.

물론 의령은 자신의 모든 것을 유상에게 털어놓을 작정은 아니었다. 단지 집회가 있기 전까지 며칠만 눈길을 돌리기 위해 유상을 유인하려는 것이었다. 어쩌면 유상은 의령의 의도를 곧 눈치채겠지만 공주에서 열리는 집회 전까지만 시간을 끌면 된다고 생각했다. 그 이후의 일은 그때 다시 생각해도 늦지 않으리라. 의령의 결심은 확고했다. 그런 의령을 바라보는 윤상오는 어쩔 줄을 몰랐다. 의령이 의도한 것은 충분히 짐작하고 이해했지만 아비로서는 허락할 수가 없었다. 부모에게도 털어놓지 못한 일을 외간 남자에게 털어놓는다는 것이 얼마나 고통스러울지를 생각하자 가슴이 무너졌다.

"의령아, 다른 방법을 강구해 보자. 네가 나서지 않아도 아버님과 잘 상의해 보면 반드시 좋은 방법을 찾을 수 있을 게야."

배씨 부인이 의령의 손을 잡아끌자 그녀가 마주 잡고 돌아앉으며 씩씩하게 웃었다.

"어머니, 이것이 가장 좋은 방법이에요. 그자는 저에 대해 궁금해 하는 것이니 그것만 풀어 주면 되어요. 그러면서 시간을 벌면 이번 의송의 일을 성공리에 치를 수 있을 거예요. 제발 부탁드려요. 제가 할 수 있는 일을 하게 해 주세요."

두 사람은 더 이상 의령을 막을 수 없다고 생각했다. 체념한 얼굴을 한 채 윤상오는 한동안 생각에 잠겼다. 배씨 부인은 말없이 의령을 품에 안았다. 의령은 쏟아지려는 눈물을 가까스로 참았다.

잠시 후 윤상오가 결심을 굳힌 듯 의령을 쳐다보았다.

"그렇다면 차라리 정면으로 부딪치는 게 좋을 것 같구나. 우리 집을 미행하고 알아봤다면 백정마을에 도움을 주는 것을 모를 리가 없다. 아예 그곳으로 데리고 가서 우리가 하는 일을 보여주도록 하자."

의령과 배씨 부인이 놀란 듯 그를 쳐다보자 고개를 끄덕이며 말을 이었다.

"어려운 백성을 구제하는 일이 숨길 일도 아니니 그렇게 하자."

"혹시 나쁜 의도를 가지고 있다고 생각하진 않을까요?"

배씨 부인이 걱정스런 표정을 풀지 못했다.

"숨기려 하면 더 의심할 수도 있겠지만 직접 보여준다면 의심이 풀릴 수도 있겠지요. 그리 믿어 봅시다."

윤상오의 허락이 떨어지자 그녀는 지체 없이 유상에게 서찰을 보냈다.

윤상오는 의송 준비에 더욱 매진하였다. 이미 이번 의송을 위해 임시로 마련한 도소에서 집회를 준비하는 지도부는 그동안의 준비 상황을 보고하고 최종 날짜를 확정받기 위해 청주 솔뫼 손천민 가에 있는 해월 선생을 만나러 떠난 후였다. 해월 선생도 더 이상 미루지 않을 것이며 이번에는 날을 확정할 것이라는 예상으로 만반의 준비를 마쳤다. 아울러 성연과 준환의 혼인 준비도 마무리 단계에 들어갔다.

유상과 의령의 첫 번째 만남은 그로부터 이틀 후에 이루어졌다. 의령의 서찰을 받은 후 유상은 답문을 보내왔고, 처음 만났던 저수지 근처의 상엿집에서 늦은 밤에 만나기로 했다. 인적이 드문 그곳은 사람들의 눈을 피할 장소로 적당했다.

윤상오와 배씨 부인의 우려와 걱정을 뒤로하고 길을 나선 의령은 변복을 한 채 이 서방을 대동하고 저수지로 향했다. 일년 만에 저수지를 보자 자신도 모르게 숨이 가빠 왔다. 한밤중의 달빛에 빛나는 그곳은 검은빛으로 일렁이며 깊고 검은 속내를 숨긴 채 잔잔했다. 그녀는 잠시 숨을 몰아쉬고 일년 전 죽을 결심으로 무작정 들어갔던 곳을 쳐다보았다. 의령에게 이곳은 한 세계의 막다른 곳이었고, 또 다른 세계의 시작점이었다.

인기척이 나자 초롱을 든 낯선 사내가 달빛에 몸을 드러냈다.

사내는 큰 키에 다부진 몸으로 강인한 인상이었다.

낯선 사내가 다가오며 의령에게 고개를 숙였다.

"임기준이라 하옵니다. 도사 나리께서 기다리고 계십니다. 저를 따르시지요."

의령과 이 서방이 고개를 숙여 인사한 후 그를 따라갔다. 의령은 상엿집을 향해 가면서 답답한 숨을 가만히 내쉬었다.

잠시 후 달빛을 받아 상엿집이 보이자 기준이 멈춰 서며 두 사람을 바라보았다.

"아가씨만 들어가시고 저와 함께 이곳에서 기다리시면 됩니다."

기준의 말에 이 서방이 걱정스런 얼굴로 망설이자 의령이 고개를 끄덕였다.

"걱정하지 마시고 여기에 계세요."

의령은 이 서방이 불안한 얼굴로 기준 옆에 서자 다시 한 번 숨을 깊게 들이마셨다. 그리고 초롱을 건네는 것을 마다하고 상엿집을 향해 걸음을 옮겼다.

그녀는 거적문에 손을 대고 잠시 망설이다 결심한 듯 걷어 젖히고 안으로 들어갔다.

음침하고 컴컴한 곳에 들어가니 한쪽 끝에 서 있는 유상이 보였다. 일년 전 그날처럼 달빛이 상엿집의 조그만 창을 통해 들어와 좁고 어두운 곳을 밝혔다. 그러나 그곳은 서로의 얼굴을 알아보기에도 힘들 정도로 어두웠다. 그녀는 오히려 다행이라고 생각했다. 아무리 굳은 결심을 하고 왔다지만 유상의 얼굴을 보면서 얘기할 용기는 없었다. 초롱조차 밝히지 않은 유상의 배려가 고마웠다.

이윽고 어둠이 눈에 익고 주위의 윤곽이 서서히 들어나자 의령은
그를 향해 고개를 숙였다.

유상은 미동도 없이 의령을 쳐다보았다. 왜 자신이 그녀의 얘기를
들으려 이곳에 서 있는지 스스로도 납득이 되지 않았다. 그것이 의
령에게 고통이 되는 것을 알았지만 그녀를 향한 멈출 수 없는 궁금증
때문에 오늘에 이르렀다고 생각했다.

"앉으세요. 긴 이야기가 될 테니까요."

의령이 최대한 그와 떨어져서 바닥에 깔린 멍석 위에 앉자 유상이
서 있던 자리에 그대로 앉았다. 그러나 그들의 자리는 위험할 정도로
가까웠다.

의령은 한참이나 말없이 앉아 있었다. 유상 또한 한마디도 하지 않
았다.

의령이 긴 침묵을 깨고 드디어 입을 열었다.

"제 이야기를 듣고 그 이상 알아내려 하지 마세요. 제 얘기만 들어
주시고 저를 위해 아무것도 하지 말아 주세요. 그것이 동정이든 그
무엇이든 간에요. 이미 지난 일이고 저는 이미 다른 사람이 되었습니
다. 부탁이니 약조하실 수 있겠어요?"

의령의 말에 유상이 고개를 끄덕였다. 그러나 그는 그 말뜻이 무엇
인지 미처 헤아릴 수 없었다.

다시 침묵이 흘렀고 이윽고 의령이 입을 열었다. 역시 담담한 목소
리였다.

"제 친아버지는 임오년(1882) 난 때 가담했다 우리 집으로 도망 온 지인을 관에 밀고하셨어요. 가족을 살리기 위해 어쩔 수 없이 한 선택이셨지만 한 번 비열한 밀고자로 낙인이 찍히니까 가는 곳마다 손가락질을 받아야 했어요. 가족을 살리기 위해 그리한 것이 어머니와 저까지 같은 취급을 받자 몸도 마음도 병이 들었어요. 그리고 끝내는 집 뒤 감나무에 목을 매셨는데 그것을 처음 발견한 것이 저예요. 그날 양반집 잔치에 부엌일을 하러 가신 어머니를 따라갔는데 어머니가 갑자기 아버지께 가라고 재촉하셔서 혼자 집으로 돌아왔어요. 어머니는 그날 유달리 초조해하시며 서두르셨어요. 그날따라 주인마님이 일하러 온 사람들을 감시하듯 지켜보고 있었고, 손님들이 한꺼번에 들이닥쳤어요. 저는 정신없이 집으로 달려갔어요. 얼마나 정신없이 달렸는지 넘어져서 깨진 무릎에 피가 철철 나는데도 아픈 줄도 몰랐어요. 집 안으로 들어가려는데 이유를 알 수 없는 불안감으로 가슴이 터지는 것 같았어요. 저는 아버지를 부르며 집 안으로 들어갔어요. 그러나 집 안 어디에서도 아버지를 찾을 수 없었어요. 심지어 아궁이와 뒷간 속까지 뒤적였지만 찾지 못했어요. 손바닥만 한 집에서 마땅히 숨을 곳도 없었는데 어찌 그리 꼭꼭 숨어 버리셨는지. 저는 점점 숨이 가빠 왔어요. 제대로 숨을 쉴 수가 없었어요. 어쩌면 알고 있었을지도 몰라요. 아버지는 늘 죽지 못해 산다고 말씀하셨어요. 밀고로 붙잡힌 사람의 잘린 머리가 저잣거리에 걸려 있는 모습이 눈만 감으면 나타난다고 제대로 주무시지도 못했어요. 그래서 저와 어머니는 늘 두려움에 떨었어요. 언제 아버지가 죽게 될지 몰랐으니까요. 어쩌면 막연히 아버지의 죽음을 기다리고 있었을지도 몰라요. 아버지의 괴로움은 살아서는 끝나는 것이 아니었으니까요. 저는 집 안을 둘러보고 집 뒤로 올라갔어요. 그곳에 아버지가 저를 위해 커다란 감나무에 그네를 매달아 주셨는데 거기다 목을 매셨어요."

의령이 말을 마치고 유상을 쳐다보았다. 순간 상엿집 안으로 밝은 달빛이 쏟아져 들어왔다. 환한 달빛의 어둠 속에서 그녀의 눈은 깊이를 알 수 없을 정도로 검게 빛났다.

유상은 의령이 물속에 뛰어들어 스스로 목숨을 끊으려 했다는 것으로 예사로운 과거는 아닐 것이라 생각했지만 이렇듯 엄청난 일을 겪었을 것이라고는 짐작도 못 했다. 오히려 남의 얘기 하듯 덤덤한 모습에서 순간이지만 저잣거리에서 아이들에게 들려준다는 이야기를 꾸며서 하는 것이 아닌가 하는 의심마저 들었다.

그는 어떤 위로의 말도 건넬 수 없어 가슴이 답답했다.

유상이 망설이고 있는 사이 그녀가 다시 입을 열었다.

"목을 맨 시신을 본 적이 있으세요? 그네를 매단 감나무 중간쯤에 있는 가지에 줄을 매어 목을 매단 모습이 이상했어요. 아버지는 눈을 꼭 감고 있었고 입은 벌린 채 이가 드러나고 혀는 길게 빼문 처참한 얼굴로 두 주먹을 꼭 쥔 채 온몸이 축 늘어져 있었어요. 저를 보고 웃어 주시던 아버지가 아니었어요. 저를 붙잡고 우시던 아버지가 아니었어요. 저는 그런 아버지의 모습에서 눈을 뗄 수가 없었어요. 빨리

가서 어머니를, 사람들을 불러와야 하는데 발이 땅에 박힌 듯 떨어지지 않았어요."

의령은 숨을 쉬기 어려운 것처럼 조금씩 헐떡이면서도 말을 멈추지 않았다.

멈추게 해야 한다. 더 이상 듣고 있으면 안 된다. 유상의 머릿속은 그렇게 아우성쳤지만 그는 말하는 것을 잊어버린 듯 입 밖으로 한마디도 나오지 않았다.

"사타구니까지 올라오는 축축한 기운을 느끼면서 얼마나 그렇게 서 있었는지 몰라요. 어쩌면 한순간이었는지 아니면 한 식경이나 반나절이었는지 몰라요. 하루 품삯을 포기하고 집으로 달려오신 어머니가 제 이름을 부른 순간 혼절하고 말았어요. 그러고는 며칠을 앓아누웠어요. 겨우 정신을 차리니 아버지의 장례는 끝나 있었어요. 마지막으로 아버지에게 인사도 드리지 못했는데 벌써 차가운 땅에 묻히셨어요. 참 불효막심한 딸이지요?"

의령이 자조하듯 유상에게 물었다.

유상은 눈앞에서 목을 맨 아버지를 목격한 어린 딸의 마음이 어떤 것인지 감히 상상조차 할 수 없었다.

흐트러진 호흡을 가다듬고 그녀가 다시 입을 열자 유상이 참지 못하고 다급하게 말을 막았다.

"그만…. 이제 되었다. 이제 알겠으니 그만 멈춰라."

유상이 고통스러운 듯 눈을 감았다. 다른 사람의 불행을 고스란히 듣고 있는 것이 참을 수 없을 만큼 힘들고 고통스러웠다. 왜 그녀의 이야기를 듣고자 했는지 뒤늦은 후회가 몰려왔다.

의령은 힘들어하는 유상의 모습을 바라보면서도 단호하게 고개를 저었다.

"아니오. 다 들으셔야 합니다. 지금 그만두면 선비님은 더 궁금하실 거예요. 분명히 말씀드렸지 않습니까? 도중에 그만둘 수 없다고요."

"……."

유상은 의령의 말을 막지 못한 채 그저 터질 듯 답답한 가슴을 부여잡았다.

의령이 눈도 깜박이지 않고 그를 노려보면서 말을 이었다. 그녀는 지금이 아니면 두 번 다시 입을 열 자신이 없었다.

"아버지가 그리 가시고 어머니는 슬퍼할 겨를도 없었어요. 어머니는 바느질이건 들일이건 부엌일이건 가리지 않고 했어요. 어머니는 손마디가 거북이 등처럼 갈라지고 터져서 언제나 피투성이가 되어 쓰러져 주무시곤 했지요. 사실 그런 것은 별로 힘든 일이 아니었어요. 오히려 일이 있다는 것에 감사했지요. 사나흘에 한 끼라도 먹을 수 있는 게 다행이라고 했어요. 어머니를 더 힘들게 한 건 우리 집에 돈을 빌려준 양반이었어요. 아버지가 돌아가시고 난 후 빌려 쓴 돈은 엄청난 이자가 붙어 몇 년 만에 눈덩이처럼 불어났어요. 그 돈을 제때 갚지 못해 도저히 감당할 수 없게 되자, 그자는 점점 커 가는 저에게 눈독을 들였어요. 빌린 돈을 못 갚으면 저를 데려가겠다고 했어요. 어머니와 저는 그 동네에서 도망칠 수밖에 없었어요. 하지만 여인들이 도망친댔자 얼마나 멀리 도망칠 수 있겠어요? 저를 간신히 숨겨 놓으시고 어머니는 일부러 양반 무리들에게 붙잡혔어요. 제가 숨어 있는 곳에서는 어머니와 그자들이 보이지 않았어요. 어머니의 희미한 비명 소리만 들릴 뿐이었는데 갑자기 어머니의 비명 소리가 크게 한 번 들리더니 그 뒤로는 아무런 소리도 들리지 않았어요. 그리고 한참 후에 폐가에서 불길이 솟아올랐어요. 제가 숨어 있는 곳과 멀리 떨어져 있는데도 그 열기가 저를 태울 듯이 뜨거웠지만 그곳으로 다가갈 수가 없었어요.

그냥 벌벌 떨면서 숨도 크게 못 쉬고 숨어 있다가 사람들이 모두 돌아간 후에서야 정신없이 그곳에서 도망쳐 나왔어요. 그 후의 일들은 잘 기억이 나지 않아요. 어디를 얼마나 돌아다녔는지도…. 다만 어머니와 함께 죽지 못한 것이 가장 후회스럽다는 생각만 했어요. 그리고 정신을 차려 보니 저수지였고 선비님을 만나게 된 거예요."

의령이 긴 말을 마칠 때까지 유상은 숨도 쉬지 않는 것처럼 아무런 움직임이 없었다.

의령도 마지막까지 초연한 모습을 잃지 않은 채 미동도 없이 앉아 있었다.

그러나 갓에 가려져 의령의 얼굴 표정은 보이지 않았지만 어깨의 미세한 떨림은 감추지 못했다.

유상은 떨리는 어깨를 바라보며 숨을 멈추고 주먹을 꽉 쥐었다.

한참이 지난 후 숨을 고른 듯 의령이 천천히 몸을 일으켰다. 두 사람의 간격이 서로의 눈을 볼 수 있을 정도로 가까웠다. 유상이 괴로움이 가득 찬 눈으로 의령을 보았지만 그녀의 눈은 의외로 잠잠했다.

"이것이 선비님이 궁금해하셨던 저의 과거예요."

유상은 한마디도 하지 않았다.

"이번 공주 장날에 저잣거리의 임씨네 주막으로 오세요. 사시(오전 9~11시)쯤 오시면 됩니다."

의령이 빠르게 말하고는 유상의 대답도 듣지 않은 채 고개를 숙여 인사를 하고는 밖으로 나갔다.

유상은 의령이 나가고 한참이 지난 후에도 자리에서 움직이지 못했다.

의령이 뱉은 말들이 한꺼번에 몰려들어 그의 머릿속을 헤집어 놓았다. 머리가 깨질 듯 아파 왔다.

의령은 상엿집에서 나오자마자 거적문을 붙잡고 휘청거리는 몸을 세웠다. 유상의 시야에서 벗어나자 그녀의 온몸이 부들부들 떨렸다. 의령은 눈을 감고 심호흡을 한 뒤 다시 앞으로 걸어 나갔다.

의령이 나오는 기척이 나자 이 서방이 초롱을 들고 빠르게 다가왔다.

"괜찮으세요? 아가씨?"

"예, 괜찮아요. 어서 가세요."

기준은 두 사람이 마을로 내려가는 모습을 한참이나 지켜보다가 기척 없는 상엿집으로 고개를 돌렸다. 기준이 들어가 볼까 어쩔까 망설이고 있는데 드디어 거적문이 열렸다.

유상이 비틀거리자 깜짝 놀란 기준이 얼른 다가가 부축했다.

"도사 나리, 괜찮으십니까?"

"……."

"도사 나리!"

"괜찮다. 잠시 어지러웠을 뿐….."

유상이 기준의 팔을 뿌리쳤다.

그가 휘청거리는 몸을 바로 세우고 의령이 내려간 길을 물끄러미 쳐다보았다. 의령이 벌써 내려갔는지 초롱의 불빛조차도 보이지 않았다. 유상은 뒤를 따라가듯 의령이 내려간 길로 힘겹게 발걸음을 옮겼다.

해월과 마주 앉은 서장옥과 서병학의 얼굴이 기대감으로 붉게 상기되었다. 강시원은 해월의 올곧은 얼굴에서 눈을 떼지 못했다.

"의송 단자를 갑오년 10월 21일 공주 장날에 금영(충청 감영)에 제출하겠습니다. 아울러 각 접주와 도인들에게 신원의 대의에 일심으로 참여하라고 촉구하는 입의통문을 보낼 테니 절차대로 진행하도록 하십시오."

해월의 입에서 수운 대선생 신원을 위한 소장을 제출키로 최종 승인이 떨어지자 서장옥과 서병학의 입에서 동시에 안도의 한숨이 터졌다. 강시원은 순간 눈을 질끈 감았다 뜨며 해월을 바라보았다. 이필제와 함께했던 거사 이후 20여 년 동안, 있으면서도 없는 듯, 죄인 아닌 죄인으로 지내 왔던 동학은 이제 다시 세상과 당당히 마주 서기로 결정한 것이다. 이 길은 다시 어디로 이어질 것인가? 스승님께서 마음을 지키고 기운을 바르게 하라는 말씀과 더불어 물려주신 도가 이제 비로소 내 한 사람의 품을 벗어나 넓은 세상으로 나아가는 것 아닌가? 거사를 승인한 해월의 눈과 마주치자 그의 깊은 고뇌가 생생하게 전해졌다.

해월은 만감이 교차하는 강시원의 얼굴을 바라보며 문득 윤상오의 여식인 의령이 떠올랐다. 처음 윤상오의 집에서 만난 그 아이의 눈이 이필제와 닮아서 깜짝 놀랐던 기억을 지우며 해월은 이내 눈을 감았다.

의령이 유상을 만난 며칠 후 밤이 깊은 시각, 윤상오의 집에는 은밀한 손님들이 찾아왔다. 그들은 보름 전 청주 솔뫼의 손천민 가에 머물던 해월 선생을 방문하고 온 서장옥과 서병학이다. 미리 연락 받은 윤상오와 윤상현, 장준환이 그들을 맞았다.

"드디어 해월 선생으로부터 의송의 일을 승인 받았고 곧 각처의 도인들에게 입의통문을 보낸다고 하시니 우리는 우리대로 좀 더 세부적인 참여 방법을 전달해야 할 것입니다."

해월 선생을 만나고 온 성과를 전해 주며 상기된 서장옥의 작고 매서운 눈이 반짝반짝 빛났다. 서병학도 고개를 끄덕이자 윤상오가 한시름 놓았다는 듯이 입을 열었다. 다른 사람들의 입에서도 안도의 한숨이 새어 나왔다.

"두 분 접장들께서 수고 많으셨습니다."

"의송을 제출하기로 결정되긴 했지만 지금부터 시작이에요. 며칠 내로 해월 선생께서 입의통문을 하달해 주시면 의송소를 설치해야 합니다. 지난번에 결정한 대로 의송소는 윤상오 접장 집으로 하겠습니다."

서장옥이 윤상오를 보며 말했다.

"집안에서 큰 결심을 하여 주셔서 면목 없지만 큰 힘이 되고 있습니다. 고맙습니다. 윤 접주의 여식에게도 고마움을 전합니다. 그리고 장 접장 고맙네."

서병학이 윤상현과 장준환에게 고개를 깊게 숙였다.

"여식과 준환의 혼인날에 수운 대선생의 신원이 회복되는 큰일을 도모하는 것은 저희 집안의 영광이오니 그런 염려는 하지 마십시오."

윤상현이 준환을 보자 그도 고개를 끄덕이며 말했다.

"그렇습니다. 제 정혼녀가 비록 어리긴 하나 동학을 한다는 사람으로 기꺼이 동참해 주었으니 괘념치 마십시오."

그들의 말에 서장옥과 서병학의 얼굴에 미소가 희미하게 비쳐졌다.

"그리고 명심, 또 명심해야 할 것은 이번 모임은 처음부터 끝까지 적법해야 한다는 것입니다. 관에서 동학 하는 우리를 주시하고 있는 이때에 그들의 눈 밖에 나는 행동은 결단코 해서는 안 됩니다. 그런 점에서 의송의 내용은 우리 도가 공맹의 도를 결코 멀리하는 것이 아니라 오히려 그것을 새롭게 하고 깊게 하고 드높이는 것임을 먼저 말한 다음 수운 대선생이 새로 정한 가르침의 본지가 결코 이단이 아님을 말할 것입니다. 우리 또한 유학의 선비 못지않은 군자지행을 추구하는 의로운 동학의 선비임을 강조할 것입니다. 해월 선생께서 지난번에 요구하신 덕망을 갖춘 신의성덕의 망석지사 40명의 명단을 선발해서 보내달라는 취지도 그러한 것임을 잊어서는 안 됩니다."

"잘 알고 있습니다. 각 접장들에게도 그리 일러 놓았으니 염려하지 마십시오."

윤상오가 대답했다.

"고맙습니다. 윤 접주가 뒤에서 물심양면으로 지원해 주시니 이번 일은 반드시 성공할 것입니다."

서장옥이 윤상오의 손을 덥석 잡았다. 그도 마주 잡으며 웃었다.

"별말씀을 다 하십니다. 이 모든 것이 스승님의 신원을 위한 길이요, 결국 우리 도를 위한 길 아닙니까? 이 중차대한 일에 제 역할이 있다는 것이 감사할 따름입니다."

"두 분, 이러다 정분이라도 나시겠습니다. 하하…."

서병학이 호탕하게 웃으며 농을 던졌다. 두 사람이 멋쩍게 웃으며 손을 놓자 다른 사람들이 큰 소리로 웃었다.

"그럼 이제 의송 단자에 써 넣을 세부 사항을 정리해 볼까요?"

"해월선생과 논의한 대로 이번 일은 오직 선량한 백성으로서 이 나라가 위기를 이겨 나가는 데 헌신할 길을 찾기 위한 충심의 발로라는 점을 먼저 밝혀야 합니다. 수운 대선생의 신원은 그것을 위한 최소한의 조건이라는 점을 부각시켜야 합니다. 그리고 당장 도인들이 겪고 있는 고통을 덜기 위해서라도 동학 도인과 일반 백성들에게 동학을 빌미로 재산을 수탈하는 것을 금지토록 요청하고, 조선인의 생업을 위협하는 왜양 상인들의 무단 상행위를 금단할 것, 이렇게 세 가지로 압축되었습니다."

서장옥이 웃음기를 말끔하게 거둔 얼굴로 좌중을 둘러보았다.

"이러한 내용으로 의송을 작성하겠습니다. 그리고⋯."

서장옥이 잠시 둘러앉은 사람들의 얼굴을 하나하나 돌아보았다. "이번 일은 영해 교조신원운동 이후 대선생의 신원을 처음으로 공개리에 요청하는 것입니다. 한번 국법으로 정한 일을 뒤집기란 하늘의 별따기임을 모르는 분은 안 계실 것입니다. 머나먼 길이 될 것이며, 기나긴 싸움이 될 것입니다. 그동안은 숨기도 하고 피할 수도 있었지만, 이제 이 순간이 지나면, 우리는 사방이 툭 트인 광장에서 저들의 몽둥이세례를 받아야 할지도 모릅니다. 고난이 지금보다 더 가중될 수도 있다는 말입니다. 그러나 언젠가는 가야 할 길이며, 반드시 가야 할 길이기도 합니다. 하늘님과 스승님께 받은 은혜를 갚는 길이니, 모두들 최후의 순간까지도 각오하고 계실 줄로 믿습니다."

그들은 자신들이 하려는 일이 얼마나 중요하고 위험한 일인지 새삼 실감이 났다.

그날 밤 윤상오의 사랑채의 불빛은 밤늦도록 꺼지지 않았다.

"도사 나리, 나리마님께서 잠시 보자십니다요…. 도사 나리!"

"… 알았다. 곧 건너간다고 말씀드려라."

유상은 밖에서 다급히 부르는 소리에 뉘었던 몸을 겨우 일으켰다. 몸이 휘청하고 머리가 어지러웠다. 잠시 벽에 몸을 세워 진정시킨 후 방문을 나섰다.

안방에 들어가자 아버지 이경무와 어머니 김씨 부인이 걱정스런 얼굴로 그를 맞았다.

"안색이 좋지 않은데 몸이 상한 것이냐?"

"요즘 밤마실이 잦고 며칠 끼니도 거르던데 무슨 일이라도 있는 것이냐?"

"아무 일도 없습니다. 심려를 끼쳐 드려서 죄송합니다."

김씨 부인과 이경무가 이유상의 안색을 살폈다.

"언제쯤 한양에 올라갈 생각인 것이냐?"

"……."

"네 고민은 알겠지만 도망친다고 해결될 문제가 아니지 않느냐! 아직 너의 자리가 정리된 것은 아니니 올라가면 복귀할 수 있을 것이다."

"심려 끼쳐 죄송하지만 조금만 더 시간을 주십시오. 아직은 생각이
정리되지 않았습니다."

유상의 말에 이경무가 한숨을 길게 내쉬었다.

"지금 시국이 좋지 않다는 것은 알지만 그래도 이렇게 낙향하여 세
월만 죽이는 것은 옳지 않다는 걸 모르느냐? 언제까지 너의 자리가
그대로 있을지도 모르는데…."

"아버님, 그곳에서 제가 할 수 있는 일이 아무것도 없습니다. 그런
데도 자리만 차지하고 앉아서 견디란 말씀이십니까?"

유상이 고집스럽게 말했다.

두 사람의 생각이 팽팽하게 맞서자 김씨 부인이 나섰다.

"그래서 말이다만…."

"……."

"집에서 쉬는 동안 혼례를 치르면 어떻겠니? 마침 적당한 혼처도
나타났는데…."

이경무와 부인 사이에서는 이미 말이 오간 듯했다.

"혼인을 하고 나면 네 생각도 조금은 달라질 것이다."

"부모님께 여러 가지 불효를 하고 있습니다. 하지만 지금의 제 처
지에 혼사는 무리입니다."

"지금 네 나이가 몇인데 아직도 혼인할 생각이 없다니? 그동안은
송 참의와의 정분과 의리를 생각하여 혼사를 미루어 왔지만, 서영이

가 죽은 지도 일 년이 넘었으니 우리도 할 도리는 했다고 생각한다. 그러니 하루빨리 혼인하여 가문의 대를 잇는 것이 네가 지금 해야 할 일이니라."

"생각해 볼 것이니, 잠시만 더 말미를 주십시오."

유상은 확답을 미룬 채 자신의 처소로 돌아왔다.

그는 의령과 만난 후 며칠째 잠을 이루지 못했다. 가랑비처럼 조금씩 스며든 의령에 대한 마음이 속절없이 점점 커져만 갔다.

성연의 혼인날이 가까워지자 윤상오의 집은 사람들의 발길이 끊이지 않았다. 더불어 의송 단자를 제출할 집회 준비도 막바지를 향해 치달았다.

의령은 배씨 부인을 도와 혼인 준비를 했다. 그러면서도 내일 장날에 만날 유상을 생각했다. 의령의 과거 이야기를 듣고 하얗게 질려 자신에게 다가와 손을 뻗으려 했던 모습이 잊혀지지 않았다. 아무에게도 말하지 못한 과거를 그에게 털어놓은 일이 잘한 것인지 판단이 서지 않았다. 집회 준비 움직임으로 향하는 눈길을 돌리려다 오히려 더 큰 혼란을 일으킨 것은 아닌가 하는 후회도 했다. 처음 만났을 때부터 지금까지 유상에게 불쌍하고 가련한 사람으로 보였을 것을 생각하니 의령은 돌덩이가 얹힌 것마냥 가슴이 묵직했다.

이제 곧 금영 앞에서 수많은 동학 도인들이 모여 의송 단자를 감사에게 제출한다. 아무도 말은 안 하지만, 감사가 의송을 접수할 것인지부터가 문제다. 최악의 경우에는 문전에서 쫓겨나거나 주모자들이 잡혀 들어갈 수도 있다. 그러나 그런 일을 실력으로 제지하고자 되도록 많은 사람들이 모이는 것이다. 이번 장날만 넘기고 소장을 무사히 제출하여 감사의 답변서인 감결을 받고 나면 유상과는 더 이상 엮일 일도 없으므로 의령에게 잠시나마 품었던 호기심도 사라질 것이다. 지금의 관심은 낯선 삶에 대한 호기심일 뿐이다. 의령은 주문처럼 속으로 되새겼다.

"… 의령아! 의령아?"

"… 예? 어머니, 부르셨어요?"

"아니 무슨 생각을 그리 골똘히 하는 게야? 그러다 바늘에 손가락 찔리겠다. 바느질하면서 딴생각을 하면 어쩌누."

배씨 부인이 의령을 바라보며 걱정스러운 표정을 지었다.

"역시 이 도사를 만나지 말아야 했다. 지금이라도 늦지 않았다. 이번 장날에 만나는 것은 그만두자꾸나. 아버지에게 말씀드리고 해결책을 찾자꾸나."

배씨 부인이 다가와 손을 꼭 잡았다. 의령이 손을 힘주어 맞잡고는 고개를 세차게 흔들었다.

"아니에요. 걱정하지 마세요. 아무리 모진 사람이라도 백정마을의 상황을 제대로 본다면 아버지를 수상하게 보진 않을 거예요."

배씨 부인이 가늘게 한숨을 쉬며 억지로 웃어 보이는 의령의 몸을 끌어 품에 안았다. 그녀는 가만히 가슴에 얼굴을 묻었다. 어머니의 체취가 맡아졌다. 그러자 들끓던 마음이 고요하게 가라앉았다.

"어머니, 저는, 정말… 지금이 너무 좋아요. 제가 이렇게, 살아 있다는 것이…. 어머니의 딸이라서 너무너무 좋아요."

배씨 부인이 울먹이는 의령을 가슴에 더욱 깊게 품었다. 한참이 지난 후 울음을 삼킨 의령이 고개를 들고 배시시 웃었다.

"이제 되었어요. 어리광도 적당히 부렸으니 성연이 혼례복을 마무리해야겠죠?"

어느새 울음의 흔적도 말끔히 지운 목소리였다.

다음 날 의령은 다시 변복 차림으로 저잣거리에 나갔다. 혼인 준비의 막바지로 집 안은 더욱 바빠졌고 사람들도 더 많이 드나들었다.

의령은 커다란 보따리를 들고 따라나선 이 서방과 함께 조심스럽게 집을 빠져나갔다. 마을 입구 울창한 나무숲에서 임기준이 기다리고 있었다.

"도사 나리께서 기다리고 계십니다. 저를 뒤따르시지요."

의령이 기준을 따라 걸음을 옮겼다.

대부분의 논은 추수가 끝나 한가해 보였고 아침 일찍 장에 가는 사람들을 피해서 그런지 주위는 한가로웠다. 그러나 의령의 머릿속은 복잡하게 헝클어졌다.

저잣거리의 임씨네 주막이 가까워 오자 의령은 발걸음이 느려지려는 것을 억지로 재촉하며 앞으로 나갔다. 주막 평상에 등을 보이고 앉아 있는 유상이 보였다.

유상은 며칠 사이 조금 야위어 보였지만 별다른 표정을 읽을 수가 없었다.

"두 분은 여기서 기다리세요. 선비님은 저를 따르시지요."

의령이 이 서방에게 꽤 큰 보따리를 받아 들고 몸을 돌렸다. 유상이 평상에서 느릿하게 일어나 주막에서 나왔다. 작은 몸에 들고 있는 보따리가 너무 크고 위태롭게 보여 신경이 쓰였지만 묵묵히 의령의 뒤를 따랐다.

두 사람은 저잣거리를 빠져나온 후에도 한참을 걸어 이윽고 겨우 흔적만 남은 산길로 접어들었다. 험한 길임에도 의령의 발걸음은 매일 다닌 길인 것마냥 흐트러짐이 없다. 유상도 묵묵히 그녀의 뒤를 따라갔다. 한참을 인적 없는 좁은 길을 걷다 보니 문득 눈 아래 골짜기 쪽으로 사람들이 모여 있는 모습이 조그맣게 보였다. 의령이 잠시 걸음을 멈추고 아래를 내려다보았다.

유상은 의령의 눈길을 따라 그곳을 쳐다보다 눈살을 찌푸렸다. 소문으로만 듣던 백정들이 모여 살고 있다는 움막 같았다. 그곳은 대부분 푸줏간 백정이나 재인 광대 들이 모여 산다고 했다. 더럽고 추하고 병든 자들과 곧 죽을 자들이 모인 죽음의 그림자로 가득 차 있다는, 말로만 듣던 곳이었다.

유상은 그 순간 윤상오가 백정마을을 돕고 있다고 한 기준의 말이 생각났다.

의령이 미간을 찌푸리고 있는 유상을 힐끗 쳐다본 뒤 말없이 아래로 내려갔다.

움막들 가운데 서 있는 큰 나무 아래에 쳐 놓은 커다란 차일 밑에 꽤 많은 사람들이 모여 있었다. 의령이 거침없이 그들에게 다가가자 유상은 조심스럽게 그 뒤를 따랐다.

가까이 다가가자 그곳의 모습이 한눈에 들어왔다. 차일 안에는 명석 두어 개가 깔려 있고 앞쪽에 한 사람이 앉아서 손을 내밀고 있는 남자의 맥을 짚었다.

명석 위에는 누워 있는 사람, 앉아 있는 사람과 그들을 시중들고 있는 것으로 보이는 사람들이 뒤섞여서 어수선해 보였지만, 가만 보면 혼란스럽지 않았다.

한쪽 귀퉁이에서는 장작불에 큰 가마솥을 여러 개 걸고 젊은 아낙들이 연신 땀을 훔치며 나무 주걱을 휘저었다.

의령이 곧바로 사람들 속으로 섞여 들어가자 여기저기서 그녀에게 인사를 했다. 유상은 그 모습을 바라보며 더 이상 의령에게 다가가지 못하고 사람들에 밀려 점점 뒤로 멀어졌다.

"왜 이렇게 오랜만에 온 거유? 저 양반은 누구유?"

한 무리의 사람들이 의령에게 인사를 하고 옆으로 비켜나자 이번에는 아이들이 몰려들어 와자지껄 떠들며 유상을 흘깃거렸다.

"걱정하지 마. 나와 함께 온 선비님이란다. 그런데 충식이 성님은 잔칫집에 간 거니?"

"오늘 읍내 박 생원의 생일이라고 거기 불려 갔잖아요. 우리들은 몸에 부스럼이 나서 의원님 만나려고 남아 있었어요."

의령이 얼굴을 찌푸리며 아이들의 옷을 걷으며 상처를 살폈다. 아이들 몸에는 벌겋게 두드러기가 올라와 있었고 그것을 손톱으로 긁었는지 피고름이 맺혀 있었다.

"언제부터 이런 거야? 다른 애들도 이러니? 뭘 잘못 먹은 거야? 아니면 제대로 씻지 않은 거야?"

그녀의 걱정스런 물음에 아이들이 머뭇거렸다.

"사실은…지난번 잔칫집에서 얻어 온 고깃국에서 쉰내가 나서 충식이 성님이 버리라는 것을 아까워서 우리가 몰래 먹어 버렸어."

한 아이가 말하며 고개를 숙이자 다른 아이들도 어깨가 내려갔다. 의령이 길게 한숨을 쉬며 아이들을 향해 입을 열었다.

"다시 한 번 말하지만 제대로 씻지 않고 음식도 익히지 않고 먹다가는 큰일이 난다고 하지 않았니? 하루 종일 저잣거리를 돌아다니느라 힘든 것은 알지만 아프지 않으려면 이 말을 명심해야 한다. 알겠지?"

의령의 말에 아이들이 고개를 크게 끄덕이며 대답했다. 의령은 그런 아이들의 머리를 일일이 쓰다듬으며 빙그레 웃었다. 그러고는 소매 안에서 무엇인가 꺼내 내밀었다.

"알고 있는 것을 몸으로 실천하는 것은 쉬운 일이 아니지. 오늘은 이렇게 몇 부 필사를 해 왔단다. 글을 먼저 깨우친 사람이 읽어 주고 서로 지키도록 해야 한다. 이것을 모두 외우고 그대로 하면 부스럼도 안 나고 배앓이도 하지 않을 거야."

그러자 그중 제일 작은 아이가 그것을 받아 펼쳤다.

"의령 누나, 나 이제 언문을 읽을 수 있어요. 영배 성이 나한테 가르쳐 줬어요. 내가 한번 읽어 볼게요. '가신 물이나 아, 무 물이나 땅에, 부을 때에 멀리 뿌, 리지 말며, 가래나 침을 멀리 뱉지 말며, 코를 멀리 풀지 말며, 침과 코가 땅에 떨, 어지거든 닦, 아 없이, 하라."

그러자 옆에 있던 조금 더 큰 남자아이가 필사한 종이를 얼른 빼앗아 읽었다.

"묵은 밥을 새 밥에 섞지 말고, 묵은 음식은 새로 끓여서 먹도록 하라. 침을 아무 곳에나 뱉지 말며 만일 길이면 땅에 묻고 가라. 대변을 본 뒤에는 노변이거든 땅에 묻고 가라. 가신 물은 아무 곳에나 버리지 말라. 집 안을 하루 두 번씩 청결히 닦도록 하라. … 에이, 당장 먹을 것도 없는데 따로 두었다가 먹을 것이 어디 있다고 그래요?"

종알종알 글을 읽어 가던 아이가 의령과 유상을 쳐다보며 입을 비쭉거렸다.

"그래, 그건 영배 말이 맞다. 하지만 지난번처럼 유행하는 악질에 걸리지 않으려면 이대로 해야 한다. 알겠지?"

"예!"

아이들이 한목소리로 합창을 했다.

의령은 뒤쪽에 멀찌감치 떨어져 있는 유상의 존재를 잊은 것처럼 이곳저곳을 치우고 또 아이들에게 지시를 했다. 유상은 그 모습을 멀리서 지켜보았다.

"저… 선비님…."

갑자기 발밑에서 들려오는 작은 소리에 유상이 깜짝 놀라 소리 나는 쪽으로 시선을 내렸다. 조그만 여자아이가 그의 옷을 잡아당기며 올려다보았다.

"왜 그러느냐?"

유상이 쪼그리고 앉아 아이를 쳐다보았다.

"선비님은 양반이시지요?"

"양반? 양반이 뭔지 너는 아느냐?"

유상이 고개를 내려 아이를 바라보며 되물었다.

"아유, 제가 그것도 모를까 봐요? 양반은 일도 하지 않으면서 매일 하얀 쌀밥을 먹고, 예쁜 옷도 입고, 가죽신도 신고, 겨울에 춥지 않게 지낼 수 있고, 아무한테나 막 화를 내고, 우리 것을 다 뺏어 가도 관에서 안 잡아가는 사람들, 그게 양반이잖아요!"

유상은 작은 아이의 까만 눈동자를 보며 말문이 막혔다. 이 맑고 투명한 계집아이의 눈에 비친 양반의 모습은 허세가 가득하고 백성의 고혈을 빨아먹는 흡혈귀였다.

"그렇구나. 그런데 어쩌지? 나도 그런 양반인데…."

아이가 배시시 웃으며 말했다.

"괜찮아요. 의령 성님이랑 함께 왔잖아요? 그럼, 선비님은 좋은 양반이지요. 의령 성님이랑 함께 오는 어른들은 모두 좋은 사람들이에요. 우린 다 알아요."

아이가 고개까지 끄덕이며 목소리를 높였다.

"고맙구나. 이름이 뭐냐? 왜 여기에 있는 것이냐?"

"간난이요. 우리 엄니가 많이 아파요. 의령 성님은 괜찮아질 거라고 하는데 나는 엄니가 죽을 거라는 걸 알아요. 아부지도 엄니처럼 아프다가 금방 죽었거든요."

간난이가 누워 있는 사람 앞에 앉아서 고개를 숙이고 있는 의령이를 손가락으로 가리키며 말했다. 유상이 그 말에 깜짝 놀라 간난이를 쳐다봤지만 아이의 얼굴에 비친 슬픈 표정에 할 말을 잃었다.

"엄니가 안 죽었으면 좋겠어요. 그래서 오래오래 나랑 같이 살았으면 좋겠어요."

간난이가 의령에게 향했던 얼굴을 돌려 고개를 숙였다. 유상이 머뭇거리며 아이의 머리에 손을 얹었다. 그는 한동안 미동도 없이 그렇게 서 있었다.

유상의 손길이 위로가 되었는지 간난이가 붉어진 눈을 소매 끝으로 슬쩍 닦으며 바닥에 털썩 주저앉았다. 유상은 손바닥에 느껴졌던 따스한 온기가 새어 나가는 것을 막는 것처럼 주먹을 움켜쥐었다. 마음이 이상하게 울렁거렸다.

"간난아, 저기서 무엇을 하고 있는 것이냐?"

유상이 눈앞에서 이리저리 바삐 움직이는 의령에게서 눈을 떼지 않은 채 간난이에게 물었다.

"오늘은 의원님이 오셔서 진맥도 하고 침도 놔 주고 뜸도 뜨고 그러고 계시잖아요. 우리 마을에는 아픈 사람들이 많아서 의령 성님이 의원님을 모셔 오세요. 의령 성님네가 아니면 이 마을에 의원님은 절대로 안 올 거라고 어른들이 그러던데요. 성님이 우리 마을에 자주 오니까 얼마나 좋은지 몰라요."

간난이의 주절거림을 들으면서도 그의 시선은 의령을 떠나지 않았다.

"평소에 여기에 자주 오는 것이냐? 오면 무얼 하고 지내느냐?"

"의령 성님요? 자주 오지요. 와서 청소도 해 주고, 빨래도 해 주고, 같이 놀아 주고, 글도 알려 주고, 충식이 오라버니랑 얘기도 많이 하고…. 아, 서책도 읽어 주고…. 우리 의령 성님이 서책을 얼마나 재미나게 읽어 주는지 알아요? 재미난 얘기도 많이 알아요."

간난이의 초롱거리는 눈이 더욱 반짝였다.

"충식이가 누구냐? 너희 대장이냐?"

유상이 간난이를 쳐다보며 무심코 물었다.

"예. 여기 대장 오라버니예요. 우리 대장 오라버니도 선비님처럼 양반이었대요. 어려운 한문도 잘 읽고 허우대도 멀쩡하다고 저잣거리 아줌마들이 난리래요."

간난이가 신이 나서 재잘거리다 갑자기 손가락으로 저쪽을 가리켰다.

"어? 의령 성님이 다른 움막으로 간다."

유상이 간난이의 말에 고개를 돌렸다. 의령이 사람들이 모여 있는 차일을 벗어나고 있었다.

"간난이라고 했지? 네 이름을 기억하고 있으마. 그리고 꼭 다시 만나자."

유상이 간난이의 머리를 쓰다듬어 주고는 급하게 의령이 가는 곳으로 발길을 옮겼다.

의령을 따라 조금 더 안쪽으로 들어가자 더 많은 움막이 보였다.

유상은 뒤에 한발 떨어져서 그녀를 따라갔다. 안쪽의 움막들을 지나쳐 조금 더 깊숙이 들어가자 사정은 급격히 달라졌다. 대부분의 사람들은 한눈에 보아도 금방 숨이 끊어질 것 같은 모습으로 누워 있었다. 그곳은 조금 전 차일 밑에서 본 것과는 다르게 죽음의 그림자가 짙게 깔려 있었다.

의령은 낯빛 하나 변하지 않은 채 사람들 하나하나와 일일이 손을 잡고 눈을 맞췄다.

병자들의 눈은 죽음의 두려움과 고통을 넘어 평온해 보였다. 유상은 무엇이 이들로 하여금 죽음의 고통을 넘어설 수 있게 했을까를 생각했다. 막연하나마, 그 안에 의령의 공이 들어 있음을 느낄 수 있었다.

일년 전 수치스런 몰골로 저수지로 뛰어들던 그녀와, 비극적으로 죽음에 이른 부모의 얘기를 남의 얘기처럼 들려줬던 그녀와, 지금의 그녀가 각기 다른 사람처럼 느껴졌다.

이윽고 의령이 움막에서의 길고 긴 일을 마치고 돌아갈 채비를 하자, 유상은 안도의 한숨이 쏟아지는 것을 애써 참으며 묵묵히 뒤를 따라 나왔다. 올 때보다도 더 요란한 환대를 받으며, 의령과 유상은 백정마을을 벗어났다.

그동안 유상에게 눈길조차 주지 않았던 의령이 마을을 벗어나자 걸음을 멈추지 않고 입을 열었다.

"이곳은 공주에서 가장 천한 사람들이 모여 사는 곳이에요. 지금의 부모님 때문에 알게 된 곳이지요. 저들은 이 조선에서는 사람 취급도 받지 못하는 사람들이에요. 마지막에 만났던 사람들은 죽음을 눈앞에 둔 사람들이에요. 그들에게 오늘이나 내일은 아무 의미가 없어요. 그들은 단지 죽음을 기다리며 살고 있어요. 그러나 드넓은 하늘 아래의 모든 사람들은 다 이유가 있어서 이 땅에 왔을 거예요. 저렇게 사람 취급 받지 못하며 살아가려 이승에 온 것은 아닐 거예요. 유무상자라는 말이 있습니다. 있는 사람과 없는 사람이 서로 나눈다는 뜻이지요. 많이 가진 자의 재물만 나누는 것이 아니라 사람들 각자가 가지고 있는 것들로 서로를 돕는다는 것이 아버님이 가르쳐 주신 유무상자예요. 가진 자의 일방적인 베풂이 아닌 서로 나누는 호혜라고 가르쳐 주셨어요."

유상은 등 뒤에서 들리는 의령의 말에 발걸음을 조금 늦추며 말없이 귀를 기울였다.

"부자들이 누군가를 돕는 것은 어쩌면 당연한 것이에요. 그들은 넘치는 것들 중에서 일부를 주는 것이니까요. 그러나 아무것도 없는 사람들이 돕는 것은 서로의 목숨을 살리는 일이에요. 한 개를 반으로 나눠서 다른 이를 살리면 그것을 받은 사람은 다시 그 반을 나눠 또 다른 사람을 살리거든요. 저희 부모님은 이곳 사람들을 보살피고 있습니다. 저들에게 한 사람 한 사람이 소중한 존재라고 일깨워 주셨어요. 그러니 저와 같은 아이를 여식으로 삼으신 거지요."

그 말을 듣자 유상은 조금 전에 보았던 자들의 모습을 떠올렸다.

유상은 혼란스러움을 숨기지 못한 채 입을 열었다.

"네 아비가 이러는 목적이 단지 빈민 구제일 뿐이라고 말하고 싶은 것이냐?"

"목적이 있어서 하는 일로 보이시나요? 양반들이 베푸는 호의는 당연한 것이고, 양반도 아닌 자가 베푸는 호의는 수상한 것입니까?"

의령의 목소리가 등 뒤에서 날카롭게 울렸다. 유상이 걸음을 멈추고 천천히 뒤를 돌아보았다. 좁은 길 한가운데 우뚝 서서 그를 노려보는 의령의 몸이 긴장으로 굳어 있었다.

"네 아비가 한 일은 아무나 못하는 일이라는 것은 잘 알겠다."

유상이 눈빛을 부드럽게 풀며 말하자 의령의 어깨가 풀썩 내려갔다.

"저는 제 상황을 모두 말씀드렸습니다. 그것을 어떻게 받아들이시든지 그건 선비님의 마음이지요. 선비님에게 이 모든 것을 알려 드리는 것은 제 생명의 은인이시기에 제가 잘 살고 있다는 것을 보여 드리고 싶었습니다."

"이제 너의 의도는 잘 알았다. 1년 전 너와 그렇게 헤어지고 네가 잘 살고 있는지 늘 궁금했다."

유상이 의령에게 성큼 다가가 바로 앞에 서자 그녀가 놀라 뒤로 물러서려다가 발이 꼬였다.

유상이 다급히 두 손을 내밀어 논바닥으로 쓰러지는 의령을 붙잡기는 했으나 두 사람은 한 덩어리로 나뒹굴며 쓰러졌다.

유상의 등에 추수를 끝낸 논바닥의 벼 그루터기가 배겨 아픔이 밀려왔다. 발버둥 치는 의령의 팔을 꼭 붙잡고 유상은 낮은 신음을 내뱉으며 풀썩 맥을 놓았다.

의령이 겨우 몸을 일으켜 논바닥에 무릎을 꿇고 이유상을 흔들어 깨웠다.

"선비님, 괜찮으세요? 선비님! 정신 차리세요!"

당황한 듯 외치는 의령의 목소리가 낯설고 어색했다.

그 순간 유상은 갑자기 주체할 수 없을 만큼 큰 웃음을 터뜨렸다. 그러자 다급하게 그의 몸을 흔들던 의령이 손을 거칠게 떼어 내며 소리쳤다.

"지금 뭐하시는 겁니까? 저를 놀리시는 겁니까?"

유상이 웃음을 멈추고 살며시 눈을 뜨자, 얼굴이 새빨갛게 상기된 의령이 그를 노려보고 있었다.

"잘 살고 있었구나. 기특하다."

유상이 낮게 속삭이자 의령의 표정이 얼어붙었다.

잠시 후 의령이 입을 꼭 다물고 비뚤어져 있는 자신의 갓을 고쳐 쓰고는 유상에게 불쑥 손을 내밀었다. 유상이 잠깐 어리둥절하여 쳐다보다 조심스레 손을 마주 잡고 일어섰다. 의령의 손은 작고 따스했다. 그녀가 멀거니 잡은 손을 쳐다보자 유상이 호응하듯 가만히 힘을 주었다. 의령은 숨을 멈춘 것처럼 미동도 없다가 잠시 후 가만히 손을 빼냈다.

유상이 일어나 떨어져 있던 갓을 주워 쓰고는 의령처럼 몸에 묻은 흙과 지푸라기를 털며 다시 길 위로 올라섰다. 두 사람의 머리 위로 드리워진 햇빛은 길게 그림자를 만들었다.

좁은 길이 끝나고 곧이어 인가가 보이기 시작하자 두 사람은 동시에 걸음을 멈추고 서로를 쳐다보았다.

"선비님 때문에 저는 새로운 삶을 살고 있습니다. 하지만 선비님을 만나면 죽을 만큼 힘들었던 저의 과거가 떠오릅니다. 그러니 이제 선비님도 약조를 지켜 주세요. 이 시간 이후로 저에 대한 모든 것을 잊어 주세요."

의령이 입을 열자 유상은 좁혀졌던 둘 사이의 거리가 한순간에 제자리로 돌아왔음을 느꼈다.

유상이 의령의 눈을 응시하다 천천히 고개를 끄덕였다.

"약조하마. 네가 원하는 대로 해 주겠다."

"고맙습니다."

유상은 몸을 돌려 저잣거리로 향했다.

의령은 그 자리에 멈춰 서서 멀어져 가는 유상을 쳐다보았다. 그의 크고 단단한 몸이 인파 속으로 사라져 갔다. 멀어지는 그의 뒷모습에서 중치막이 눈에 익었다. 지난번 전해 준 의령이 만든 중치막이었다.

그녀는 유상이 인파 속으로 완전히 사라진 후 두 주먹을 꼭 쥐고 이 서방이 기다리고 있는 임씨네 주막으로 향했다.

6장/ 혼인

"오라버니, 어쩐 일이세요? 언제 오셨어요? 큰아버지 댁으로 가신다고 하지 않으셨어요? 혼인 전에는 못 볼 줄 알았는데…."

성연이 뒷마당으로 뛰어 들어오며 준환을 향해 쉴 새 없이 질문을 쏟아 냈다.

"무슨 일이 있는 건 아니죠?"

"아이고, 아가씨, 한 가지씩 물어봐야 대답을 하지…. 이렇게 호들갑을 떨어서야 어디 혼인을 앞둔 규수라 할 수 있겠느냐?"

준환이 짐짓 책망하는 듯 말을 내놓고는 이마에 땀방울을 묻히고 웃는 성연을 가만히 바라보았다.

"왜 그러세요? 응? 제 얼굴에 뭐 묻었어요? 좀 전에 성민이가 장난을 치더니 뭐 묻었어요?"

준환의 얼굴에 제 얼굴을 바싹 들이밀며 손으로 얼굴을 비벼 댔다.

그는 성연의 손을 두 손으로 잡고는 고개를 흔들었다.

"아니다. 아무것도 묻지 않았다. 걱정하지 말거라. 아주 고운 얼굴 그대로이니까."

준환이 싱긋 웃자 성연이 얼굴이 빨개지며 고개를 숙였다.

"아이 참 오라버니도…. 그래도 오라버니가 곱다고 하니까 좋네요."

준환이 말없이 잡은 손에 힘을 주자 그녀가 고개를 들었다.

"왜 그러세요? 무슨 일 있는 거지요?"

"도소에서 '입의통문'이 당도했다."

"… 집회 날이 정해졌나요?"

성연이 담담하게 말하자 준환이 고개를 끄덕였다.

"집회는 혼인 다음 날인 장날, 금영 바로 앞에서 열릴 거다. 벌써부터 여기저기에 도인들이 모여들기 시작했으니까 여러 모로 각오는 해야 할 거야."

성연에게 말을 전해 주는 준환의 목소리가 조금씩 떨리기 시작했다.

"그런데 왜 그리 슬픈 얼굴을 하세요. 오라버니, 우리 혼인날이잖아요. 그리고 수운 대선생이 억울한 누명을 벗게 되신다면 우리도 앞으로 떳떳하게 동학을 할 수 있는 거잖아요. 그런 얼굴 하지 마세요. 저 속상해요."

"우리 성연이가 또 나를 부끄럽게 만드는구나. 그래 난 너를 믿으니까 걱정하지 않으마. 그러니 너도 나를 믿어 주겠니?"

"예. 그럼요. 난 아주 오래전부터 오라버니를 믿었는걸요."

성연이 배시시 웃으며 마주 잡은 준환의 손을 자기 쪽으로 끌어당졌다.

그녀의 해맑은 미소가 미안하고 두려웠던 준환의 마음을 서서히
녹였다.

"뭐라고? 이유상과 윤의령이 서로 알고 지내는 사이라고?"

정춘보는 언제나 냉정함을 잃지 않았던 정선이 얼굴을 붉히며 목
소리를 높이자 깜짝 놀라 몸을 떨었다.

정춘보가 정선의 줄을 잡고 금영의 포졸로 들어간 것이 불과 3개
월 전이었다. 정선으로부터 처음으로 받은 임무가 신풍에 사는 윤의
령의 동태를 파악해서 보고하는 것이었다. 그러다 정선이 공주로 돌
아오면서 의령에 대한 감시를 그만두라고 한 것이 얼마 전이었다.

정춘보는 윤의령과 오정선에게 어떤 접점이 있는지 알 수가 없었
다. 다만 의령을 생각하는 정선의 마음이 깊은 것은 짐작할 수 있었
다.

정선의 얼굴이 점점 분노로 일그러졌다.

"틀림없으렷다!"

정선이 다그치듯 다시 물었다.

"그러합니다, 나리. 지난번 장날에 의령 낭자가 변복으로 저잣거리
를 수상하게 어슬렁거리다 우리한테 들켰는데, 이 도사가 와서는 아
는 양반이라면서 빼 갔습니다. 그런데 어제 장날에 임씨네 주막에 다
시 남장 차림을 하고 나타나 이유상과 함께 백정과 광대들이 사는 동

네에 가서는 반나절이나 있다 왔습니다."

정선이 눈을 감고 가쁜 숨을 고르자 정춘보가 두 손을 맞잡았다.

잠시 후 눈을 뜬 정선은 여느 때와 같은 낮은 목소리로 말했다.

"만약 거짓이라면 네 목숨을 내놓아야 할 것이야."

"틀림없습니다. 제 눈으로 똑똑히 보았습니다. 두 사람이 무엇 때문에 만나는지 알 수는 없지만 예사로 보이지 않았습니다요. 믿어 주십시오."

정춘보는 두려움에 몸을 떨면서도 확신에 찬 얼굴로 그의 눈을 피하지 않았다.

"그렇다면 이유상과 윤의령이 정분이 났단 말이냐?"

"그것은 모르옵니다만, 이 도사의 눈빛은 예사 눈빛이 아니었습니다."

"이유상과 윤의령이라니…."

탄식처럼 중얼거리는 정선의 눈빛이 불안하게 흔들렸다.

"윤상오의 조카가 곧 혼인을 한다 했지?"

움켜쥔 정선의 주먹에 푸르스름한 핏줄이 올라왔다.

"예. 사흘 후인 스무날입니다."

정선이 얼굴을 굳히며 정춘보에게 명령했다.

"내 말 잘 들어라. 윤상오가 동학 도인인지 아닌지 상관없다. 단지 엮을 꼬투리만 잡으면 된다. 이유상이 걸려 있으니 조금 더 신중해야 한다. 수단 방법을 가리지 말고 윤상오와 윤의령뿐만 아니라 이유상까지 철저히 감시하도록 해라. 윤상오만 제대로 걸려든다면 너에게 큰 상을 내릴 것이다. 알겠느냐?"

정춘보가 나가자 정선은 책상 위로 주먹을 세차게 내리쳤다.

"윤의령, 더 이상 점잖게 지켜보는 짓은 하지 않을 것이다. 이제부터는 내 식대로 할 것이야!"

정선은 마치 눈앞에 의령이 있는 듯이 허공을 향해 말을 내뱉고는 피멍이 든 주먹을 움켜쥐고 서둘러 외출할 준비를 했다.

"도사 나리, 임기준입니다."

"무슨 일이냐?"

유상은 보료에 몸을 기대고 지난밤의 숙취 기운에 깨질 듯 아픈 머리를 숙인 채 겨우 대답했다.

기준이 화급히 방으로 들어섰다.

"무슨 일이냐?"

"저어, 의령 낭자…."

기준이 조심스럽게 눈치를 살피며 의령의 이름을 꺼내자 유상이 말을 막았다.

"윤상오와 윤의령에 대한 감시를 멈추라고 하지 않았느냐?"

유상의 단호한 말에 기준이 입을 다물었다.

"도사 나리, 오정선 나리가 오셨는데요."

유상은 밖에서 예상외의 손님이 왔음을 알리는 소리에 깜짝 놀라 몸을 완전히 일으켰다. 그때 기준의 눈빛이 반짝하고 빛났다.

"너는 뒷문으로 나가거라. 어서 서둘러라."

"돌아가지 않고 기다리고 있겠습니다."

"… 알겠다."

유상은 무엇인가 할 말이 있는 기준의 얼굴을 보고 고개를 끄덕였다.

그가 서둘러 나가고 잠시 후 정선이 방으로 들어왔다. 유상은 보료에 정좌하고 그를 맞았다.

"자네가 내 집에 어쩐 일인가?"

"이 사람이, 내가 못 올 데를 왔는가? 아니지, 아무리 동문수학하던 사이라고 해도 이젠 도사 나리라고 불러야 할까요?"

정선이 입을 비틀며 웃자 단정한 얼굴이 일그러졌다. 유상이 그를 알고 지낸 날이 오래되었지만 아무리 만나도 정이 통하지 않는 사이였다.

"직에서 물러나 낙향한 사람한테 무슨 소리 하는 것인가? 자네야말로 어인 일로 본가에 있단 말인가? 금산읍의 수령으로 갔다고 들었는데…."

"금산에서의 근무를 끝내고 다른 곳으로 발령을 받기 전에 본가에 와서 잠시 쉬고 있다네. 그러던 중 자네가 본가에 있다는 소릴 듣고 반가워서 달려왔네. 그런데 자네야말로 안색이 좋지 않아 보이니 어찌 된 일인가?"

정선이 푸석푸석해진 유상의 낯빛을 살피며 물었다.

"벼슬에서 밀려나 낙향하여 세월만 죽이고 있는데 좋을 일이 무엇이 있겠는가?"

유상이 아무렇지도 않은 듯 대답했지만 정선을 향한 눈매는 싸늘했다.

"… 자네 혹시 얼마 전 공주 장날에 저잣거리에 나왔었는가?"

잠시 후 정선이 지나가는 말처럼 슬쩍 물었다. 유상의 눈빛이 잠시 흔들렸다 이내 잠잠해졌다.

"나야 할 일이 없으니 장날마다 저잣거리에 나가 주막에서 술 한 잔하는 것이 유일한 낙이라면 낙이지. 그런데 왜 그러는 것인가?"

"내가 얼마 전에 잘 아는 포졸을 만났는데 저잣거리에서 자네를 만났다고 해서 말이지. 이 도사를 찾아온 도령에게 큰 결례를 저질렀다고 걱정을 하면서 말이야. 한양에서 온 도령이었다지? 어느 집 자제분인가? 아직 한양으로 돌아가지 않았다면 인사라도 하려고 말이야. 한양의 지체 높은 가문의 자제와 면이라도 터 두면 나중에 큰 도움이 될지 누가 아는가?"

정선은 담담한 얼굴로 유상을 바라보고 농처럼 던지며 그의 표정을 살폈다.

"사람 참 실없기는….그저 한양에서 알던 도령인데 잠시 놀러온 것뿐이라네. 그리고 그날 얼마나 놀랐는지 바로 한양으로 돌아갔다네."

"이런, 이런, 아깝게 되었네. 나는 또 한양 도령의 덕 좀 보려고 기대했더니만…."

유상은 의도를 알 수 없는 정선을 마주 보며 이야기하는 것이 점점 불쾌해지기 시작했다.

"그만하게. 더 이상 그런 말 듣고 싶지 않네. 지금은 나도 몸이 좋지 않으니 대접은 다음에 하도록 하지."

유상이 그만 돌아가라는 뜻이 담긴 말을 하자 정선이 주저 없이 몸을 일으켰다.

"이런 오랜만에 만나는 동무를 이렇게 쫓아내다니…. 농일세. 그럼 나는 이만 물러가겠네. 다음에 기방에서 약주나 한잔하세나."

유상은 정선이 집 밖으로 나가는 것을 확인한 후 급하게 기준을 다시 불러들였다.

"아무래도 이상하다. 저자가 아무 이유 없이 나를 찾아오지는 않았을 터인데, 너는 짐작 가는 데가 있는 것이냐?"

"그렇지 않아도 의령 낭자 주변을 정춘보라는 포졸이 감시하고 있다는 걸 알려 드리려 했습니다."

"뭐라고? 그게 무슨 말이냐?"

"지난번 의령 낭자 주변을 얼쩡거리던 자가 정춘보라는 자인데 같은 유구 출신으로 금영에 심어 놓은 듯합니다."

"도대체 무슨 연유로 오정선이 윤의령을 감시한다는 말이냐? 둘 사이에 어떤 접점이라도 있단 말이냐?"

유상이 혼란스런 표정으로 기준을 바라보았다.

"그것은 모르겠사옵니다."

기준의 말에 유상이 망설이듯 미간을 찌푸렸다.

"도사 나리, 어찌할까요?"

기준이 조심스럽게 물었지만 유상은 쉽사리 입을 열지 못했다.

유상은 며칠 전 자신을 잊어 달라는 의령의 말을 떠올렸다. 그러나 조금 전 다녀간 오정선의 태도가 석연치 않았다.

기준은 쉽게 결정을 하지 못하는 유상을 바라보며 기다렸다.

"… 그 아이가 다치지 않도록 멀리서 지켜만 보거라. 절대 위험에 빠지지 않도록 지켜 주어라."

이윽고 유상이 기준을 향해 나지막이 말하고는 가만히 숨을 내 쉬었다. 기준이 말없이 고개를 숙였다.

기준이 밖으로 나간 후 유상은 보료에 몸을 누이고 눈을 감았다.

그러나 마지막 보았던 의령의 얼굴이 머릿속을 떠나지 않았다.

"입의통문은 어떻게 되었습니까?"

"예, 의령이와 준환이가 필사하여 모두 보냈습니다. 너무 멀리에서는 오기 힘들겠지만 가까운 호중(충청), 호남(전라) 포는 참석하게 될 것이고 이미 많은 도인들이 공주 안에서 대기하고 있으니 많이들 모일 것입니다."

집회를 위해 마지막으로 모인 윤상오의 집은 긴장감이 고조되었다.

서장옥과 서병학 등은 윤상오의 사랑방에 머물면서 소장 제출 준비에 온 힘을 다 쏟았다.

"지난번 해월 선생과 의논한 대로 서장옥, 서병학, 손천민, 강시원, 손병희, 윤상오 접주님이 앞장을 설 것입니다. 저와 서병학 접주는 공주와 청주 솔뫼로 오가며 준비를 하고 손천민, 강시원, 손병희 접주는 다른 지역에 있는 도인들의 참여를 독려하고, 해월 선생과의 연락을 전담할 것입니다. 그리고 윤 접주께서 공주의 사정을 가장 잘 아시니 금영의 움직임이나 공주 인근 도인들의 상황을 살펴 주세요."

서장옥이 다시 한 번 각자 해야 할 일을 갈래지어 점검했다.

"장준환 접장의 혼인이 끝난 다음 날에 의관을 정제하고 금영으로 나아가 조 감사에게 의송 단자를 제출하겠습니다. 의송 단자는 손천민 접주가 작성했습니다."

서장옥이 의송 단자를 내밀었다. 모두의 얼굴에 비장함이 감돌았다.

10월 20일 아침이 밝았다.

"우리 성연이가 이렇게 예뻤다니…. 눈이 부시구나."

의령은 잔뜩 긴장한 얼굴로 녹색 원삼을 입고 머리에는 족두리를 쓰고 앉아 있는 성연을 보고 빙그레 웃었다. 화려한 원삼저고리를 입고 있어서인지 성연의 얼굴이 더욱 작게 보였다.

"의령 성님, 나 떨리는데 어떡해. 준환 오라버니는 도착했나요?"

"아직이다. 천하의 성연이도 막상 혼인날이 되고 보니 떨리는 게로구나."

"그러게 말이야. 성민이, 성민이라도 좀 불러 주어요."

의령은 성연의 손을 꼭 잡아 준 후 가만히 품에 안았다. 작은 몸의 떨림이 의령에게도 전해졌다.

"성님, 나 잘할 수 있겠지요? 아무 일 없이 무사히 넘어가겠지요?"

의령은 성연의 눈을 마주 보며 고개를 끄덕였다.

"그럼, 걱정하지 마라. 모두 잘될 것이야."

그 말에 성연이 봄바람 같은 웃음을 흘렸다.

"누님."

성민이 기척을 하고는 문을 열고 들어섰다.

"신랑 일행이 마을 입구에 도착했다고 합니다."

"정말?"

성연이 벌떡 일어서 나가려는 것을 의령이 다급히 손을 잡았다.

"뭐하는 것이야? 곧 혼인할 신부가 어딜 나가려고? 참, 부끄러움도 모르고 큰일이네 큰일이야."

"그러게 말이오. 자중하시오."

언젠가부터 성연에게 공대를 쓰는 성민이 어른스럽게 대꾸하자 의령과 성연이 크게 웃음을 터트렸다.

준환 일행이 마을입구에 당도했다는 소식이 전해지자 앞마당에 마련된 초례청 주변이 어느새 몰려든 사람들로 북적거렸다. 그 속에 기준이 섞여 있었다. 풍악 소리가 점점 가깝게 들렸다. 사모관대 차림으로 말을 탄 신랑 일행을 풍물패가 선도하고 있었다. 그들은 백정마을 풍물패의 대장인 충식이 이끄는 재인 광대패였다. 대문 앞에서 벌어지는 한판 마당놀이 판으로 사람들이 우르르 몰려들었다.

"윤씨 집안이 백정이다, 광대다, 갓바치다 위아래 안 가리고 잘 대해 준다더니 그자들이 다 몰려와서 여기저기 거들어 주고 있구먼."

"그러게 말이네. 세상에, 신랑 좀 보소. 어쩜 저리 잘생겼디야? 사모관대 입혀 놓은께 당상관이 따로 없네 따로 없어."

기준은 북적거리는 사람들 틈에서 낯선 사람들을 유심히 살피다. 정춘보를 발견하고는 눈치채지 못하게 슬쩍 뒤로 붙었다.

"신부도 곱고 참하니 둘이 그냥 천생연분이네. 천생연분이여."

"신부가 신랑을 쳐다보고 저리 해실해실 웃으니 어쩐 일이랴? 여름날 박꽃처럼 피었네그랴."

분위기가 점점 무르익고 혼례가 진행되는 내내 신랑 신부의 일거수일투족이 죄 입담거리였다.

"아이고 저걸 워쩐다. 신부가 술을 한 번에 홀짝 다 마셔 버리네. 그냥 입만 축여야 하는 것인디…. 하기야 나도 정신이 없어 가지고 고걸 홀랑 마셔 버렸지 뭐여."

혼례식이 무리 없이 진행되자 처음에 긴장감으로 얼굴이 굳어 있던 신랑이 허둥지둥 실수하는 신부의 행동에 살며시 웃음을 지었다.

정춘보는 시끌벅적한 초례청을 바라보았다. 떠들썩한 분위기의 혼인식은 곧 마을 잔치로 이어졌다.

"오늘은 간만에 포식하게 생겼네. 신부 아버지가 통이 커서 소도 잡고 돼지도 잡고 헌당께 모두들 허리띠 풀고 가서 얻어먹드라고."

"조심혀. 며칠 굶은 몸에 갑자기 기름기가 들어가면 오히려 독이여 독. 적당히 먹어야지 안 그럼 한 구녕으로 들어간 것이 두 구녕으로 바로 나와 버린당께. 흐흐흐…"

"뭔 소리여? 두 구녕이 어디여?"

"어디긴 어디여. 입구녕하고 똥구녕이지."

"예끼, 이 사람아"

시끌벅적한 잔치판을 이모저모 살피던 정춘보가 슬그머니 자리를 떴다. 기준도 그의 뒤를 조용히 따라갔다.

성연과 준환의 혼인식은 날이 저물고 신방에 불이 꺼질 때까지 흥겨운 풍악 소리가 끊이지 않았다.

7장/ 공주취회

"오라버니… 오라버니."

"여기 있다. 걱정하지 마라. 아직 네 곁에 있다."

준환은 잠결에 자신을 부르며 뒤척이는 성연을 꼭 끌어안았다.

그의 품을 파고들 듯이 안긴 작은 몸이 조금씩 떨리기 시작했다.

준환의 얇은 저고리의 앞섶이 축축하게 젖어 들었다.

두 사람은 오랫동안 서로에게 눈물을 보이지 않으려 속울음을 삼켰다.

안타까운 첫날밤이 지나 새벽닭이 울고 눈부시도록 맑고 청명한 아침이 밝아 왔다.

혼인 다음 날 아침 문안을 하는 신랑 신부의 얼굴이 붉게 상기되었다.

윤상현, 윤상오, 배씨 부인, 변복한 의령과 성민이까지 서로에게 정성껏 예를 다해 맞절을 했다. 그리고 어쩌면 온 가족이 마지막으로 모여 하는 것이 될 주문을 외웠다. 함께하는 주문 소리는 낮고 무거웠지만 그 어느 때보다 간절했다. 주문이 끝나자 무거운 침묵이 흘렀다. 그러나 서로의 눈은 피하지 않았다. 그 속에서 오늘의 대의가 결코 헛된 것이 아님을 알기에 말없이 서로를 격려하고 위로했다.

모두 모여 아침을 먹은 후 다시 한자리에 모여 끼니를 먹을 수 있는 날을 기원하며 각자의 할 일을 찾아 부지런히 움직였다.

임진년(1892) 10월 21일, 금영(충청 감영) 앞으로 사람들이 모여들기 시작했다.

"아니, 저기 금영으로 모여드는 사람들이 누구래유? 저 많은 사람들이 어디서들 왔대유? 엄청난 숫자로구먼?"

"저 사람들이 동학 도인들이라는데요."

"세상에 저 많은 사람들이 다 동학도란 말이오?"

"뭐여? 아니 지금이 어떤 세상인데 동학도들이 떼를 지어서 감영으로 간단 말이여? 모두 호랑이굴 속으로 기어 들어가는 격 아니여?"

"동학도라 그러더니만 전부 의관을 정제한 것이 훤훤장부들만 모였네그려."

금영 앞은 1천여 명의 동학도가 의관을 정제하고 줄을 지어 관아로 들어가기 위해 모여들었고, 그들을 구경하려는 사람들로 인산인해를 이루었다.

조병식은 오랜만에 찾아온 이유상과 담소를 나누다가 이 소식을 듣고 혼비백산하여 달려 나왔다.

1천 명의 장정들이 금영 앞에 질서 있게 엎드려 있는 모습은 엄숙

하고 장엄했다. 그들 앞에 붉은 보자기로 덮은 것이 의송이었다.

선화당으로 돌아온 조병식은 난생처음 보는 광경에 어찌할 줄을 모르고 서성였다. 뒤를 이어서 비장과 이방을 비롯한 육방 관속들이 우르르 몰려 들어왔다.

"저, 저들은 대체 어디서 온 누구라고 하더냐?"

조병식은 우왕좌왕하는 관속들을 향해 소리쳤다.

"예, 저들은 모두 동학도라 하옵니다."

"아니, 저 많은 동학도가 갑자기 어디에서 나타나서 무슨 일을 하자는 게야?"

"예, 그것이, 감사 나리께 의송을 제출코자 한다 합니다."

윤영기가 벌겋게 달아오른 얼굴로 조병식에게 다가서며 대답했다.

"의, 의송이라니. 동학은 나라에서 금한 사도의 무리들이다. 저놈들을 당장 잡아들여 모두 하옥하라."

조병식이 명령하자 영장 윤영기는 감사의 영을 실제로 받들어야 할지 말아야 할지 안절부절못하며 뒤로 물러나서 굳은 표정을 하고 있는 이유상을 쳐다보았다.

"영감, 한 말씀 여쭤도 되겠습니까?"

망설이듯 조심스러운 몸짓으로 이유상이 앞으로 나섰다. 조병식이 유상의 존재를 새삼 확인하며 반색을 했다.

"무슨, 무슨 좋은 수라도 있는가?"

"밖에 무리들이 수백 명은 넘어 보이는데 저들을 모두 잡아들이는 것은 불가능합니다. 저자들을 자극했다가 오히려 난으로 번지면 큰일이 아닙니까? 다행히 그럴 의도는 없어 보이니 일단 의송을 받아들이고, 내용을 보아 그다음 방안을 찾으시지요."

유상이 말을 마치자 조병식이 주저하는 얼굴로 관속들을 쳐다보았다.

"자네들 생각도 그러한가? 아무래도 저놈들이 너무 많아 보이지? 하필이면 내가 여기 있을 때 이런 일이 생기는지…. 이런 쳐 죽일 놈들…. 감히 여기가 어디라고, 감히 내가 누구라고 여기를 쳐들어와…."

조병식이 횡설수설 혼잣말처럼 떠들어 대며 발을 동동 굴렀다.

"감사 영감, 이런 일은 빨리 처리하시는 것이 유리합니다. 시간을 끌면 끌수록 사람들은 더 많이 모여들 것이고 소문은 걷잡을 수 없이 퍼져 갑니다. 어서 결심을 하시지요."

유상의 은근한 재촉에 조병식이 움직임을 멈추었다.

"그렇지. 그럴게야. 오늘이 장날이니 충청도 사람들이 다 모이는데…. 여봐라, 저들의 의송 단자를 가지고 오너라."

다급히 외치는 조병식의 말에 이방이 부리나케 밖으로 나가 의송 단자를 가지고 들어왔다.

의송 단자를 조병식 앞에 놓은 향리가 물러서자 모두들 숨을 죽였다. 그는 의송 단자를 앞에 두고 말없이 한동안 뚫어지게 쳐다보기만

했다. 마치 그것을 열어 보는 순간 엄청난 재앙이 내릴 것 같은 표정이었다. 뒤쪽으로 서 있던 유상의 몸이 긴장감으로 경직되었다.

조병식이 짐짓 의송 단자를 외면하듯 멀찍이 앉으며 말했다.

"영장이 읽어 보게나."

그 말에 윤영기가 손바닥에 홍건이 밴 땀을 옆구리에 문질렀다. 의송 단자로 향하는 그의 손이 가늘게 떨렸다.

"각도동학유생의송단자. 충청 감사에게 삼가 엎드려 살펴 주기를 아뢴다. 도덕이란 천지와 더불어 변치 않는 법도이며 고금을 통해 모두 지켜야 할 도의이다. 그러므로 요순우탕의 성군들도 천명을 이어받아 임금에 등극하여 도덕으로 천하를 다스리고 만민을 교화하였다. 공자와 맹자나 안회나 증자도 법도를 세워서 사람을 교화하고 유도의 정통의 실마리가 되게 하여 후세에 전해졌다. 그러나 육조와 오계의 시대로 내려오면서 성현이 나타나지 않아 대도의 덕화는 캄캄하게 막혀 버렸다.

근래에 이르러 오랑캐 풍습이 어지럽게 뒤섞여 성현의 학은 차차 쇠퇴해지고 점차 해이해져서 삼강의 본분과 오륜의 질서가 있는지조차 알 수 없게 되어 버렸다. 다행히 여러 성조에서 사람들을 가르쳐 우리나라를 다시금 일월과 같이 밝히어 가는데, 지난 경신년(1860) 4월에 천명이 있어 경주 구미의 최제우 선생이 무극한 대도를 친히 받아 높은 성인의 학[聖學]을 나라 안에 널리 펴게 되었다.

대저 우리 동학이란 도는 유불선 세 가지의 가르침을 담고 있다.

이 도에는 인의예지를 갖추지 않음이 없으므로 비록 우부우부라도 그 덕을 공경히 받들어 사람의 도리를 알게 하자는 것이니 훌륭한 일로서 누구나 천지를 공경하고 부모에 효도하고 임금에게 충성하도록 가르치고 있다. 스승님은 개연히 대도가 손상되어 맥이 다해 가자 자신만 착해서는 불가하다 하여 옛것을 이어받아 미래를 열어 가자는 뜻에서 문하 제자들에게 가르치는 자리를 베풀고 강론하게 되었으니 타고난 천성을 지키도록 하여 조금도 부끄러울 것이 없었다.

지금 서양 오랑캐의 학(서학)이 우리나라에 들어와 뒤섞여 있고, 왜놈 우두머리의 독이 외진에 도사리고 있으니 망극할 일이며, 음흉하고 거역하는 싹이 임금님의 수레 바로 밑에서 일어나고 있으니 이것이 바로 우리들이 절치부심하는 일이다. 심지어 왜놈 상인들은 각 항구를 두루 통하여 싸게 사서 비싸게 팔아 얻는 이익을 저들이 마음대로 하니 돈과 곡식이 마르고 백성들이 지탱하고 보존하기 어렵다. 심복 같은 땅과 인후와 같은 곳의 관세 및 시장세와 산림과 천택의 이익마저 오로지 바깥 오랑캐에게로 돌아가니 이것이 또한 우리들이 손을 어루만지며 눈물을 흘리는 바이다. 저희들이 성심 수도하면서 밤낮으로 하늘님에게 축원하는 것은 광제창생과 보국안민의 대원뿐이니 어찌 털끝만치라도 그릇된 이치가 있으랴. 이 도가 백성을 해치는 것처럼 여기며 무고한 백성들이 엄동설한을 당하여 집을 떠나 사경을 헤매기에 이르러 남편과 아버지와 헤어져 길가에서 울부짖고 있으니 무슨 죄가 있어 이처럼 감당하기 어렵도록 만들고 있는가.

대저 백성은 나라의 근본이라 한다. 이 근본이 견고해야 나라가 평안하게 될 것이니 어찌하여 합하는 명찰하여 선정으로 무고한 백성들을 구휼하지 않는가. 이 모두는 저희들이 수도를 잘못하여 죄에 이르도록 하였기 때문이다. 엎드려 바라건대 자비를 베풀어 넓으신 덕으로 외읍에 갇혀 있는 사람들을 모두 풀어 주는 특별한 조치를 내려 주시고, 임금님께 말씀드려 스승님을 신원하여 주기를 피눈물로 우러러 호소하며 큰 은인이신 관찰사 합하에게 엎드려 비는 바이다. 우리 대도를 드러나게 하여 주시고 무리들의 바람을 달래 주시어 하늘 같은 은혜가 나라에 널리 퍼지게 되도록 천만번 간절히 빌어 마지않는다. 임진년 10월."

　윤영기가 떨리는 목소리로 길고 긴 의송을 읽고 입을 다물자 집무실 안은 침묵이 흘렀다. 조병식과 윤영기의 얼굴이 겁먹은 듯 질렸다. 그들에게서 한 발 물러나 있던 이유상의 표정이 점점 더 굳어졌다.

　"그러니까 공주 동학 유생이라는 것들이 바로 동학도 놈들이란 말이지?"

　조병식이 길게 한숨을 내쉬며 무겁게 입을 열었다.

　"그러합니다."

　"이자들이 원하는 것이 대체 무엇이란 말이냐? 동학을 용인해 달라? 스승을 신원해 달라? 거기에 보국안민, 광제창생은 또 뭐란 말이냐? 이런 발칙한 놈들…. 국법을 범한 대역 죄인의 도를 따른다는 놈들이 감히 보국안민을 입에 올려? 이런 역적 같은 놈들."

넋이 나간 듯 소리치는 조병식의 얼굴이 점점 흙빛으로 물들었다. 그러나 모두들 숨죽이며 그를 쳐다보기만 했다.

한참 동안 정신없이 선화당 마루를 서성이던 조병식이 짐짓 큰소리를 쳤다.

"저놈들이 숫자가 많다고 해도 결국은 불량한 사학에 물든 어리석은 무리들이다. 저놈들은 국법에서 금한 동학을 한다고 제 발로 걸어 들어온 놈들이 아닌가! 당연히 모두 잡아들여 국법의 지엄함을 보여 줘야 할 게야. 저놈들을 한꺼번에 잡아들이기에 너무 많다면 장두들만이라도 잡아들여야겠다. 저렇게 제 발로 걸어 들어오지 않았느냐 말이다!"

그 모습을 위태롭게 지켜보던 유상은 재빨리 조병식에게 다가갔다.

"영감, 진정하십시오. 저들이 이처럼 조직적으로 움직인다는 것은 배후에 더 큰 조직력을 감추고 있다고 보아야 합니다. 만약 잘못 건드리면 마른 섶에 불을 지르는 격이 됩니다. 쥐도 막다른 곳에 몰리면 고양이에게 덤빈다고 하지 않습니까? 도망갈 구멍을 남겨 두고 처리하지 않는다면 호미로 막을 것을 가래로도 막지 못하게 될 것입니다."

유상의 말에 탐욕으로 얼룩졌던 조병식의 얼굴이 일그러졌다.

"그것은 이 도사 말씀이 옳은 듯합니다."

윤영기가 재빨리 거들고 나섰다.

"그렇겠지? 아무래도 그럴게야. 저것들이 아무런 방비책도 없이 제 발로 걸어 들어오지는 않았을 게야. 그렇게 멍청한 것들은 아닐 게야. 그럼 어쩐다? 어쩌면 좋겠나들?"

조병식이 힘겹게 말하며 유상을 쳐다보았다.

"일단은 물러가 기다리면 답을 주겠노라 하십시오. 그런 연후에 대책을 논의하시지요. 소문을 들은 백성들까지 몰려들어 부화뇌동하게 되면 사태가 걷잡을 수 없게 됩니다."

유상을 말에 고개를 끄덕이면서도 조병식이 쉽사리 결정을 내리지 못했다.

감영 안에서 갑론을박이 진행되는 동안 도인들은 일말의 동요도 없이 그대로 자리를 지켰다.

충청 감사에게 수백, 수천 명의 동학 도인들이 정소했다는 소식은 빠르게 퍼져 나갔다. 어느새 금영 주변은 구경꾼들로 발 디딜 틈이 없이 북적거렸다.

"아니, 언제까지 저러고들 있을 건가? 충청 감사가 아직까지 잡아들이지 않는 걸 보면 사람들이 너무 많아서 그러겠지?"

"그렇겠지. 충청 감사의 그간 행태로 보면 동학도들을 당장 잡아 가두고도 남을 위인인데…. 자기도 켕기는 것이 있는 게지."

"이 사람이 조용히 좀 하게나. 누가 듣겠네."

"들으라면 들으라지, 충청 감사의 탐학이야 조선 팔도의 한 살짜리

젖먹이 애들도 다 아는 사실인데 뭘 그러나."

"그런데 저 많은 사람들이 대체 어디서들 온 건가? 전부 공주 사람들은 아니겠지?"

"아니래요. 공주에서만 동학도가 저렇게 많았다면 우리가 모르것슈? 사람들 말이 조선 팔도에서 대표들만 뽑아 모인 게 저 정도래유."

"세상에나, 대표들만 모인 게 저 정도라고? 굉장하구먼."

"근디유, 저 사람들은 대체 왜 저러고들 있다는규?"

"30년 전 좌도난정으로 효수된 동학 선생 최수운의 억울함을 풀어 달라고 저런다지요?"

"하긴 서양 오랑캐의 천주학도 나라에서 용인된 지 한참 지났는데, 요즘 관아에서 제일 만만하게 잡아들이는 자들이 동학도들 아닌가! 동학이야 천주학하고 다르게 조상도 잘 모시고 힘든 사람들끼리 서로 도와주기도 하고 그런다던데. 동학을 믿으면 굶지 않는다는 소문이 있던데 그 말이 사실인가?"

"그렇다는구만. 동학 도인의 무리들이 저렇게 많다는 것은 그만큼 세력이 커졌다는 말인데 저들을 어찌 처결할지 궁금하구만. 충청 감사가 골머리깨나 썩이겠어."

"조용히들 하게나. 자네도 저자들하고 한패로 의심받아 패가망신하고 집에서 쫓겨나 도망 다니고 싶어서 그러나?"

금영 밖에는 구경꾼들이 점점 많이 모여들었다. 그러나 의송 단자를 가지고 들어간 선화당 안에서는 별다른 움직임이 보이지 않았다.

날은 점점 저물어 가고 초거울 차가운 바람이 조금씩 거세게 불어왔
지만 정소를 위해 금영 앞에 엎드린 사람들은 동요 없이 고요했다.

"이게 어찌 된 일이냐? 윤상오가 장두에서 앞장서고 있지 않느냐?"
정선은 정춘보를 따로 불러내 구석으로 데려가서는 다그쳐 물었
다.
"저도 지금에서야 알게 되었습니다. 윤상현의 집에서 어젯밤 늦게
까지 혼인 잔치가 열렸지만 별다른 낌새는 없었습니다. 지금 감사 영
감도 혼비백산하여 정신이 없습니다."
정춘보가 정선의 눈을 피하며 낭패스러운 얼굴로 대답했다.
"어찌 처결한다고 하더냐?"
"처음에는 감사 영감이 진노하여 모두 잡아들이라고 명하셨다가
이유상 도사가 만류하는 바람에 조금 진정이 되었다 들었습니다."
정춘보의 말에 정선의 표정이 일그러졌다.
"뭐라고? 이 도사가 감사와 함께 있다고? 언제 온 것이냐?"
"제가 알기로는 문안 인사차 들렀다 저들이 금영 앞에 있는 것을
보고 그냥 머물러 있는 것으로 알고 있습니다."
정춘보가 머뭇거리며 눈을 들자 정선이 천천히 금영을 향해 돌아
섰다.
그는 한동안 미동도 없이 앞을 보고 서 있었다.
"일이 돌아가는 상황을 소상히 알아보고 저자들이 올린 의송 단자

의 내용이 무엇인지도 알아 오너라."

이윽고 정선이 낮게 내뱉은 말에 정춘보가 헐레벌떡 뛰어갔고, 정선의 눈매가 위험스럽게 빛났다.

오후 늦게서야 충청 감사 조병식은 금영에서 물러가 있으면 다음 날까지 답을 내리겠다는 말을 전했다. 동학도들은 일단 흩어져 답을 기다리기로 했다.

소문은 꼬리에 꼬리를 물고, 시간이 지날수록 살이 보태지며 번져 나갔다.

동학을 하는 유생들이 서슬 퍼런 충청 감사의 면전에서 의관을 정제하고 앉아 의송 단자를 올리고 무사히 해산했다는 소문은 동학에 대한 궁금증으로 이어졌다.

하루 사이에 공주는 동학 이야기로 뒤덮여 갔다.

유상의 머릿속은 온통 동학에 대한 의문으로 가득 찼다. 그는 그동안 동학을 그다지 깊게 생각해 보지 않았다. 단지 동학을 국법으로 금하는 것은 다 그럴 만한 이유가 있다고 생각했지만 서학인 천주학도 용인된 마당에 특별히 동학만 금하는 것은 이치에 맞지 않다고 생각했다.

그러나 오늘 본 동학도들이 의관을 정제하고 질서 정연하게 움직이는 모습은 그들의 조직과 체계가 상당히 잘 잡혀 있다는 것이고, 수많은 사람들을 동원하여 직접적으로 요구 조건을 내건 것은 그만큼 자신감이 넘친다는 증거였다.

그것은 거리낌 없이 동학 도인들을 잡아들여 모진 탄압을 일삼아 온 조병식과 윤영기가 제음 내용에 대해 깊은 고민에 빠진 것만 봐도 알 수 있었다. 윤영기는 어떻게든 조병식이 온건하게 대처하도록 하느라 애가 달았다.

"저놈들이 떼거지로 몰려들었다는 것은 그동안 준비와 각오가 만만치 않다는 증거 아니겠습니까? 이 일이 여기서 좀 더 커져서 한양으로까지 알려진다면 영감께 좋을 것이 없습니다. 아무리 웃전의 총애가 있다고 해도 소문이 나고 일이 커져 버리면 결국 손해는 영감이 보는 것입니다. 일단 저자들을 잘 달래서 해산하는 것이 중요합니다."

앞뒤 안 가리고 불타오르는 조병식의 성질을 건드린다면 일이 엉뚱한 방향으로 흘러갈지도 모를 일이었다.

조병식의 생각도 윤영기와 다르지는 않았다. 제가 믿는 구석이 확실하고 그것이 튼튼한 동아줄이라고 해도 일이 틀어지는 것은 한순간임을 잘 알고 있다. 그러니 소나기는 피해 간다고 일단 이 상황을 모면하는 것이 제일 좋은 방법일 것이다.

"알겠다. 그러면 저자들을 자극하지 않으면서도 이쪽에서 책이 잡히지 않도록 제음을 작성하라."

조병식이 윤영기를 향해 명을 내리자 유상은 조용히 선화당을 나왔다.

유상이 금영을 나서자 기준이 기다리고 있었다는 듯이 재빨리 그의 뒤를 따라왔다. 인적이 드문 곳에 다다르자 그가 몸을 돌렸다.

"장두에 윤상오가 있었다. 내가 잘못 본 것이냐?"

유상이 기준을 향해 분노에 찬 얼굴로 낮게 소리쳤다.

"아닙니다. 저도 보았습니다. 윤상오가 틀림없었습니다."

임기준도 혼란스러운 표정을 감추지 못하며 대답했다.

"윤의령도 저곳에 있는 것이냐?"

이를 악물 듯이 내뱉는 유상의 얼굴이 분노로 일렁거렸다.

"그것은 모르겠습니다. 장두에서 선 사람은 누군지 쉽게 알 수 있지만 워낙 많은 사람들이 있는지라…"

임기준이 입술을 깨물며 고개를 숙였다.

"오늘 일을 들키지 않으려고 저를 미끼로 던져 나를 유인한 것이로구나."

유상이 탄식처럼 중얼거렸지만 기준은 아무 말도 하지 못했다.

"… 기준아, 너는 동학이 무엇인 줄 아느냐? 저들이 말하는 동학이 대체 무엇이란 말이냐?"

"……."

잠시 후 유상이 뜬금없이 물었지만 기준도 아무런 대답을 하지 못했다.

"내일쯤 제음이 내려질 것이다. 오늘은 주막에서 머물면서 금영 근처와 저잣거리의 민심을 알아보도록 하여라."

유상은 급히 금영으로 발길을 돌리려다 기준을 향해 입을 열었다.

"내일 늦지 않게 주막으로 갈 것이다."

유상은 고개를 숙이는 기준을 뒤로하고 다시 금영으로 향했다.

그의 등 뒤로 부는 초겨울 밤바람이 유난히 차고 매서웠다.

"드디어 제음이 당도했다고 합니다."

금영 근처의 여각에서 제음을 기다리던 도인들에게 충청 감사 조병식이 제음을 내렸다는 소식이 들렸다. 이 소식은 윤상오의 집으로 피신한 지도부와 공주성 안팎에 흩어져 소식을 기다리던 동학 도인들에게도 즉각 퍼졌다.

수운 대선생이 좌도난정의 억울한 죄명으로 순도하신 지 30년이 지나 처음으로 합법적인 방법으로 정소를 올린 것인 만큼 기대가 남달랐다.

제음을 받아 든 서장옥의 손이 바르르 떨렸다.

〈제음〉

너희들이 말하는 동학은 언제부터 창립했는지 알 수 없으나 정학이 아니므로 이단일 수밖에 없다. 양자의 가르침도 아니요 묵자의 가르침도 아니니 필경 이는 사학의 여파라 할 수 있다. 양묵을 거부할 수 있어야 성인의 제자가 될 것이며 양묵을 배척하는 것은 성인도 칭송하고 있다. 법을 따르자니 어찌 금하지 않으랴. 너희들은 정도를 버리고 사교에 물들어 양민을 어지럽히고 있으므로 그래서 조가(정부)는 법을 만들어 금하고 있다.

이번에 영문에서 혹은 귀양 보내고 혹은 관문을 내린 것은 정부의 금령에 따라 행한 것이요 제멋대로 한 것이 아니다. 너희들은 사학에 물든 무리로서 또한 동학을 금하지 말라 하고 또는 임금에게 글을 올려 주기를 바라니 기강이 무너졌음을 이로써 볼 수 있으니 어찌 통탄하지 않으랴.

금하고 금치 않는 것은 오직 조가의 처분에 달렸으니 영문도 역시 조령에 따라 할 뿐이다. 실인즉 본영에 와서 호소할 것이 아니다. 너희들의 무엄함은 마땅히 엄하게 처벌해야 하나 기왕에 호소해 온 백성이라 특별히 용서하니 모두 알았으면 곧 물러가 각기 그 업에 따라 편안케 하라. 각자가 미혹에 빠진 것을 깨우칠 뿐만 아니라 너희들도 양민으로 귀화하면 다행일 것이며 또한 조가로서도 다행일 것이다.

만약 퇴거하지 않고 다시 소원한다면 어찌 법에 따라 처리하지 않을 수 있겠는가. 칙묵(임금의 명령)은 이것이니 여러 말 할 것 없이 따르라. 10월 22일.

서장옥이 제음의 마지막 문장을 읽자 모두의 입에서 아쉬움의 탄식이 흘러나왔다.

"이럴 수는 없습니다. 우리가 요구하는 것을 단 한 가지도 들어주지 않겠다는 것 아닙니까? 재차 의송을 올립시다."

서병학이 단호한 목소리로 말했다. 서장옥은 고개를 숙이고 생각에 잠긴 듯 말이 없었다.

"제 생각도 같습니다. 이대로 물러선다면 조병식은 동학을 치기 위해 더욱더 날뛰게 될 것입니다."

서장옥의 침묵이 길어지자 윤상오가 덧붙였다.

"…신중해야 합니다. 해월 선생의 당부를 생각해 보십시오. 물론 이 내용이 만족스럽지는 않지만 조병식을 자극해서는 안 됩니다. 그 자가 지금은 우리를 그냥 놔 주었지만 언제 돌변할지 알 수 없습니다."

손천민이 신중하게 말을 이었다.

"그러나 이대로 물러설 수는 없습니다. 지금 조병식은 겁먹고 있습니다. 우리의 위세에 눌린 것이지요. 지금 이 기회를 놓친다면 그것보다 어리석은 일은 없을 것입니다. 이대로 더 밀고 나가야 한다고 봅니다. 그래야 삼례에서 계획한 일도 차질이 없을 것입니다."

한동안 말이 없던 서장옥이 좌중을 둘러보며 입을 열었다.

지도부 대부분의 생각은 서장옥과 같았다. 신중히 접근하자는 의견이 있었으나 조병식이 동학의 위세에 눌려 주춤하는 것이 명백하므로 이대로 밀어붙여야 한다는 의견이 모아지자 서장옥이 마무리 지었다.

"그럼 금영 근방에서 기다리고 있는 접주들에게 해산하지 않기로 했다는 소식을 전해 주시지요. 공주에서 좀 더 머물며 조병식을 압박하지만 어제처럼 질서를 지켜 주시고 절대 책잡힐 일이 없도록 신중한 처신을 당부해 주세요. 그리고 청주 솔뫼에 계신 해월 선생께도 이런 상황을 보고해 주세요."

의송소의 접주들이 윤상오의 집에서 제음의 내용을 검토하며 앞으로의 진행 방향을 고민하고 있을 때, 윤상현의 집에 남아 있던 의령은 준환 부부와 함께 있었다.

"아무래도 이대로는 물러설 수 없다는 의견으로 모아질 듯싶은데요."

의령이 준환을 보며 말했다.

"그럴 것으로 보입니다. 조병식이 그리 쉽게 우리 요구를 들어줄 위인은 아닌 것으로 예상은 했습니다만, 그렇다고 이대로 물러선다면 앞으로 동학도들은 더 잔혹한 탄압에 시달릴 것이 뻔합니다."

준환이 한숨을 내쉬며 두 사람을 번갈아 보았다.

"그래도 저는 이렇게 성님이랑 오라버니를 무사히 보게 된 것만 해도 천만다행이에요. 일단 한숨 돌렸으니 다시 힘을 모아 싸우면 되지 않겠어요?"

성연이 두 사람을 바라보며 생긋 웃었다. 그 웃음이 준환과 의령에게 전달된 듯 굳었던 얼굴이 조금씩 풀어졌다.

"그렇군요. 부인 말이 옳습니다. 어제의 근심은 잊어버리고 내일의 일을 생각해야겠군요."

"예. 성연이가 혼인을 하고 나더니 너무 의젓해졌어요. 그런데 서방님께 아직도 오라버니라고 부르면 어찌하느냐?”

“아이 참, 성님도. 십 년 넘게 오라버니라고 불렀는데… 하루아침에 서방님이라는 말이 입에 붙겠어요?”

성연이 얼굴을 붉히며 수줍게 웃는 모습이 어여뻤다. 그들은 성연을 바라보며 잠시나마 앞으로의 근심을 잊은 듯 미소 지었다.

신행을 떠나는 내일까지 윤상현의 집에 머물기로 한 의령은 준비에 바쁜 집안사람들의 눈을 피해 변복을 하고 집을 나섰다.

어제 의령도 금영 안에서 도인들 무리 한가운데 섞여 엎드려 있었다. 그리고 그날 저녁 무렵 숙소로 돌아가기 위하여 나오다 세책방의 김문경을 발견하고는 깜짝 놀랐다. 의령은 그동안 세책방에서 김문경이 기운 없이 축 늘어져 앉아 모든 일에 무관심한 것처럼 보였기에 삶의 의욕조차 없는 사람이라고 생각했다. 며칠 전에 만났을 때보다 볼이 움푹 들어가고 중병이라도 걸린 사람처럼 얼굴빛이 새카맣던 김문경은 금영에서 의령과 눈이 마주치자 무언가 할 말이 있는 것 같은 얼굴로 그녀를 똑바로 쳐다보았다. 그러고는 스치며 지나가는 의령의 손에 조그맣게 접혀진 서찰을 쥐여 주고는 재빨리 사람들 속으로 섞여 들어갔다. 사람들의 눈을 피해 열어 본 서찰 속에는 ‘이동이’라는 세 글자만 쓰여 있었다.

순간 그녀의 가슴이 철렁 내려앉고 온몸이 부들부들 떨렸다.

그동안 김문경의 세책방을 수없이 드나들며 그와 안면을 익혔지만 단 한 번도 의령에게 그 어떤 내색도 하지 않았고 그가 동학 도인이라는 것 또한 전혀 눈치채지 못했다.

저잣거리를 돌아다니는 것이 위험천만한 시기이지만, 지금은 김문경을 꼭 만나야 했다.

장날이 지난 세책방은 닫혀 있었다. 의령은 망설임 없이 앞문을 지나쳐 뒷골목으로 돌아 뒷문으로 곧장 다가갔다. 뒷문을 밀자 소리 없이 문이 열렸다.

세책방 뒷문을 열고 들어가면 앞문과 곧바로 연결되어 있어 책들이 빼곡하게 들어차 있는 바닥이 보이고 바로 옆으로 아이들에게 책을 읽어 주던 골방이다.

골방문은 조금 열려 있고 댓돌 바닥에 짚신이 한 켤레 보였다. 의령은 헛기침을 한 후 방문을 열었다. 방 안에서 벽에 기대어 있던 김문경이 느릿하게 몸을 세웠다. 의령을 기다리고 있었던 것처럼 그의 행동이 덤덤했다.

의령은 방 안으로 들어와 앉으며 김문경을 보았다. 마주 바라보는 그의 얼굴은 그동안의 무표정한 얼굴과는 다르게 평온했다.

의령은 자신의 예감이 틀리지 않았음을 알았다. 김문경은 의령이 누구인지, 어쩌면 역모로 죽었다는 친부까지도 알고 있는 것이 틀림없었다. 의령은 알 수 없는 불안감으로 가슴이 터질 지경이었다.

"저를 아세요?"

의령의 목소리가 작게 새어 나왔다.

"너는 동이, 이동이. 네 아버지는 이명섭, 어머니는 허연화."

김문경이 말을 끊고 의령을 쳐다보았다. 그녀의 얼굴이 창백하게 변했다.

"아저씨는 누구세요? 어떻게 저와 제 부모를 알고 계시는 건가요?"

"나는 네가 태어나기 전부터 네 아비와 어미를 알고 있다. 역모로 죽은 너의 친부까지도."

김문경이 담담한 말에 의령은 입술을 깨물고 눈을 감았다.

"그게 무슨 말씀이세요? 제 친부라니요?"

의령의 속삭임에 가까운 낮은 목소리에는 두려움이 잔뜩 묻어났다.

"역모로 죽임을 당한 네 친부는, 영해 교조신원을 주도한, 이필제, 이필제다."

김문경에게서 예상치 못한 이름 하나가 튀어나오자 의령은 자신도 모르게 비명처럼 쏟아져 나오는 신음을 두 손으로 틀어막았다. 까무러칠 듯 놀라는 의령을 바라보며 김문경이 천천히 입을 열었다. 드디어 진실의 문이 열렸다. 의령은 자신의 귀를 막고 싶었다.

장은 파했으나, 그 다음 날까지 공주성내는 동학도들의 집회 이야기로 여느 장날만큼이나 북적거렸다.

주막이나 여각에서는 사람들이 모이기만 하면 동학도 이야기뿐이었다.

기준은 주막 끝에 앉아 사람들이 하는 이야기에 귀를 기울였다.

주막 안의 평상은 서너 명이 모여 이야기를 나누고 있었다.

"그러니까 어제 그 사람들이 동학도들이었고 자기들 요구를 들어 달라고 의송 단자를 올렸는데 오늘 충청 감사가 제음을 내렸다고? 그 말이여?"

"그렇다니께. 충청 감사가 동학이라면 눈에 불을 켜고 잡아들이는데 이번에는 워낙에 수가 많으니 손도 못쓰고 물러났다지 않나. 그러고는 얼매나 놀랬는지 제음도 다음 날에 바로 내렸고."

"내가 아버님 제사로 어제 장날에 저잣거리에 안 나왔더니만 재미난 구경도 놓치고 아까워 죽겠네."

한 사내가 땅을 치는 시늉을 하자 옆에 있던 사람들이 와르르 웃었다.

"난 어제 그 사람들이 의관 정제하고 금영에서 엎드려 있는데 가슴이 벌렁벌렁하고 눈물이 나서 혼났구먼. 뭔지 모르게 그냥 그랬다고."

"그래서 충청 감사가 제음을 어떻게 내렸다고 하던가?"

"신원에 대해서는 나라에서 정한 것이라 자기는 모른다. 그러나 이렇게 떼로 몰려와서 난리를 친 것에 대해서는 이번만 특별히 눈감아 준다. 그러니 법도를 지켜서 모두 물러가라. 뭐 이런 내용이라던데."

"그람 뭐여? 헛고생한 거 아녀? 수천 명이 모였대서 뭔가 대단한 내용을 내려 보내주는 줄 알았더니만…. 그럼 그렇지 사람이 아무리 많이 모여도 충청 감사가 눈 하나 꿈쩍할라고."

"그러게 말이네. 저렇게 많은 사람들이 모여서 암것도 변한 게 없으면 동학도 큰일이구먼. 그란디 그 많던 도인들이 모두 집으로 돌아갔다던가?"

"그런 거 같지는 않던데…. 금영 근처에서 사람들이 이곳저곳 많이들 모여 있던데…. 여차하면 또 모일 태세로 보이더만…. 암튼 별일을 다 보고 있네그려."

별다른 안주거리 없이 막걸리 사발이 돌아가고 사람들의 이야기도 점점 무르익어 갔다.

"그려도 동학도들이 참 대단하지 않나? 어떻게 충청 감사한테 정소를 할 생각을 했을까?"

"그런 것에 홀리지 말어야지. 큰일 나네 이 사람들아. 그자들이 누구여. 나라에서 금하는 사학을 하는 사람들이란 말이여. 말로야 뺀지르르하게 뭔 소릴 못하느냔 말이여. 우리한테 아무런 도움도 안 되는 사람들이니 공연히 물들지 말란 말이여. 안 그랬다간 그나마 부치던 땅도 다 뺏기고 굶어 죽는단 말이지."

가만히 듣고만 있던 한 사내가 동학을 옹호하던 사람들을 핀잔했다.

"사학이고 동학이고 나는 그런 것에 관심 없구먼…. 그냥 세끼 밥먹고 살 수만 있다면 그게 뭐든 할 거란 말이지."

"아무렴 지금보다야 힘들라고. 우린 지금 궁지에 몰렸는데 뭐가 남았다고 몸을 사린단 말이여? 이래 죽나 저래 죽나 죽는 건 마찬가지니 죽더라도 찍소리 한 번 내 보고 죽어야 하지 않겠는가? 여기 앉아 이렇게 술잔을 기울이는 것도 집에서 굶고 있는 여편네와 애들한테 미안하지만 이렇게라도 안 하면 속에서 열불 나서 죽을 지경인데 어쩌란 말이여."

한 사내가 술잔을 거칠게 내려놓으며 울분을 터트렸다. 그러자 다들 비슷한 생각인지 아무도 입을 열지 않았다.

기준은 입술만 축인 술잔 옆에 엽전을 올려놓고 조용히 주막을 나왔다. 오늘따라 유난히 술맛이 썼다. 시간이 한참 지났는데도 유상이 나타나지 않자 그를 찾아 나선 기준도 동학에 대한 의문과 궁금증이 점점 커져 갔다.

이례적으로 의송 단자가 올라온 후 바로 제음을 내린 충청 감사 조병식과 영장 윤영기는 감영 밖의 상황을 주시했다. 제음이 내리면 바로 꼬리를 내리고 흩어질 것이라는 예상을 깨고 금영 주위에는 동학도들이 여전히 몰려 있다고 했다.

어제 수많은 사람들의 엄숙한 기에 눌린 조병식은 섣불리 강경책을 쓸 수 없어서 불안하고 초조했다.

전날 늦은 밤까지 금영에서 조병식의 곁을 지켰던 유상은 문안 인사만 건네고 별다른 말없이 다시 밖으로 나왔다. 밤새 마음을 졸여서인지 조병식의 얼굴이 수척했다.

유상은 선화당을 나와 기준과 만나기로 약속한 저잣거리의 주막을 향해 가다 충동적으로 세책방을 향해 몸을 틀었다.

그러고는 멀리서 비틀거리며 걸어오는 의령을 발견하고 제자리에 우뚝 멈춰 섰다. 그는 눈앞에 있는 사람이 의령이라는 사실이 믿기지 않는 듯 눈을 크게 떴다.

곧이어 유상의 얼굴이 점점 분노로 시뻘겋게 변했다.

의령은 유상이 자신을 처다보는 것도 모르고 하얗게 질린 얼굴로 넋을 놓은 채 다가왔다. 두 사람의 거리가 점점 좁혀지고 의령이 유상의 옆을 무심코 지나치려는 순간 그가 팔을 거칠게 움켜잡고 인적이 드문 골목으로 끌고 들어갔다. 의령은 별다른 저항을 하지 않았다.

"네가 감히 나를 능멸해? 나를 속이고도 무사할 줄 알았느냐?"

유상이 멍하니 자신을 올려다보는 의령을 향해 소리치자 그제야 눈앞에 있는 그를 발견했는지 깜짝 놀라 힘없이 팔을 뿌리쳤다.

"어쩔 수 없었어요. 그러나 선비님을 속이지는 않았어요."

의령의 눈동자가 불안스럽게 흔들렸지만 유상의 분노에 찬 음성에 묻혔다.

"금영에서 의송을 제출할 때 네 아비가 동학의 무리로 장두에 선 것을 내가 모를 줄 알았느냐? 그것을 숨기려 감히 나를 유인하다니. 내가 그렇게 만만하게 보이더냐?"

"거짓이 아닙니다. 선비님이 보고 들은 것이 진실입니다."

의령이 고개를 흔들며 애원하듯 속삭였다. 그 순간 유상이 몸을 굳히며 의령에게 한 발 다가섰다.

"진실이라고? 나는 너를 믿었다."

그가 낮게 내뱉자 의령이 흠칫 떨며 몸이 점점 아래로 내려앉았다.

유상은 눈앞에서 무너져 내리는 의령을 얼떨결에 받아 안았다. 순간 의령의 몸에서 비릿한 피 냄새가 맡아졌다.

"왜 이러는 것이냐? 무슨 일이 있는 것이냐?"

당황한 유상의 목소리가 허공에서 메아리쳤다. 유상은 품 안에서 떨고 있는 의령을 살펴보고 깜짝 놀랐다. 그녀의 양쪽 겉소매 끝에 붉은 핏자국이 선명했다.

"정신 차려 보거라. 도대체 무슨 일이 있었던 것이냐?"

유상이 의령을 떼어 내며 몸을 흔들자 다급히 그의 옷자락을 붙잡으며 속삭였다.

"잘못…했어요. 이번 집회는 너무나 중요해서 저 때문에 망칠 수는 없었어요."

곧이어 의령의 어깨가 들썩거리며 비명 같은 울음소리가 새어 나왔다. 유상은 속절없이 무너지는 의령의 모습에 불길처럼 치솟았던 분노가 일시에 꺼져 버렸다.

그는 의령의 울음이 잦아들 때까지 말없이 그녀의 곁을 지켰다.

동학도들이 의송 단자에 대한 제음을 받고도 곧바로 해산하지 않고, 공주성내의 민심이 동요하자 제음을 내린 이틀 후 충청 감사 조병식은 결국 동학도의 요구 조건을 일부 받아들인 감결을 충청도 각 군현에 내려보냈다.

〈감결〉

동학을 금하라는 명령은 이미 준엄한 감결로 시달하였다. 원래 미연에 금하도록 하여 범하면 죄를 주도록 한 것은 곧 금법을 만들어 양민이 되게 하려는 뜻이었다. 그런데 지금은 그렇지 않다. 심하면 수령이 암암리에 넉넉한 백성을 끌어다 뇌물을 토색하고 있다.

각 읍 교졸과 관예들은 금령이 있다고 빙자하여 침노하기를 당연한 것처럼 행한다. 왕왕 걸려드는 이는 10에 8~9가 되니 양민도 보존이 어려운데 죄 지은 이는 다시 무엇을 말하랴. 한번 이 죄에 지목되면 비록 잘못을 뉘우치려 해도 스스로 새로워지기 어렵다. 어쨌든 궁지에 이른 개이니 더는 쫓지 말라.

아! 이들도 또한 성상이 화육하는 백성이다. 착한 마음이 잘못 미혹되어 이단에 빠져들어 뭇 사람을 현혹시키고 풍속을 어지럽혔으니 죽인다 해도 아깝지 않으나 그들을 헤아려 보면 태반이 어리석고 어리석다. 그 정상을 헤아려 보면 또한 애처롭다. 이번에 제소한 것은 실로 절박함이 부득이하여 이루어진 것이다. 일이 이 지경이 되었으니 우선 안정시킬 방도는 무고한 백성을 살려야 한다.

이제부터는 교졸과 관예에 명하여 일체 횡침을 못하게 하여 편히 생업을 얻도록 할 것이며 깨닫고 돌아오면 마땅히 후한 상을 주고 끝내 미혹을 깨닫지 못하면 죄줄 날이 없으랴. 용서하여 하회를 기다려 개선의 길을 열어 주어야 한다. 바라는 바는 이 뜻을 진서와 언문으로 번역, 등서해서 마을마다 내붙여 한 사람도 알지 못하는 일이 없도록 하라. 감결이 도착하는 날로 거행하고 그 전말을 보고토록 하라.

10월 24일.

충청 감사 조병식의 감결은 곧바로 언문으로 번역되어 마을마다 붙여졌다.

그러나 정작 공주성내에서는 금방 또 하나의 사건이 일어나 성내 민심이 그리로 쏠리고 말았다.

바로 저잣거리에서 세책방을 하던 김문경이 자신의 골방에서 가슴 깊숙이 칼에 찔려 죽어 있는 것을 놀러 온 움막 동네 아이들이 발견하여 관아에 고변한 것이다.

8장/ 함정

"이번에 정말 큰일들을 하셨습니다. 비록 우리가 원하는 수운 대선생의 신원은 이루어지지 않았지만 그래도 분명 성과는 있었습니다. 각 군현 수재에게 그동안 동학을 금한다는 핑계로 자행했던 토색 행위를 금지할 것을 명령하는 감결이 내려진 만큼 일단 내일쯤 도인들을 해산하는 것이 어떻겠습니까?"

서장옥이 차분하지만 강한 힘이 느껴지는 낮은 목소리로 말했다. 모두들 고개를 끄덕였다.

"그게 좋겠습니다. 비록 수운 대선생님의 신원을 이루고 동학 금령을 철회시키는 목적을 완전히 달성하지 못했으나 관의 위세를 조금이나마 누르게 되었어요. 그동안 관원이나 유생들이 우리 동학을 우매하고 무지몽매한 백성들이 모인 이단의 집단이라고 몰아세웠으나, 이번 공주 집회를 통해 잘못된 인식을 크게 바꿀 수 있었다는 것만 해도 큰 성과입니다."

윤상오였다.

"맞습니다. 천 명에 이르는 동도들이 의관을 정제하고 질서정연하게 움직였어요. 최대한 소란을 자중하고 겸손한 태도로 정성을 다하고, 백성들에게 살갑게 다가간 것이 큰 감명을 주었을 것입니다."

서병학이 감격하여 말을 이었다.

"모두 맞는 말입니다. 무엇보다 우리가 교조신원 문제만 요구하지 않고 탐관오리의 횡포를 질타하고, 또한 서양 세력과 왜상의 전횡을 비판하며, 이를 물리치고 위기에 처한 나라를 바로 세워 백성을 평안하게 하자는 보국안민을 주장하였던 것도 주효하였습니다. 조정과 관의 횡포에 시달리고, 그들의 무능함에 절망한 채 죽을 날만 기다리던 백성들에게 동학이 앞날의 희망을 가져다줄 수 있다는 것을 각인시키는 좋은 기회가 되었습니다. 해월 선생께서 가장 좋은 때를 기다리자 하신 뜻도 여기에 있었습니다. 백성들의 목마름과 배고픔이 가장 극에 달하였을 때 그들에게 물을 주고 밥을 주는 일이 되었습니다."

손천민은 해월 선생을 생각하며 감격스런 마음을 감추지 못했다.

"충청 감사의 감결이 제대로 지켜질지는 앞으로 지켜봐야 알겠지만 30년 동안 탄압과 지목에 시달려 온 우리에게 이것은 분명히 큰 성과입니다. 그래서 당초 계획한 대로 다음 달에 전라 감영에도 의송을 제출할 것입니다. 곧 삼례에 도회소를 설치할 것이고 해월 선생께서 다시 모이라는 경통을 발송할 것입니다. 저희는 바로 삼례로 가서 전라도 접주들과 합류하여 집회를 진행하겠습니다. 이러한 사항들을 각 접주들에게 전달해 주세요."

서장옥은 공주 집회의 성과에 고무되어 있는 지도부를 돌아보며 회합을 마무리를 지었다. 그러고는 윤상오를 보며 당부의 말을 덧붙였다.

"윤 접주께서 따로 하실 일이 있습니다. 내일쯤 공주 집회를 정식으로 해산하지만 모든 도인들이 한꺼번에 흩어지지는 않을 거예요. 각자의 사정대로 해산할 것으로 예상되는데 그 뒷바라지를 좀 더 해 주셔야겠습니다. 또 감결이 제대로 시행되는지 지켜보아야 하니 당분간은 공주에 남아 주셨으면 합니다."

윤상오는 서장옥의 말에 곧바로 수락했다. 그렇지 않아도 몸이 아픈 의령 때문에 바로 삼례로 가는 것이 마음에 걸렸기 때문이었다.

의령은 집회가 끝나고 성연의 집에 머물고 있다가 신행을 본 후 집으로 돌아왔다. 그러나 집으로 돌아온 의령의 상태가 심각했다.

의령은 온몸이 불덩이처럼 달아올라 그대로 자리에 눕고 말았다. 마치 처음에 윤상오의 집으로 업혀 들어온 날처럼 의식을 잃은 채 깊은 잠에 빠져들었다.

"의령이는 어떻습니까? 정신이 돌아왔습니까?"

"아니오. 계속 잠만 자고 있어요. 자면서도 무슨 악몽을 꾸는지 가끔씩 비명을 질러 댑니다. 아무래도 이번 집회에서 무리한 것이 탈이 난 듯해요. 어쩌면 좋아요. 이제 겨우 안정을 찾나 했더니만…."

윤상오는 흐느끼는 배씨 부인을 위로하며 얼굴이 발갛게 상기된 채 열에 들떠 누워 있는 의령을 들여다보았다.

"혹시 집회가 있던 날을 전후로 의령에게 무슨 일이 있었나요? 아무리 생각해도 모르겠어요. 성연이 혼인도 무사히 치르고 집회도 잘 마무리되었는데, 갑자기 의식을 잃을 정도로 충격을 받을 일이 무엇인지 말이에요. 성연이 집에 있을 때 무슨 일이 있었던 것은 아닌가 싶어요."

"성연의 집에 전갈을 넣어 알아봤더니 감결을 받은 날 외출하고 들어왔답니다. 변복으로 나갔다 왔는데 들어올 때는 입고 갔던 두루마기가 아닌 양반가 남정네의 비단 도포를 입고 왔다고 하고요. 언제 나갔는지 어디 갔다 왔는지 아무도 모른답니다."

윤상오가 심각한 얼굴로 한숨을 지었다.

"아니, 그게 대체 무슨 말이랍니까? 의령이 왜 낯선 남정네의 도포를 입고 왔다는 겁니까?"

배씨 부인은 의령의 행적을 듣고 목소리가 높아졌다.

"진정하세요, 부인. 의령이가 말하기 전까지 아무것도 추측하지 맙시다. 그저 저 아이가 무사히 깨어나길 기다립시다. 저 아이를 믿읍시다."

윤상오의 말에 배씨 부인은 고개를 끄덕였다. 그녀는 깊은 잠에 빠져 있는 의령의 손을 잡고 토닥이며 한 손으로는 머리를 쓰다듬었다.

그날 저녁 유상은 기준으로부터 세책방 살인 사건 소식을 들었다.

"그게 무슨 말이냐? 죽은 자는 누구냐? 범인은 잡혔느냐?"

"사건은 이틀 전에 일어났는데, 죽은 자는 세책방 주인인 김문경이란 자입니다. 아시다시피 세책방은 의령 낭자가 아이들에게 서책을 읽어 주곤 하던 곳입니다. 범인은 아직 잡히지 않았지만 이틀 전에 세책방을 급히 빠져나가는 젊은 도령을 본 자가 있다고 합니다. 일단 범인은 그 도령일 가능성을 염두에 두고 저잣거리에서 포졸들이 탐문을 하고 있습니다. 며칠 전 동학도들에게 곤욕을 치른 충청 감사가 이번 살인 사건으로 만회하려고 벼르고 있을 것입니다. 그런데 아직 금영 근처에 동학도들이 모여 있는지라 섣불리 움직이지도 못하는 모양입니다."

유상은 자신도 모르게 신음을 내뱉었다. 이틀 전이라면 저잣거리에서 의령을 만난 날이다. 그때 그녀가 넋이 나간 채 두루마기 소매 끝에 핏자국이 선명했던 것이 떠올랐다.

유상의 가슴이 걷잡을 수 없이 벌렁거렸다. 그날 그의 곁에서 한참 동안 흐느끼다 겨우 정신을 차린 의령은 도망치듯 급히 떠났다. 유상은 그때 순순히 의령을 보내 줄 수밖에 없었다.

심란한 표정의 유상을 보며 기준이 조심스럽게 물었다.

"그날 저잣거리에서 나리를 만났습니다. 그때 나리께서는 도포를 입고 있지 않으셔서 제가 급히 구해 드렸습니다. 그리고 분명히 낯선 두루마기를 둘둘 말아서 손에 들고 계셨습니다."

유상이 기준의 말에 할 말을 잊은 채 그를 쳐다보았다.

그날 유상은 급히 가려는 의령을 다급히 잡아 피 묻은 두루마기를 벗기고 대신 자신의 도포를 입혀 주었다. 그 도포는 지난여름 저수지에서 그녀에게 벗어 주었던 것을 다시 건네받은 것이었다. 지금 생각해 봐도 유상은 자신이 왜 그랬는지 알 수 없었다. 단지 피 묻은 두루마기를 입은 의령의 모습이 너무 위태로워서 그대로 보냈다면 기필코 후회하게 되리라 생각했던 것만 기억났다.

"의령 낭자입니까?"

유상의 침묵이 길어지자 기준이 조용히 물었다.

그러자 유상이 얼굴을 일그러뜨리며 한숨을 내쉬었다.

"그럴 리가 없다. 윤의령이 살인을 했을 리가…."

유상의 입에서 자신 없는 말이 흘러나왔다.

"그 시각에 세책방 근처에서 남장한 의령 낭자를 보았다는 사람이 있습니다. 더구나 낭자는 세책방을 수시로 드나들었으니 지목을 받는 것은 시간문제입니다. 만약 범인이 아니라면 누군가가 의령 낭자를 의도적으로 모함하고 있는 것입니다. 어쨌거나 낭자가 이 살인 사건에 연루되었다면 도사 나리도 피해 가실 수는 없습니다. 지금은 의령 낭자에게 사실을 확인한 후 한시라도 빨리 대책을 세우셔야 합니다."

유상은 그제야 정신이 번쩍 들었다.

"그렇구나. 지금은 의령에게 그날 어떤 일이 있었는지 사실을 듣는 것이 중요하겠구나. 네가 지금 윤상오의 집에 다녀오거라. 가서 의령에게 만나자고 연통해 보거라."

"알겠습니다."

기준이 나간 후 홀로 남은 유상은 숨을 몰아쉬었다.

윤의령이라는 깊은 수렁에 빠져 버린 자신의 상황이 믿어지지 않는 듯 유상은 마른세수를 했다.

같은 시각 윤상오에게 뜻밖의 손님이 찾아왔다. 다행히 공주 집회에 모였던 외지 참석자들은 뒷수습을 위해 남은 그를 빼고는 모두 삼례로 떠난 후였다.

"오랜만입니다. 그동안 평안하셨는지요? 유구에 사는 오정선이라고 합니다. 기억하십니까?"

윤상오는 의아한 표정으로 정선과 마주 앉았다.

"물론입니다. 의령이를 구해 주셨는데 어찌 잊겠습니까?"

윤상오는 당연히 정선을 기억했다. 그는 작년 여름 의식을 잃은 채 길가에 쓰러져 있는 의령을 발견하고 가까운 그의 집으로 데리고 온 선비였다. 그 뒤로도 몇 번 사람을 시켜서 의령의 안부를 묻고는 했는데 곧 금산 수령으로 발령을 받아 떠난다는 소식이 마지막이었다.

윤상오에게 오정선은 단정한 용모에 예의 바르지만, 눈빛이 차갑고 어딘가 냉혹한 분위기가 풍기는 선비였다.

"다시 돌아오게 되어 인사차 들렀습니다. 별일은 없으신지요? 의령 낭자도 무탈한가요?"

"제 여식이 마땅히 직접 인사를 드려야 하지만, 지금 병이 깊어 누위 있는지라 나와서 뵙지 못함을 이해해 주십시오."

윤상오가 고개를 숙이며 사정 이야기를 했다.

"이런, 몸이 많이 안 좋은 것입니까?"

"아닙니다. 며칠 전 치른 집안 혼례를 준비하느라 몸이 축난 듯합니다."

"혼례라…."

정선이 들릴 듯 말 듯 작게 중얼거렸다.

정선의 태도나 말은 지극히 예의 바른 것 같았지만 윤상오는 어쩐지 마음이 불편했다.

"이런 말 하면 어찌 생각할지 모르겠지만 지금 저잣거리 세책방 주인이 살해당했다는 소식은 들으셨는지요?"

"그게 무슨 말입니까?"

정선의 말에 윤상오가 눈살을 찌푸렸다.

"그 세책방은 평소에 의령 낭자가 자주 가서 아이들에게 서책을 읽어 주던 곳이라고 들었습니다. 세책방 주인이 살해되던 날에 그곳에서 급하게 나오는 도령을 본 사람이 있습니다. 마치 여인이 변복을 한 것 같은 모습의 도령이라고 합니다."

다소 뜬금없는 말을 꺼내며 윤상오를 바라보는 정선의 차가운 눈빛이 위험하게 너울거렸다.

"지금 무슨 말을 하는 겁니까?"

윤상오가 목소리를 높이자 정선이 침착하게 대답했다.

"오해하지 마십시오. 저는 의령 낭자를 도와주고 싶을 뿐입니다."

"제 여식은 지금 병이 심하여 의식을 찾지 못하고 있습니다. 그런데 저잣거리의 살인 사건과 연관을 짓다니 이런 무례가 어디 있습니까?"

"진정하십시오. 다시 한 번 말하지만 저는 의령 낭자에게 도움이 되고자 찾아왔습니다. 제가 의령 낭자의 목숨을 살렸는데 낭자에게 해가 되는 일을 하겠습니까?"

"무슨 근거로 세책방 주인의 살인범을 이야기하는 것입니까? 그 말에 책임을 질 수 있습니까?"

"의령 낭자가 깨어나면 물어보십시오. 세책방 주인이 살해되던 그 시각에 어디에서 누구와 있었는지 말입니다. 일이 커지기 전에 손을 써야 합니다. 며칠 전 동학도의 장두로 의송 단자를 넣지 않았습니까? 살인 사건과 연결되면 의령 낭자뿐만 아니라 이 집안도 무사하지 못할 것입니다."

윤상오는 입을 다물지 못했다. 그는 시종일관 표정을 드러내지 않고 침착한 어조로 얘기했지만 내용은 분명 교묘한 겁박이었다.

"나는 의령이의 말만 믿습니다. 그러니 이만 돌아가십시오."

윤상오의 얼굴이 냉정하게 굳어졌다.

"기다리겠습니다. 낭자와 이 집안을 지키기 위해서 어떤 선택을 해야 할지 신중히 생각하십시오. 시간이 없으니 오래 기다리지는 못하겠지만 의령 낭자가 병중이니 며칠의 말미를 주겠습니다."

정선이 마지막으로 쐐기를 박듯이 말하고 몸을 일으켰다.

"절대 연락할 일은 없을 것입니다. 배웅은 하지 않겠습니다."

돌아앉은 윤상오를 향해 정중히 고개를 숙인 정선이 유유히 방문을 열고 밖으로 나갔다.

정선이 나간 후 윤상오의 얼굴은 백짓장처럼 하얗게 질렸다. 그는 정선의 말을 되새기면서 그의 의중을 파악하려 애썼지만 도무지 정신을 차릴 수가 없었다.

의령의 갑작스런 병고가 오정선이 말한 것이 이유라면 어찌해야 할지 눈앞이 캄캄했다. 그러나 지금은 의령이 깨어나 사실을 확인하기 전까지는 아무것도 예단할 수 없었다.

그런데 오정선이 나간 지 얼마 되지 않아 또 따른 자가 의령을 찾아왔다. 이유상 도사가 보낸 기준이었다.

윤상오의 표정에는 초조한 불안감이 그대로 드러났다.

"지금 내 여식이 병중이라 어떤 전갈도 전할 수가 없네. 도사 나리께서 무슨 연유로 내 여식을 찾는단 말인가? 지난번 이후로 다시는 만날 일이 없지 않은가?"

윤상오의 말에 가시가 돋쳐 있었다. 의령을 둘러싸고 벌어지는 심상찮은 기운에 신경이 날카로웠다.

"예, 송구합니다. 하지만 너무도 긴박한 사안이라 무례를 범하였습니다. 그런데 의령 낭자께서 병이 위중하십니까?"

기준이 고개를 조아리며 정중히 말하자 윤상오의 얼굴이 조금 풀어졌다. 윤상오의 얼굴에 혹시나 하는 기대감이 묻어났다.

"그렇다네. 의식을 전혀 차리지 못하다가 이제 겨우 정신이 들었다네. 그렇지만 지금은 절대로 안정이 필요하다고 의원이 당부했네. 도대체 무슨 일인가? 의령과 도사 나리에게 무슨 일이라도 있는 건가? 애비인 내가 알아야 하지 않겠나?"

기준이 난처한 얼굴로 그를 쳐다보았다. 그러고는 잠시 후에 망설이듯 입을 열었다.

"자세한 내막은 도사 나리께서 의령 낭자에게 직접 확인해야 알 수 있습니다. 그리고 워낙 사안이 중대하여 한시도 지체할 수 없다 하셨습니다. 그런데, 낭자가 병중이라면 나리가 우선 도사 나리를 한번 만나 보시는 것이 어떻겠습니까?"

기준의 말에 윤상오가 고개를 끄덕였다. 지금은 머뭇거릴 시간이 없었다. 두 사람은 저수지 근처 상엿집에서 만나기로 했다.

윤상오가 대신 나온다는 말을 들은 유상은 잠시 고민했다. 의령에게 먼저 사실을 확인하는 것이 순서였다. 그러나 그녀의 상황을 아버지인 윤상오도 알 필요가 있었다. 그녀가 세책방 주인을 죽인 범인이건 아니건 윤상오의 도움이 절대적으로 필요했다.

삼경을 지나는 시간 초겨울 바람이 제법 거세게 불었다. 마을에서 멀찍이 떨어진 상엿집 거적문을 열자 윤상오가 다가와 고개 숙여 인사했다.

"일이 화급하여 결례를 범했소이다. 여식이 아프다고 들었소. 많이 위중한 거요?"

조심스럽게 묻자 윤상오가 유상의 얼굴을 살피며 조심히 말했다.

"지금은 회복 중입니다. 그런데… 무슨 일로 제 여식을 만나시겠다는 겁니까?"

윤상오가 궁금증을 참지 못하고 다급하게 물었다.

"좀 더 확인해야 할 것이 남았으나, 아무래도 먼저 이야기한 다음 대책을 강구하는 것이 좋을 듯하여, 서둘러 만나자고 했소이다."

"어서 말씀하시지요."

"이틀 전 저잣거리에서 그대의 여식을 만났소. 거의 넋이 나가다시피 했고 두루마기 소매 끝에 핏자국도 선명했소. 혹시나 하여 내가 입고 있던 도포를 갈아입혀 보냈소. 그런데 그날 의령 낭자가 자주 가는 세책방 주인 김문경이 누군가에게 피살당했소. 사건이 일어난 시각쯤에 그곳에서 누군가 젊은 도령이 급히 나가는 것을 보았다고 하오. 혹시 그대의 여식에게 들은 말이 없소?"

윤상오는 터져 나오는 신음을 애써 참으며 말을 가다듬어 내놓았다.

"그날은, 의령이가 혼인한 사촌 집에 있었습니다. 그곳에서 집으로 돌아올 때는 당연히 변복을 하지 않았고, 오자마자 바로 자리보전하고 누워 지금까지 앓고 있습니다."

윤상오가 잠시 숨을 크게 고른 후 말을 이었다.

"그런데, 우리 의령이가 사람을 해치다니…. 그런 일은 있을 수 없습니다. 그 아이는 그 어떤 목숨도 소중하게 여기는 아이입니다. 아시지 않습니까? 어떻게 제 목숨을 건졌는지…. 저는 제 여식을 믿습니다."

윤상오의 확신에 찬 말에 유상의 얼굴이 비로소 편안해졌다.

"그것이 그대가 믿는 동학의 정신이오? 생명의 존귀함을 지키는 것?"

윤상오가 유상의 말에 놀라서 대답할 말을 찾지 못하고, 눈만 껌벅거렸다.

"당신들이 동학도라는 것을 알고 있소. 얼마 전 선화당에서 장두에 선 당신을 보았소. 지난번 의령 낭자를 보낸 것이 그 사건에서 나를 유인한 것이 아니오? 걱정하지 마시오. 지금은 그 일을 문제 삼으려는 것이 아니니까."

"부정하진 않겠습니다. 동학도라는 것을 부끄럽게 여긴 적은 단 한 번도 없습니다. 다만 지금 이단으로 몰려 온갖 고초를 겪고 있기에 드러내 놓고 말하지 못하고 있는 것입니다. 동학 하는 사람들은 한낱 미물일지라도 함부로 대하지 않습니다. 저희 스승님께서는 육축이라도 아끼고, 나무의 생순일지라도 함부로 꺾지 말라고 가르치셨습니다. 그렇게 배운 아이가 어찌 사람의 목숨을 해칠 수가 있겠습니까?"

"그렇지만 상황이 여의치 않으면 실수할 수도 있소이다. 더군다나 목격자도 나왔고, 누군가 그대의 여식을 지목하면 큰 사달이 날지도 모르오."

"… 어쨌든 사실을 확인하는 것이 먼저입니다. 저는 의령이의 말만 믿습니다."

윤상오는 말을 마치고, 유상을 향해 깊이 고개 숙여 절을 했다.

"고맙습니다. 도사 나리께 의령이와 저희 가족이 크나큰 은혜를 입었습니다. 절대로 잊지 않겠습니다."

"그런 공치사는 그만두시오. 아직 일이 매듭지어지지도 않았소. 그대 여식의 일에는 나도 관여가 되고 말았소. 그날 그대의 여식을 목격하기도 했고, 피 묻은 두루마기를 내가 가지고 있소. 그러니 나도 이 사건과 무관하지 않다는 말이오. 그대의 여식이 누명을 썼다면 벗어야 하고, 만약 사람을 해쳤다면 반드시 그에 상응하는 벌을 받아야 할 것이오."

유상의 표정은 냉정하고 단호했다.

"당연한 말씀입니다. 도사 나리께 절대로 피해가 가지 않도록 하겠습니다. 의령에게 사실을 듣고 난 후 다시 연통하여 앞으로의 일을 의논하겠습니다."

윤상오는 정선이 다녀간 이야기를 할까 하다가 일단 의령에게 사실을 확인하는 것이 순서일 것 같아서 입을 다물었다. 유상과 헤어져 집으로 향하는 윤상오의 발걸음이 무겁기 한량없었다.

다음 날 의령은 다행히 자리를 털고 일어났다.

윤상오는 며칠 사이 핼쑥해진 얼굴로 자신을 바라보는 의령에게 언제쯤 말을 꺼내야 할지 고민이었다.

"이제 좀 괜찮아진 것이냐?"

"많이 좋아졌어요. 심려를 끼쳐 드려 죄송합니다."

의령이 기운 없이 대답했지만 전날과는 다르게 많이 회복된 모습이었다.

"부모가 자식 걱정하는 것은 당연한데 무슨 그런 말을 하는 게냐? 단지 네가 아프지 않았으면 하는 바람뿐이다."

배씨 부인의 말에 의령이 고개를 끄덕이며 희미하게 웃음 지었다.

"아버지, 삼례로 가셔야 하는 것 아닌가요? 저 때문에 발이 묶여 있는 것이 아닙니까?"

의령이 걱정스럽게 묻자 윤상오가 고개를 저었다.

"나는 삼례에는 가지 않기로 했다. 여기에 남은 도인들 뒷바라지도 하고 또 감결 내용이 제대로 지켜지는지도 지켜보아야 한다. 해월 선생의 경통이 오는 대로 준환이가 삼례로 갈 것이다."

윤상오는 의령의 얼굴을 쳐다보며 머뭇거렸다. 배씨 부인이 탕약을 가지고 들어올 시간이었지만 아직까지도 차마 입을 열지 못했다. 의령이 그 기색을 알아채고 먼저 말을 꺼냈다.

"아버지, 제게 하실 말씀이 있으시지요?"

"그래…. 사실은 너에게 물어볼 말이 있다."

윤상오가 결심을 굳힌 듯 비장한 표정으로 입을 열었다.

"아직 네 어머니에게는 말하지 않았지만 어젯밤에 이유상 도사에게서 너를 만나고 싶다는 전갈이 와서 내가 대신 만나러 갔다. 그런데 이 도사가 저잣거리에서 너를 만난 이야기를 하더구나. 네 두루마기 얘기를 하면서…. 그날 세책방 주인 김문경이 누군가에게 살해당했다고 하더구나."

의령은 윤상오의 말에 깜짝 놀랐다.

"그게, 그게 무슨 말씀이세요? 아저씨가, 아저씨가 살해당했다니요? 제가 만났을 때는 병이 심하기는 했지만 분명히 살아 계셨어요. 대체 무슨 일이죠?"

그녀의 얼굴이 놀라움과 자책감으로 일그러졌다.

"의령아, 진정해라. 침착해야 한다. 나는 너를 믿는다. 그러나 내가 너를 도우려면 그날 무슨 일이 있었는지 자세히 알아야 한다. 하나도 빼놓지 말고 내게 말을 해 다오."

윤상오가 온몸을 떨며 힘들어하는 의령의 손을 잡아 주었다.

"그날 집회 때 금영 안에서 아저씨를 뵈었어요. 그래서 궁금하여 확인하러 들렀고요. 그런데 말을 하시는 도중에 기침을 심하게 하시면서 피를 쏟으셨어요. 이미 병중이 심한 것 같았고요. 두루마기의 피는 그때 묻은 걸 거예요. 병중이 심한 것 같아 의원에게 가야 한다고 권하자 어차피 의원에게 가도 곧 죽을 것이라며 완강하게 거절하셨어요. 저는 몸이 좋지 않아 그길로 성연의 집으로 돌아오다가 이 도사를 만난 것뿐입니다."

의령은 김문경에게 들었던 이필제 이야기를 털어놓을 수는 없었다. 언젠가는 밝혀야 하겠지만 지금은 용기가 없었다.

동이가 이명섭이 자신의 친부가 아니라는 것을 알게 된 것은 열 살이 넘어서였다. 밖으로 놀러갔다가 집으로 오는 길에 우연히 부모님이 하는 이야기를 들었지만 그때는 모르는 척 눈을 감았다. 그렇잖아도 동네 어른들이, 동이가 아비인 이명섭을 한 군데도 닮은 데가 없다며 쑥덕거리는 소리에 막연한 짐작을 하고 있던 터였다.

이명섭이 목을 매 죽은 후, 어머니에게 친부가 누구냐고 물었다. 그때 동이는 어머니와 자신을 남겨 두고 목을 맨 아버지에 대한 원망으로 가득 차 있을 때였다. 어머니는 잠시 놀랐지만, 이내 담담한 표정으로, 동이의 친부가 나라를 위해 큰일을 도모하다가 역모로 몰려 죽은 의로운 사람이라고 했다. 그러면서 동이에게 죽을 때까지 친부에 대한 어떤 것도 알려 하지 말라고 신신당부했었다.

그러나 며칠 전 김문경의 입에서 친부가 이필제라는 소리를 들었을 때는 하늘이 무너져 내리는 듯 절망했다. 그동안 불안하기만 했던 마음이 이제서야 이해가 되었다.

이필제가, 자신에게 생명을 준 친부가 영해에서 해월 선생과 함께 수운 대선생의 신원을 도모하는 거사를 계획하여 실행하다 실패했고, 이로 인해 동학이 와해되고 해월 선생이 갖은 고초를 당했다는 얘기를 윤상오의 집에 머문 후부터 귀가 따갑도록 들었다. 이필제는 수운 대선생 순도 이후 해월 선생이 이뤄 놓은 것들을 한순간에 망친

주범으로 지목되었다.

이런 이유로 동학도들 대부분은 이필제에 대한 원망이 대단했다. 실제로 교조신원을 재개하자는 주변의 요청이 빗발칠 때 이필제라는 이름은 해월 선생을 망설이게 한 가장 큰 이유가 되었다. 그런데 그 이필제가 자신의 친부라니…. 의령은 이 모든 것이 제발 꿈이기를 간절하게 바랐다. 이 사실을 윤상오나 동학도들이 안다면 어떤 일이 벌어질지 눈앞이 캄캄했다.

윤상오는 의령이 머뭇거리며 무엇인가 감추고 있다는 것을 눈치 챘지만 내색하지 않았다.

"나도 진즉에 김문경이 동학도가 아닐까 생각은 했지만 굳이 물어보지 않았다. 본인이 말하지 않는다면 필시 이유가 있을 것이라고 생각했다. 이제 네 사정을 알았으니 이 일을 어떻게 처리할지 고민해 보자꾸나. 그러나 몸이 완전히 회복되지 않았으니 자책하여 몸을 상하게 하면 안 된다. 알겠느냐?"

"네. 그리고…. 어머니는 모르시는 일이지요? 놀라시지 않도록 제가 잘 말씀드릴게요."

"그렇게 해라. 그리고 혹시 오정선이라는 자를 기억하느냐?"

"오정선…? 저는 잘 모르는 자입니다."

의령이 의아한 듯 윤상오를 쳐다보자 그가 한숨을 내 쉬었다.

"네가 우리 집에 처음 온 날 이유상 도사 말고 너를 구해 준 사람이 또 있었다. 네가 우리 집 근처에 정신을 잃고 쓰러진 것을 오정선이라는 양반이 발견하여 우리 집으로 안고 왔었다."

의령은 윤상오의 말을 듣고 그때의 일을 기억하려 해도 전혀 기억이 나지 않는 듯 고개를 저었다.

"그런 일이 있었나요? 저는 기억이 나질 않아요. 그런데 그 이야기를 왜 하시는 거예요?"

"어제 오정선이라는 자가 갑자기 너를 찾아왔었다. 이 도사가 기별하기 전에 그자가 먼저 찾아왔는데 살인 사건에 대해 이야기하더구나. 변복한 너를 본 것처럼 말했다. 그자는 너에게 도움을 주고자 한다고 말했지만 나는 겁박처럼 들리더구나. 굉장히 위험한 자로 보였다."

"그게 무슨 말씀이세요? 겁박이라니요? 무엇을 바라고요?"

의령이 놀란 듯 눈을 크게 뜨며 소리쳤다.

"너에게 도움을 주고자 한다지만 다른 이유가 있을 것이라는 생각이 들었다."

윤상오는 불쾌한 얼굴을 감추지 않았다.

"이상한 자가 아닙니까? 저는 아저씨를 죽이지 않았어요. 그러니 그런 협박을 받을 이유가 없어요. 그자의 도움을 받을 필요도 없고요."

의령이 말했다.

"그 말이 맞는 말이지만 그자의 자신만만한 표정을 무시할 수가 없다. 네가 세책방에서 나왔다고 관에 밀고를 한다면 진범이 잡히기 전까지 곤란을 겪을 수도 있을 것이야. 아무래도 이유상 도사와 앞으로 어떻게 할지 의논하는 것이 좋겠구나."

의령은 이유상의 이름이 거론되자 대번에 정색을 했다.

"이 도사와 의논을 한다고요? 저는 더 이상 이 도사와 엮이고 싶지 않아요. 이 일은 제가 알아서 처리하게 맡겨 주세요, 아버지."

"의송을 들키지 않기 위해 자기를 유인한 것을 알고 있더구나. 워낙 이 일이 큰일이라 그것에 대해서는 문제 삼지 않겠다고 했다."

윤상오의 말에 의령이 입술을 깨물며 고개를 숙였다.

"의령아, 이 도사를 만나는 것이 여러모로 불편하겠지만 지금은 닥친 일을 잘 해결하는 것만 생각하도록 하자. 지금은 이 도사의 도움이 절실하게 필요하단다."

윤상오가 의령의 두 손을 잡고 간곡히 말하자 의령이 망설이듯 입을 열었다.

"알겠습니다. 아버지의 말씀에 따르겠어요."

윤상오는 곧바로 이유상에게 서찰을 보냈다. 오정선의 방문 사실도 함께 알렸다.

유상은 정선이 윤상오를 만났다는 사실을 알고 깜짝 놀랐다. 어쩌면 정선은 유상이 생각하는 것보다 훨씬 더 위험한 자일지도 몰랐다.

"이 서찰 내용이 사실이라면 윤의령이 누명을 쓰고 있다는 말인데… 누군가 윤의령을 곤경에 빠뜨리려는 것이 아니냐?"

유상이 기준을 보며 물었다.

"그리 보입니다."

"그런데 난데없이 오정선이 윤상오를 찾아가서 겁박을 했다? 이상하지 않느냐? 지난번 윤의령의 집을 염탐하는 자가 오정선의 수하라고 하지 않았느냐?"

"그렇습니다. 정춘보라고 오정선이 심어 둔 자입니다."

"지난번 우리 집을 찾아왔던 것도 그렇고, 그런데 윤의령은 그자를 전혀 알지 못한다고 하고. 세책방 주인 살인 사건에 그자가 개입된 것일까?"

유상이 기준을 향해 혼잣말처럼 중얼거렸다.

"그렇다고 해도 증좌가 없는 이상 지금 당장은 윤의령에게 불리한 것투성이다. 진범이 잡히지 않는 이상 꼼짝없이 살인범으로 몰릴 수도 있다. 어찌 생각하느냐?"

"도사 나리 말씀이 맞습니다. 지금 저잣거리에는 진범이 곧 잡힐 것이라는 소문이 파다합니다. 누군가 결정적인 제보를 한 모양이라고 떠들어 대고 있습니다."

"지금으로서는 그자의 의도를 파악하고 대처하기에는 시간이 너무 촉박하다. 일단 진범이 잡히기 전까지 윤의령을 잠시 피신시키는 것이 좋겠다."

"어디로 말입니까?"

"그것은 윤상오와 의논해서 정하는 것이 좋겠지. 이 길로 윤상오에게 가서 그리 전해 주어라. 또한 오정선이 주시하고 있을 것이니 조심하라고 당부하는 것도 잊지 말고."

"알겠습니다."

기준이 나가자 유상은 낮게 한숨을 내리쉬었다. 정선의 반듯한 얼굴이 눈앞에 아른거렸다. 동문수학을 했으면서도 그에 대해 아는 것이 거의 없었다. 정선은 유상과 일정한 거리를 두면서도 늘 그의 주위를 맴돌았던 기억이 났다. 그런데 이렇게 의령을 두고 다시 인연을 맺게 된 것이 아무래도 기이하기만 했다.

유상의 제안을 전해 들은 윤상오는 다시 의령과 마주 앉았다. 의령은 몸을 피해야 한다는 말에 강한 거부감을 내비쳤다.

"아무런 잘못이 없는데 왜 제가 도망가야 하나요?"

"네 말이 옳다만 지금 상황이 너에게 너무 불리하다. 진범이 빨리 잡히지 않는다면 네가 꼼짝없이 살인범이 될 수도 있어. 잠시 피신해 있는 동안 어떻게 해서든지 진범을 잡을 것이야."

의령은 윤상오의 다급하고 간절한 표정을 보는 순간 더 이상 고집을 부릴 수 없었다. 잠시 생각하던 의령이 뜻밖의 제안을 했다.

"알겠어요. 아버지 말씀대로 할게요. 대신, 삼례로 가겠어요."

"삼례? 삼례라고?"

"예, 이제 곧 수천의 동학도들이 삼례로 모여들 테고 그러면 몸을 숨기기가 훨씬 수월하지 않겠어요?"

"무슨 소리 하는 것이냐? 이미 날이 추워져서 공주 때와는 완전히 다를 것이다. 성치도 않은 몸으로 견딜 수나 있겠느냐?"

의령이 고개를 끄덕이자 윤상오가 생각에 잠긴 듯 눈을 감았다 떴다.

"… 이틀 전에 삼례에 도회소가 설치되었다고 하였으니 오늘쯤 해월 선생께서 삼례로 모이라는 경통을 발송하실 것이다. 그러면 장 접장도 공주접 도인들과 삼례로 떠날 것이니, 함께 가도록 해라."

윤상오가 말하자 의령이 이번에도 고개를 흔들었다.

"아닙니다. 만약 진범이 잡히지 않고 제가 살인범으로 몰린다면 관아에서 저를 쫓아올 텐데. 그러면 장접장과 공주접까지 위험해질 수 있어요. 혼인한 지 얼마 되지 않은 장 접장을 그런 위험에 빠트릴 수는 없어요. 저는 그들과 따로 가겠어요."

"그럼 아녀자의 몸으로 혼자 떠나겠다는 말이냐? 안 된다. 그것이 살인범으로 몰리는 것보다 더 위험한 일이라는 것을 모르겠느냐?"

강경한 의령의 말에 윤상오가 깜짝 놀라 만류했다.

"아버지. 걱정하지 마세요. 저는 그것보다 더 힘든 일도 견뎌 냈어요. 저 때문에 가족들이 피해를 입는다면 더 이상 견딜 수 없을 거예요."

윤상오는 고집을 꺾지 않는 의령을 설득하지 못하고, 대신 다른 제안을 내놓았다.

"알겠다. 그러나 네가 혼자 움직인다면 네 어머니와 나는 그동안 죽음보다 더한 고통에 시달릴 게다. 네가 준환이와 함께 움직이지 않겠다면, 이 도사와 의논하여 그 결정대로 움직이자꾸나. 이번만은 내 말대로 하여라."

윤상오의 입에서 유상이 거론되자 의령의 얼굴이 굳어졌다.

"하지만⋯."

"아니, 더 이상은 안 된다. 장준환과 함께 가든지 이 도사의 대책을 따르든지 둘 중에 하나를 선택하여라."

이번에는 윤상오가 아예 의령의 말을 막고 나섰다.

"⋯. 그럼, 이 도사와 상의해 보겠어요."

의령이 대답하고는 입술을 깨물었다.

그날 밤 해월은 전라도 삼례도회소의 이름으로 동학 도인들의 신원 참여를 촉구하는 경통을 발송하였다.

"지난 30여 년 동안 마치 죄지은 사람처럼 두려워 숨어 살았으나 이번에 충청 감사에게 신원하고 다시 전라 감사에게 신원하는 것은 천명이다. 명색이 사람으로서 선생님의 원통함을 풀어 줄 줄 모른다면 금수와 가깝다 할 것이다. 이 통문을 받고 달려오지 않으면 별단의 조처를 취할 것이니, 한 사람도 빠짐이 없도록 하라."

통문의 내용은 간절하면서도 엄격하기 이를 데 없었다.

윤상오는 즉시 유상에게 연락을 취하여, 다음 날로 바로 삼례로 떠나기로 정해졌다. 의령은 초겨울 찬바람이 뼛속까지 스며들고 안개가 자욱한 새벽을 틈타 조용히 집을 나섰다.

마을을 벗어나자 지난번 기준이 서 있었던 울창한 아름드리 나무는 잎이 다 떨어져 앙상한 가지만이 차가운 겨울바람을 맞으며 서 있었다. 의령이 다가가자 나무 뒤쪽에서 희미한 사람의 윤곽이 서서히 드러났다. 자신에게 점점 다가오는 사람을 확인하고 그녀는 깜짝 놀라 자리에 우뚝 멈췄다.

유상이었다.

"나리께서 직접 오실 줄을 몰랐어요."

"임기준은 남아서 살인 사건에 대해 더 알아보고 삼례로 올 것이다."

의령의 놀란 모습에 미간을 좁히며 유상이 말했다.

"지난번에는….."

"지난 일은 일단 묻어 두자. 지금은 한시바삐 공주를 벗어나는 것이 좋으니 서둘러 가자. 삼례는 우금티를 넘어 논산을 거쳐 가는 길로 갈 것이야."

"삼례에 가 본 적이 있으신가요?"

"… 물론이다. 걱정 말고 나를 따르거라."

유상이 삼례라는 말에 언뜻 스치는 쓸쓸한 표정을 놓치지 않은 의령은 더 이상 말을 잇지 못한 채 묵묵히 뒤를 따랐다.

마을을 벗어난 가까운 곳에 말 두 필이 나무에 매어져 있었다.

"말을 타 본 적이 있다고 해서 준비했다. 괜찮겠느냐?"

"아버지가 양반집의 말을 돌보셨어요. 그때 주인 몰래 타는 법을 가르쳐 주셨어요. 속력을 내지는 못하겠지만 균형을 잡고 타는 것은 가능할 거예요."

의령이 말에게 다가가 손을 내밀어 서툴게 갈기를 어루만졌다.

그리고 곧바로 유상이 의령을 말에 태우고 자신도 가볍게 올라탔다. 유상이 앞으로 나가며 서툴게 균형을 잡으며 뒤따라오는 의령을 돌아보았다. 처음에는 불안했던 모습이 시간이 지나면서 조금씩 안정이 되자 유상이 조금씩 속도를 높였다.

드디어 가파른 우금티 고개 마루에 올라서자 어느덧 아침 해가 떠오르고 있었다.

두 사람은 이인을 지나 주막집에 도착했다. 추운 날씨였지만 의령의 얼굴에는 송골송골 땀이 맺혀 있었다.

"여기서 잠시 요기를 하고 가자."

유상이 서둘러 말에서 내리자마자 의령이 도와줄 새도 없이 훌쩍 뛰어내리다가 휘청 몸이 흔들렸다. 그녀는 한눈에 보기에도 피곤한 기색이 역력했다.

"떨어지면 어쩌려고 혼자 내리는 것이냐?"

유상이 말 머리를 붙잡고 퉁명스럽게 말하자 그녀가 그를 쳐다보며 피식 웃었다.

"그 정도는 혼자서도 할 수 있습니다."

유상은 굳은 얼굴을 풀지 않고 서둘러서 주막 안으로 발걸음을 옮졌다. 주막 안으로 들어서기 직전에 더벅머리 총각이 얼른 뛰어나오며 두 사람에게서 말을 받아 마구간 쪽으로 말을 몰아 갔다.

그들이 말을 넘기고 주막 안으로 들어서자 평상에 앉아 국밥을 먹고 있던 남자들 네 명이 두 사람을 쳐다보았다.

의령은 머리를 깊숙이 숙여 자신의 얼굴이 노출되지 않도록 주의하며 사람들을 등지고 앉았다. 주모에게 뜨거운 국밥 두 그릇을 시키고 나서야 두 사람은 주위를 둘러보았다.

평상에 앉아서 밥을 먹던 남자들은 장돌뱅이들이었다. 두 사람에게 관심을 보이던 사람들이 눈길을 거두자 굳어 있던 유상의 표정이 한결 여유로워졌다. 장돌뱅이들은 저희들끼리 소식을 주고받느라 소란스러웠다.

"이보게. 공주에서 동학도들이 난리를 일으켰다는 건 무슨 소린가?"

"아, 지난 장날에 동학도 수천 명이 금영에 쳐들어가서 30년 전에 억울하게 죽은 자기들 선생을 신원해 달라고 의송을 했는데 그 위세에 충청 감사가 벌벌 떨고 다음 날 제음을 내리고, 그래도 안 되니까 충청도 전역 군현에 감결을 내렸다네…."

"아니, 그럼, 공주 장은 문제없이 열리긴 하고?"

"동학도들이 금영에서만 위세를 떨쳤지, 장바닥에서는 밥 곱게 먹고, 돈 제대로 내니, 상인들이야 사람 많이 몰리는 게 나쁠 게 없었지. 그런데 지금 그게 문제가 아니라던데."

"그게 무슨 말인가?"

"지금은 그것보다 살인 사건으로 공주 바닥이 시끄럽다네…. 동학 도들한테 된통 당한 충청 감사가 살인 사건까지 나자 바짝 긴장해서 살인범을 잡는다고 난리일세."

이유상과 의령은 한순간 긴장해서 몸이 굳어졌다.

"살인 사건이라니? 자세히 말해 보게나."

"각 군현 수령들에게 동학도들을 괴롭히지 말라고 감결을 내린 그 이튿날에 저잣거리에 있는 세책방 주인이 칼에 찔려 죽어 있는 것을 발견했다지 않나. 그런데 다른 때 같았으면 충청 감사가 살인범을 잡 는다고 공주 바닥을 한바탕 뒤집었을 텐데 지난번 장날에 모였던 동 학도들 몇 백 명이 흩어지지 않고 있어서 그런지 쉬쉬하면서 조사를 한다는군."

"허, 거 참. 하필 우리가 가는 날에 장터 분위기가 그렇다니…."

부엌에서 국밥을 내오던 주모가 한숨을 쉬며 말참견을 했다.

"아이고 말도 마서유. 지난번 동학도들이 많이 모여서 간만에 재미 좀 보나 했더니만 금영에서 동학도들에게 음식이나 잠자리를 마련해 주면 옥에 가둔다고 난리지 뭐예유. 참 나 우리 같은 주막에서 누가 손님 얼굴 봐 가며 장사한답디까? 세책방 주인 살인 사건을 동학 도 인들에게 덮어씌우려 한다는 소문도 돌고 그럽디요."

"관에서 동학도들에게 음식이나 잠자리를 주면 잡아간다고 협박 을 혔어? 동학도들이 아직까지 모여 있응께 무서워서 그런 건가?"

"그렇다니께유. 살다 살다 별소릴 다 듣고 산다고 바깥양반이 벌컥 화를 내고 그랬어유."

주막 여자가 사내들에게 대거리를 하면서 유상과 의령에게로 다가왔다.

"아이고, 요기가 늦으셨네유. 새벽같이 나오셨나 봐유."

주모가 국밥을 내려놓고는 두 사람을 번갈아 보며 관심을 보였다.

"아버님이 병중이 깊어 급히 가는 중이라네. 그러니 말에게 먹이를 듬뿍 주고 잘 돌봐 주게. 값은 넉넉히 쳐 줌세."

유상이 엽전 몇 개를 쥐여 주자 그녀의 얼굴이 환해지며 더벅머리 총각을 찾아 총총히 사라졌다.

"어서 먹고 서둘러 나서자. 주막은 보는 눈이 많아서 오래 지체하기에 위험하다. 괜찮겠느냐?"

최대한 목소리를 낮춰 말하며 의령의 안색을 살피자 그녀가 고개를 흔들며 속삭였다.

"저는 괜찮습니다. 서두르지요."

쫓기듯이 허겁지겁 먹는 상황이었지만 그들이 처음으로 함께 먹는 밥이었다. 유상은 고개를 숙여 국밥을 먹는 의령을 가만히 쳐다본 후 천천히 숟가락을 들었다.

9장/ 삼례

맑았던 하늘이 조금씩 어두워지자 유상과 의령은 서둘러 길을 나
섰다. 그러나 길을 나서고 얼마 지나지 않아 바람이 점점 거세지고
검은 구름이 몰려왔다. 금세 한바탕 눈보라가 휘몰아칠 것 같았다.
유상이 이번에는 의령의 속도에 맞추며 천천히 말을 몰았지만 그녀
는 자꾸만 뒤쳐졌다. 몇 번을 돌아보던 유상이 결국 말을 멈추었다.

"괜찮겠느냐? 안색이 좋지 않구나. 잠시 쉬었다 가겠느냐?"

"아닙니다. 아직은 괜찮습니다. 어서 가세요."

의령이 자세를 바로잡으며 속도를 높여 앞으로 나가자 그가 한숨
을 길게 내쉬고는 뒤를 쫓았다.

그러나 시간이 지날수록 주위가 어둑어둑해지더니 급기야는 눈보
라가 몰아쳤다. 두 사람은 사정없이 몰아치는 눈보라를 헤치며 앞으
로 나아가고 있었지만 새벽부터 먼 길을 달려온 말들도 지치고 의령
의 안색도 눈에 띄게 창백했다. 그러고도 한참을 나아가다가, 다 허
물어져 가는 폐가가 보이자 유상은 말을 멈추고 의령에게 돌아섰다.

"더 이상은 안 되겠다. 이쯤에서 쉬어야겠다."

이번에는 의령이도 고개를 끄덕였다.

산길에서도 숲 속으로 들어앉은 폐가는 허물어지기 직전이었으나, 다행히 방 하나는 그나마 눈보라를 피할 만했다.

"아무래도 오늘은 여기서 밤을 보내야 할 것 같다. 밖에 눈보라도 심하고 날도 어두워져서 오늘 산길을 더 가는 것은 위험하다. 게다가 네 몸도 다시 병이 도지는 게 아니냐?"

"송구합니다."

의령이 당혹한 표정으로 겨우 대답했다.

"그런 말을 듣자는 것이 아니다. 몸이 건강해야 삼례를 가든 어디를 가든 할 게 아니냐."

의령이 고개를 끄덕이고는, 주변을 둘러보더니 지푸라기와 마른 나뭇조각을 모으기 시작했다. 잠시 바라보던 유상이 함께 거들자 금방 수북한 나뭇더미가 만들어졌다.

의령이 품에서 부싯돌을 꺼내 능숙한 솜씨로 불씨를 살려 냈다.

"그렇게 보고만 계시지 말고, 땔감이 될 만한 걸 좀 더 모아 주세요. 밤을 새자면 제법 많이 필요할 겁니다."

넋을 놓고 그 모습을 바라보던 유상이 의령의 말에 정신이 번쩍 들어 주변을 돌아다니며 땔감을 모아들이기 시작했다.

잔가지에서 제법 굵은 나무로 불길이 옮겨 붙자 금세 온기가 돌았다. 의령이 봇짐을 뒤져서 떡을 꺼냈다. 의령은 차갑게 얼어 딱딱해진 떡을 나무 꼬챙이에 꿰어 굽기 시작했다. 노릇하게 구워진 떡은 제법 먹을 만했다. 아침에 국밥을 먹은 이후로 빈속인데다 추위에 떨며 달려온 길이어서 그 맛이 더했다. 하염없이 불길을 바라보며 떡을 오물거리는 의령에게 유상이 물었다.

"동학이라는 것이 무엇이냐? 너희가 목숨을 걸고 이루려는 것이 무엇이냐?"

의령이 갑작스런 질문에 씹던 떡을 삼키고는 유상을 쳐다보았다. 한참 동안 유상을 주시하던 의령이 입을 열었다.

"동학은 사람을 살리는 것이에요. 아버지는 저를 살렸고 움막의 여러 사람들을 살렸어요. 동학은, 우리는 서로를 살려요. 서로를 귀중한 존재로 모셔요. 동학은 사도가 아니에요. 하늘은 모든 사람들 안에 있고, 천명도 마찬가지로 누구나 받았다고 믿지요."

의령이 차분한 어조로 말했지만 두 눈은 어느 때보다 반짝였다. 유상은 단단한 그녀의 눈빛에 가슴이 철렁 내려앉았다.

"나라의 법도를 지키고 자신의 자리를 지키는 일이야말로 사람들을 살리는 일이다. 어리석은 백성들에게 헛된 망상을 심어 주어 나라의 법도를 어지럽히는 일이 사도가 아니고 무엇이더냐? 나라를 다스리는 이가 있으며 글 읽는 선비가 있고, 변방을 지키는 군사가 있어야 하듯 농사를 짓는 농부도 있어야 하는 법이다. 자기의 직분을 벗어나 모두가 높아지기만 한다면, 이 세상이 온전히 돌아갈 수 있겠느냐?"

유상이 얼굴을 찌푸리며 목소리를 높였다.

"네, 그렇지요. 동학은 그 모든 직분을 없애자는 것이 아니라, 어떤 직분에 있든 사람은 누구나 존귀하다고 말하는 것입니다. 동학을 공부하고 가르치는 목적은, 사람으로 하여금 스스로 허물을 고쳐 새사람이 되어 천지를 공경하고 임금에게 충성하고 스승님과 어른을 높이 받들고 부모에게 효도하고 형제간에 화목하고 이웃을 서로 도와주며 동무들 간에 신의를 세우고 부부의 직분을 지키게 하여 자손을 가르치는 도리를 다하자는 데 있어요. 이것이 어떻게 사도로 몰아 핍박받아야 할 일입니까? 선량한 동학도들을 사지로 내몰아 그들로 하여금 울부짖게 만들고 주먹을 치켜들게 만드는 것은 바로 자기들만이 이 나라를 위한다고 뻗대는 벼슬아치들과 유림입니다."

"그렇다고 근간을 흔들고 법도를 무너뜨린다면 어떻게 나라가 유지될 수 있단 말이냐. 조선은 500년 동안이나 종묘사직을 지켜 왔다. 이런 역사는 그냥 만들어지는 것이 아니다. 때로는 잘못된 정사가 베풀어져 수많은 사람들이 다치고 고생한 세월이 없지 않으나, 태평한 세월을 되찾기 위해서라도 백성은 늘 자중해야 하는 법이다. 백성이 나라의 근본이라고 하지만 어진 임금과 신하들이 없다면 그들이 하루라도 편하게 지낼 수가 있을 것 같으냐?"

유상이 흥분한 듯 목소리를 높이자 의령이 눈을 들어 그를 똑바로 쳐다보았다.

"백성들이 없다면 어진 임금과 신하들은 소용이 없지요. 백성이 있어야 종묘사직도 의미가 있는 것 아닌가요? 백성들이 없다면 나라가 무슨 필요가 있을까요? 백성들이 먼저입니다."

유상은 의령의 말에 곧바로 대답하지 못했다. 그러나 당당한 목소리와는 다르게 그녀의 얼굴빛은 점점 더 창백해졌다.

"그만, 그만하자. 너의 말은 충분히 알아들었으니 어서 여기에 눕도록 해라."

유상이 힘든 몸짓으로 버티는 의령의 몸을 다급하게 붙잡아 불 옆의 볏짚위로 이끌었다. 의령의 가벼운 몸이 힘없이 쓰러졌다. 유상이 여벌옷을 전부 의령의 몸 위에 덮었다. 그리고 굵은 나무들을 골라 불속으로 집어넣었다. 불꽃이 금세 크게 일었다. 가늘게 떨리던 의령의 몸이 점점 안정을 되찾는 듯하더니, 곧 잠이 들었다. 유상은 한편으로는 불길을 지켜보며, 의령을 살피느라 뜬눈으로 밤을 새웠다.

"윤의령이 도망을 쳤다고?"

정선이 단정하고 말끔한 얼굴을 일그러트리며 정춘보를 노려보았다.

"그런 듯하옵니다. 어제 오늘 보이지 않아서 수소문해 보니 아무래도 집을 떠난 듯합니다요."

"내가 분명히 잘 감시하라고 이르지 않았느냐!"

바닥에 깔리는 정선의 목소리와 무심한 듯한 눈초리가 소름끼쳐 정춘보는 흠칫 몸을 떨었다.

"아마도 새벽녘에 움직인 듯합니다. 죽을죄를 지었습니다. 아녀자의 몸이니 하루 차이는 금방따라 잡을 것입니다. 맡겨 주십시오. 나리…."

정춘보가 다급하게 애원하자, 정선이 곰곰이 생각하다 불쑥 말을 꺼냈다.

"아녀자의 몸으로 혼자 가지는 않았을 것이야. 분명 변복 차림으로 누군가와 함께 갔을 것이니 공주를 빠져나가는 길목마다 샅샅이 뒤져서 흔적을 찾는 즉시 나에게 알려라. 그다음은 내가 움직일 것이니…."

그 말에 정춘보는 서둘러 밖으로 나갔다.

"윤상오, 네가 내 말을 우습게 여기고 의령을 빼돌렸단 말이지?"

정선이 나지막이 중얼거리며 천천히 갓끈을 조여 매고 집을 나섰다. 정선의 방문을 받은 윤상오는 예상외로 담담하게 그를 맞이했다.

"의령 낭자에게 확인은 해 보셨습니까?"

자리를 잡고 앉자마자 정선이 물었다.

"무슨 말씀인지 모르겠습니다. 제 여식은 병이 깊어져서 요양차 친척 집에 보냈습니다."

윤상오가 동요 없이 말하자 그가 반듯한 이마를 조금 찡그렸다.

"아하, 그래요? 그래, 어디에 사는 친척 집입니까?"

"그것이 왜 궁금하십니까? 나는 이유를 모르겠습니다."

정선이 윤상오의 말에 한동안 대꾸가 없다 입을 열었다.

"나는 단지 의령 낭자를 도와주려는 것입니다."

"고마운 말이오나 그런 도움은 필요 없습니다."

윤상오의 단호한 말에 정선의 표정이 점점 차갑게 변했다.

"원하는 것이 무엇입니까? 분명 의도가 있어서 저를 찾아온 것이 아닙니까?"

윤상오가 애써 마음을 가라앉히며 정선을 향해 물었다.

"그리 물어보시니 저도 말을 돌리지 않겠습니다. 제가 원하는 것은 의령 낭자 한 사람입니다."

"의령이를 원한다니… 무슨 말입니까?"

윤상오의 표정은 경악에 가까웠다.

"처음 의령 낭자를 구해 준 날부터 지금까지 한시도 낭자를 잊지 않았습니다."

"그러니까 의령이를 소실로… 들이고 싶다는 말인가요?"

윤상오의 목소리가 분노로 가늘게 떨렸다.

"소실이라고는 하나 조강지처가 부럽지 않을 만큼 모든 것을 다 줄 것입니다."

"그만 내 집에서 나가 주십시오. 지금까지 나와 의령이에게 한 모욕은 의령이를 살려 준 은혜를 되갚은 걸로 하고 잊겠습니다. 그러나 두 번 다시 이런 말은 듣지 않겠습니다."

윤상오의 얼굴이 냉정하게 굳어졌다.

"글쎄, 그럴까요? 근본도 모르는 천한 계집애가 살인 사건에 연루되었고, 그 계집애를 여식으로 삼은 아비가 나라에서 금하는 동학을 하는 자라고 고변을 한다면 의송 사건으로 미쳐 날뛰는 충청 감사가 어떻게 나올지 기대가 되지 않습니까?"

정선이 일부러 천천히 말을 하며 윤상오의 눈을 쏘아보았다. 순간 윤상오는 정선의 차가운 눈빛과 싸늘한 목소리에 오싹 소름이 돋았다.

"지금, 저를 겁박하시는 것입니까?"

정선이 이내 웃음 지으며 대꾸했다.

"겁박이라니요? 난 그저 사실을 말했을 뿐입니다."

"다시 말하지만 도움은 필요 없습니다. 이만 돌아가시지요."

"알겠습니다. 그러나 명심하세요. 의령 낭자가 하루빨리 나타나는 것이 좋을 것입니다."

정선이 비틀린 웃음을 남기고 돌아가자 윤상오는 눈을 감고 참았던 숨을 몰아쉬었다.

해월 선생의 경통을 받고 삼례역에 도착한 준환은 착잡한 마음으로 의령의 행방을 찾았지만 어찌 된 일인지 그녀의 행방은 묘연했다. 의령과 동행했다던 이유상이라는 도사도 마찬가지였다. 삼례에 나타난 이유상의 수하 임기준도 두 사람을 찾고 있었다.

한편 삼례역에 천여 명의 동학도가 회집한 가운데, 11월 2일 자로 전라 감사 이경직에게 의송 단자가 제출되었다. 서인주와 서병학이 삼례도회소를 관할하는 가운데 고부 접주 전봉준과 남원 접주 류태

홍이 자원하여 의송 단자를 들고 전라 감영에 나아가 소장을 제출했다. 공주 때와는 달리 이번에는 함께하기로 했던 해월 선생은 삼례로 오는 도중에 낙상을 하여 도소로 귀환하고 말았다.

의송 단자의 내용은 공주 때에 비해서 더욱 구체화되고 그 뜻이 간절했다. 의송에서는 먼저 수운 선생이 나라 안에 도가 쇠하여짐을 걱정하여 동학을 창도한 내력을 밝히고, 서학과 동학은 서로 빙탄(氷炭)과도 같이 어긋나는 것인데, 동학을 서학으로 지목하는 것은 부당함을 역설하였다. 또한 서양의 학이 횡행하고 왜구들이 날뛰어 나라와 백성들이 모두 편안치 못한 것을 바로잡는 데 일조하고자 하나 동학을 금압하여 맘껏 나설 수 없는 것이 한이라 말하고, 감사에게 엎드려 청하는 바는 임금님에게 글을 올려 동학의 참된 도를 알려 줄 것과 각 읍에 명령을 시달하여 순한 백성인 동학도에 대한 토색을 금해 줄 것을 천만번 간절히 바란다고 하였다. 그러나 며칠이 지나도록 이경직에게서는 회답이 없었다. 이경직이 추운 날씨를 믿고 동학도들이 제풀에 지쳐 해산하기를 기다린다는 소문이 돌았다.

준환은 연신 주위를 둘러보면서도 장작불 주위로 추운 몸을 녹이느라 몰려드는 사람들의 말을 놓치지 않았다.

"전라 감사한티 의송 단자를 보낸 지가 며칠이 지났는디 아직까지 제음을 내리지 않고 있으니 아무래도 이 추위에 우리들이 제풀에 나가떨어질 때까지 기다리자는 심보 같지유?"

"충청 감사의 소문을 들었던 게지요. 아무래도 이번 삼례 집회는 장기전이 될 것 같으니 미리 양식도 조달해 놓고 마음도 단단히 먹고 느긋하게 기다려야 하겠네요."

"첨부터 모든 비용과 숙식은 포별로 해결허기로 혀서 단단히 준비를 했으니 혀볼 테면 혀보라고 하쇼잉"

"김 접장의 패기에 전라 감사가 벌벌 떨겠구만이라. 하하. 그런데 이번에 의송 단자를 전달한 접주가 고부의 전봉준이라는 이던데. 그분 눈빛 보셨수? 난 가까이서 봤는데 어찌나 눈빛이 강렬한지 오줌이 찔끔 나올라고 했수이다. 키는 작달만한 사람이 어찌나 강단 있어 뵈는지, 앞으로 큰일을 할 사람으로 보입디다."

"그러게요. 여기저기 전 접주의 칭찬이 자자하더군요. 그런데 이번에 해월 선생께서는 왜 못 오셨답니까? 해월 선생을 먼발치에서라도 보고 싶어서 잔뜩 기대하고 늦게라도 부랴부랴 왔더니만…."

"아니, 노구를 이끌고 말을 타고 오시다가 낙상해서 크게 다치셨다고 안 합니까? 얼마나 많이 다치셨으면 말 머리를 돌리셨을까 걱정이 태산이여요."

"그라게 걱정이라고 안 합디까? 추우면 뼈도 잘 붙지 않는다든디… 참말로 징하네요, 잉."

"전라 감사가 이대로 쭉 암시랑도 안하고 있으면 다시 한 번 독촉을 하지 않을까 싶네요. 충청 감사 맹키로 전라 감사도 암시랑도 안하고는 못 배길 것이고만요. 삼례역에 모인 사람이 천 명이 넘어요. 요렇게 시간만 보내는 것도 지한테 좋을 것은 없는게 조금만 더 지달려 보자구요."

　기약 없는 기다림으로 추위에 떨면서도 사람들의 몸과 마음이 점점 더 단단해지는 것을 보며 준환은 다급한 마음을 가라앉혔다.

　삼례에 모여든 도인들은 전봉준과 류태홍을 위시한 새로운 얼굴들이 대거 동참한 데 힘을 얻어 장기전도 불사할 태세였다. 무엇보다 각 포별로 의식주 비용을 마련하여 온지라, 객지 생활이지만 오히려 집에서보다 생활하기가 넉넉하다는 덕담도 심심찮게 오갔다. 날은 점점 추워졌지만 삼례역에 모여 든 도인들의 수는 점점 더 늘어났다.

　"절대로 놓치지 마라."

　유상의 등 뒤로 들리는 날카로운 목소리와 다급한 발소리가 이어졌다. 유상은 의령의 입을 손으로 막은 채 그녀의 몸을 끌어안았다. 품안에 들어온 의령의 작고 야윈 몸이 와들와들 떨고 있었다. 그는 자신도 모르게 달래듯 그녀의 등을 토닥였다.

　의령의 몸이 온전치 못하여 공주를 떠난 후 기준과 만나기로 한 날에 삼례에 도착하지 못했다. 그 바람에 임기준이나 윤상오와 연락이 닿지 않아 세책방 주인 살인 사건이 어떤 식으로 흘러가는지 알 수가 없었다. 그러나 저잣거리의 후미진 곳에서 칼을 쓰는 자들이 분명해 보이는 한 무리의 사내들 속에서 오정선의 얼굴을 확인한 순간 유상은 본능적으로 위험을 감지했다. 그러고는 곧바로 조금 떨어진 곳에서 사람들에게 무엇인가를 물어보며 절망적인 얼굴로 고개를 흔드는 의령의 손을 잡고 내처 뛰었다.

두 사람은 여러 길로 갈라지는 곳의 구석으로 몸을 숨긴 후 곧이어 멀어지는 발소리에도 한참 동안이나 움직이지 못했다. 어둠이 서서히 그들 주위를 감싸고 내려앉았다.

유상은 주위가 완전히 고요해지고 한참이 지난 후에 조심스럽게 그녀에게서 조금 떨어졌다.

"괜찮은 것이냐?"

유상이 의령에게 작게 속삭이자 의령이 숨을 크게 내뱉은 뒤 고개를 끄덕이며 물었다.

"오정선이라는 자입니까?"

"그렇다. 저자가 우리를 찾으러 다니는 것을 보니 아직 세책방 주인의 살인범을 찾지 못한 것이 틀림없겠구나."

유상이 조금씩 앞으로 나가면서 주위를 살폈다.

"아무래도 여기는 안전하지 않으니 다른 곳을 찾아봐야겠다. 저자에게 들킨 이상 네 아비나 임기준과 연락이 닿기를 기다릴 수도 없으니 일단 여기를 벗어나야 한다."

유상이 의령의 손을 단단히 움켜잡고 그녀의 몸을 이끌었다.

두 사람은 오정선이 사라진 반대쪽으로 사력을 다해 뛰어갔다.

그리고 한참을 달려 도착한 곳은 뜻밖에도 세도가로 보이는 대갓집이었다.

"이곳이 어디입니까?"

"걱정 말아라. 여기는 안전한 곳이다. 네 몸이 회복될 때까지 며칠만 여기에 묵도록 하자."

유상은 솟을대문을 올려다보며 망설이듯 서 있다가 단호한 표정으로 한 걸음 내딛었다.

유상의 기척에 잠시 후 커다란 문이 양쪽으로 활짝 열렸다.

"아니 서방님 아니십니까? 오랜만에 오셨습니다. 어서 안으로 드시지요."

유상을 알아본 행랑아범이 부리나케 앞으로 뛰어나오며 머리를 조아렸다.

"지나는 길에 잠시 들렀다네. 대감과 마님께서는 무탈하신가?"

"소식을 모르십니까? 마님께서 꿈자리가 좋지 않다고 하여 대감마님을 비롯하여 모두들 지금 절에 아가씨의 극락왕생을 빌러 가셨습니다."

행랑아범의 말에 유상의 얼굴빛이 흐려졌다.

"알았네. 나와 동행한 지인이 몸이 좋지 않아 잠시 사랑채에 머물다 가야겠으니 안내 좀 해 주겠는가?"

"물론입니다. 저를 따르시지요."

말을 마치자 마자 유상이 의령을 잊은 것처럼 혼자 안채로 들어가자 그녀는 긴장한 얼굴을 애써 감추며 행랑아범을 따라 몸을 움직였다. 잠시 후 의령은 벽에 기대앉아 눈을 감았다. 밖에서 부산스런 움직임이 잦아들자 방바닥에서 열기가 올라오기 시작했다. 곧 저녁상이 한상 가득 차려져 들어왔지만 유상은 사랑채에 오지 않았다. 의령은 음식에 손도 대지 않은 채 입술을 깨물며 초조한 듯 몸을 웅크렸다. 그녀는 자리에서 벌떡 일어섰다. 그 순간 문이 열리며 유상이 방으로 들어왔다. 유상은 두려움이 가득한 얼굴로 자신을 쳐다보는 의령을 마주 보았다.

"너를 두고 아무 데도 가지 않는다. 시장하구나. 어서 먹자."

유상이 무심한 표정으로 의령의 손을 잡아 앉히며 말했다.

의령은 갑자기 시장기가 돌았다. 유상은 부지런히 음식을 삼키는 의령을 바라보며 목구멍에 걸려있던 것을 억지로 삼켰다.

"삼례에 누구를 만나러 온 것이냐?"

밥상이 나가고 잠시 숨을 돌리며 앉아 있는 의령을 향해 유상이 물었다.

"……"

"지난번 공주에서처럼 삼례에서도 동학도들이 모여 전라 감사에게 의송을 했다는 소문이 저잣거리에 파다한 것을 내가 모른 척해 주길 바라는 것이냐?"

유상의 말에 의령이 당황한 얼굴로 고개를 숙였다.

"삼례에서 동학도들의 집회가 있다는 것을 알고 온 것은 사실이에요."

"만나려는 사람이 동학도인 것이냐?"

의령이 고개를 들어 그를 쳐다보며 망설이듯 대답했다.

"예, 하지만 미리 약속을 했던 것은 아니어요. 혹시나 만날 수 있지 않을까 기대를 했지만 그분은 오시지 못했다고 합니다."

"혹시 네가 살인범의 누명을 벗는 데 도움이 될 만한 사람이더냐?"

유상이 다그치듯 물었다.

"꼭 그런 것은 아니어요. 단지 제가 앞으로 어찌 살아야 할지 결정하기 위해 온 것이에요. 그리고 선비님과 동행할 것은 예상하지 못한 일이고요."

"오지 못했다면 있는 곳으로 가서 만나면 될 것 아니냐?"

의령이 고개를 저었다.

"아니요. 그럴 필요는 없어요. 사실 만났다 하더라도 아무것도 묻지 못했을 거예요."

"아픈 몸으로 위험을 무릅쓰고 여기까지 왔으면 그 답을 알고 가야 하지 않겠느냐?"

"어차피 답은 정해져 있어요. 제가 누구였는지가 중요한 것이 아니라 지금 누구인지가 중요한 것이겠지요. 앞으로 어찌 살아야 할지는 제 스스로 결정할 일이니까요."

의령이 눈빛을 빛내며 목소리에 힘을 실었다.

"무슨 말을 하는지 알 수가 없지만 앞으로 더 위험해질 수도 있다는 말로 들리는구나."

유상이 한숨처럼 내뱉었지만 의령이 대답 없이 입술을 깨물었다.

"공주와 삼례에서 벌이는 일들로 세상이 바뀔 것이라고 생각하는 것이냐? 저들은 절대로 자신이 가진 것을 내려놓지 않는다. 결국은 너희만 다칠 것이야."

유상의 목소리가 다시 높아졌다.

"아니오. 세상은 조금씩이라도 바뀌고 있어요. 어제는 안 되는 일이 오늘은 가능하잖아요? 아무것도 하지 않을 때 세상은 바뀌지 않는 것이죠. 우리는 계속 요구할 거예요. 그러니 시간이 걸리겠지만 세상은 반드시 변할 거예요."

유상은 담담히 말하는 의령의 반짝이는 눈빛을 바라보았다.

"백 년이 걸릴지 천 년이 걸릴지 모를 일로 한 번뿐인 목숨을 버린다는 것이 무모하다는 생각은 들지 않느냐?"

"사람으로 태어났다고 해서 모두 사람으로 사는 것은 아니에요. 저는 죽지 못해 사는 영원보다 찰나를 살더라도 사람답게 사는 것을 택하겠어요."

의령의 동요 없는 표정을 바라보며 유상의 표정이 일그러졌다. 두 사람 사이에 무거운 침묵이 흘렀다. 의령은 어둠이 내려앉은 사랑채 밖의 희미한 바람 소리를 들으며 몸을 벽에 기대고 앉아 눈을 감았다.

"지금 살아 있다는 것이 중요한 것이야. 죽어 버리면 그만인 것이야. 다음은 없는 것이다."

한참 만에 침묵을 깬 유상의 말이 공허하게 방 안을 맴돌았다.

의령이 눈을 감은 채 조심스럽게 물었다.

"여기가… 어디 입니까?"

"… 내 정혼녀의 집이다."

유상이 씁쓸하게 웃으며 의령에게서 고개를 돌렸다.

"공교롭게도 너를 구해 준 날이 내 정혼녀가 죽은 날이다. 지금 모든 식솔들이 절에 백일치성을 드리러 갔다고 하니 여기서 며칠만 묵도록 하자."

"그…그럴 수는 없습니다. 선비님께서 견디실 수 있겠습니까?"

유상이 놀란 표정의 의령을 마주 보며 희미한 웃음을 지었다.

"견디기 힘든 고통도 시간이 지나면 옅어지게 되어 있단다. 솔직히 지금은 죽은 정혼자보다 내 앞에 있는 네가 더 걱정이 된다. 그러니 오늘은 푹 쉬고 내일 의원을 만나 보도록 하자."

유상의 낮은 속삭임에 의령은 숨을 멈춘 듯 눈도 깜박이지 못했다.

"나는 다른 곳에서 잘 터이니 편히 쉬어라."

그는 몸을 일으켜 의령을 남겨 둔 채 방을 나갔다. 잠시 동안 미동도 없이 앉아 있던 의령은 무릎을 세우고 얼굴을 파묻었다. 그녀는 기쁨인지 슬픔인지 모를 아득함으로 숨을 쉴 수가 없었다.

이인을 지난 주막에서 이유상과 의령의 흔적을 찾은 정선은 두 사람을 찾는 데 실패했다. 그러나 곧 전라도 삼례에서 동학도들이 모인다는 소문을 듣고 삼례로 방향을 틀었다.

삼례에 모인 수천 명의 동학도들 사이를 오가며 탐색하였으나 두 사람의 종적은 오리무중이었다. 그러던 중 삼례의 저잣거리에서 이유상을 발견하고 뒤쫓았지만 결국 놓치고 말았다. 공주를 떠난 지 여러 날이 지난 후에 삼례에 모습을 나타낸 것은 두 사람에게 사정이 생긴 것이 틀림없다고 판단했다. 그는 공주를 떠나기 전 앓아누웠던 의령의 몸이 성치 않다고 판단하고 유상을 놓친 일대를 샅샅이 뒤졌지만 끝내 찾지 못했다. 의령과 유상을 찾지 못하는 날이 길어지자 정선의 인내심은 극에 달했다. 삼례에서 며칠을 허비한 정선은 무작정 의령을 뒤쫓는 것보다 윤상오를 압박해서 의령이 스스로 나타나게 하려고 공주로 돌아왔다. 정선은 신평의 윤상오의 집으로 향하던 발걸음을 금영으로 돌렸다. 그의 손에는 일본에서 건너온 신식 시계가 들려 있었다.

감사 조병식은 영장 윤영기와 함께 있다가 정선의 방문을 받고 한껏 고무되었다.

"그동안 무탈하셨습니까?"

"그렇지 않아도 자네가 한동안 보이지 않아 무슨 일인가 걱정하던 참이라네."

"네, 골치 아픈 일이 좀 있긴 하지요."

"말해 보게. 내가 도울 일이라도 있는 건가?"

"아닙니다. 제 일은 그저 그렇고, 이렇게 찾아뵈온 것은 그동안 감사 영감께 입은 깊은 은혜를 조금이나마 갚아 드릴까 해서입니다."

조병식은 뜻밖의 말에 고개를 갸웃거렸다.

"은혜를 갚다니, 무슨 소린가?"

"얼마 전에 공주 저자에서 발생한 살인 사건의 진범을 아직 잡지 못한 것으로 알고 있습니다."

정선의 말에 조병식의 얼굴이 일그러지자 윤영기가 말을 받았다.

"글쎄, 그 일이 있은 지 보름이 지나가는데도 아무런 단서조차 못 찾았다네. 처음에는 웬 도령을 보았다는 사람이 있었는데, 나중에는 삿갓을 쓴 자객이라고 하고, 또 어떤 자는 아녀자들이 한 무리 나갔다고도 하고, 갈피를 잡을 수가 없단 말이네."

윤영기가 하소연하자 정선이 조심스럽게 입을 열었다.

"사실은 사건이 발생한 그날 저의 수하가 그곳에서 급하게 나가는 사람을 목격했다고 합니다. 그때는 대수롭지 않게 지나갔는데 세책방 주인이 살해되었다는 말을 듣고 저에게 이 같은 사실을 알렸습니다."

"아니, 그것이 사실인가? 그러면 그자가 누구인지 안단 말인가?"

"예, 제 수하가 얼굴을 알아보았는데 세책방을 수시로 드나들던 여인이라 합니다. 변복을 하기는 했지만 틀림없다 합니다."

"여인이라니. 자네도 아는 여인인가?"

윤영기가 당장에라도 살인범을 잡으러 갈 듯이 몸을 들썩이며 정선에게 다가들었다.

"신평에 사는 윤상오의 여식 윤의령입니다."

"윤상오의 여식?"

"그렇습니다. 그자가 재물도 많고 평판도 좋다고 하지만 실상은 사도로 금하고 있는 동학을 하는 자입니다. 지난 10월 동학도들이 소란을 일으킨 일에도 깊이 관여되어 있을 겁니다."

정선의 말에 난처한 표정을 지은 조병식이 쉽사리 대답을 못하자 윤영기가 조심스럽게 입을 열었다.

"신평의 윤상오라면 동학도들이 의송을 제출할 때 앞장을 섰지. 그렇잖아도 기회를 보고 있던 참일세. 지금은 그때 모였던 동학의 잔당들이 아직도 공주 곳곳에 남아서 우리를 지켜보고 있어서 말이네. 자네도 삼례에 다녀왔다니 완영(전라 감영)의 사정을 듣지 않았나? 동학도들이 완영에까지 소장을 제출하고 제음까지 받았다는 것 말이네. 이대로라면 한양의 금상에게 말이 들어갈 것이 불을 보듯 뻔한데 선불리 행동하기가 곤란하네. 더구나 신평의 윤상오가 아닌가? 정확한 증좌가 있는 것이 아니라면 살인범으로 지목하기 어렵다네."

윤상오라는 말에 발을 빼려는 낌새가 역력했다.

"물론입니다. 저도 혹시나 싶어 알아보니 윤상오의 여식이 살인 사건이 난 직후부터 지금까지 행방이 묘연하다고 합니다."

"그래? 그것은 수상하긴 하구먼…."

조병식의 눈빛이 조금씩 변해 갔다.

"그러니 일단 윤상오를 잡아들여 여식의 행방을 캔 뒤 제 수하와 대질을 해 보시면 될 것입니다. 만약 윤상오의 여식이 살인범이 아니라 해도 목격자가 있어서 확인하는 절차라고 하고 두 사람을 풀어 주면 아무 문제 없을 것 아닙니까?"

"……."

그래도 감사가 망설이는 듯하자 정선이 아퀴 짓는 말을 넌지시 더 하였다.

"잘만 하면 윤상오의 재산이 모두 영감의 차지가 될 것입니다. 뒷일은 제가 알아서 할 테니 너무 염려하지 않으셔도 될 것입니다."

은밀한 눈빛으로 목소리를 낮춘 정선의 말에 조병식의 눈이 탐욕스럽게 번득였다.

"동학도란 말이지…."

조병식이 영장을 돌아보며 엄명을 내렸다.

"무엇을 망설이는가? 동학도이면서 살인범을 빼돌렸다고 하지 않던가. 당장 가서 윤상오를 잡아들이게."

윤영기가 조병식의 영을 받들고 밖으로 나갔다.

그들을 지켜보는 정선의 눈빛이 낮게 가라앉았다.

기준은 삼례역에서 조금 떨어진 객주에 방을 잡고 피곤한 몸을 길게 뉘었다. 삼례에서 유상과 의령을 만나기로 한 지도 벌써 20여 일이 지났다. 기준은 미친 듯이 그들을 찾아 헤맸지만 아직까지 두 사람의 그림자조차 찾을 수 없었다. 공주에서의 소식은 점점 더 암울했다. 세책방 주인이 죽은 시간에 의령을 봤다는 목격자가 나오고 급기야는 윤상오가 대신 관아에 끌려갔다는 소식이 전해지자 기준은 더 초조해졌다.

한편 삼례역에 모여 전라 감사에게 의송을 제출했던 동학도들은 일주일이 되도록 회답이 없자 두 번째 의송을 제출했다. 그로부터 이틀째 되는 날 감사의 제음이 내렸으나, 오직 해산하고 물러가라는 말뿐이었다. 그러나 동학도들이 해산할 기미를 보이지 않자, 이경직 전라감사는 영장 김시풍에게 군졸들을 이끌고 가서 동학도들을 해산시키라고 명령했다. 김시풍은 군졸 300명을 이끌고 삼례역으로 나아가 서인주(서장옥) 등을 위협하며 해산을 종용하였다. 서인주는 김시풍이 빼 든 시퍼런 칼날 앞에서도 의연히 맞서서 저들의 행악을 나열하며 의송의 정당성을 설파하였다. 김시풍은 동학도들의 흔들림 없는 자세와 질서정연한 태도에 감명을 받고 감영으로 귀환하여 이러한 사실을 감사에게 보고하였다.

김시풍의 보고로 볼 때 동학도들의 위세는 꺾일 기미가 없는 것이어서 전라 감사 이경직은 일이 더 커지기 전에 해산시킬 빌미를 만들어야 했다. 결국 전라도 각 읍에 단지 동학도라는 이유만으로 백성들을 잡아들여 징치하거나 재물을 수탈하는 일을 금하라는 감결을 내려보냈다.

완영도회소에서는 충청, 전라 양 감영에서 잇따라 감결을 하달하자 그 추이를 지켜보기로 하고 일단 해산키로 하였다.

기준은 유상과 의령을 찾아다니던 도중에 만난 장준환을 통해 동학도들의 상황을 자세하게 파악하고 있었다. 두 사람을 찾지 못해 초조하고 애가 탔지만 한편으로 공주에 이어 삼례에 모인 수천 명의 동학도들을 바라보며 자신도 모르게 그들이 궁금해졌다. 그들이 목숨을 내놓고 하는 동학이라는 것이 무엇인지 알고 싶어졌다.

넌지시 동학의 이치를 묻는 기준에게 준환은 '동경대전'이라고 쓰인 서책을 하나 건네주었다. 그러나 숙소에 돌아와서도 기준은 차마 서책을 열어 보지 못한 채 한참을 망설이다 보따리 깊숙이 찔러 넣어두고 자리를 펴고 누운 참이었다.

한 무리의 손님이 새로 드는지 바깥이 와자지껄 소란스러워졌다.

"동학쟁이들이 삼례역에서 모두 해산했는가잉?"

"아니라는디. 일부는 지 고향으로 돌아갔고 또 일부는 금구랑 원평에 다시 모이고 있다고 허는 소리도 들리고잉. 동학쟁이들을 탄압하지 말라는 감결이 내렸지만 지대로 지켜질 거라고 믿는 사람이 조선 팔도에 누가 있겄는가? 이대로 돌아가 불면 큰일이 나니께 못 돌아가고 있는 것이제."

"하이고 징한 사람들이여. 이 추운 디서 어찌코롬 10여 일을 버텼을까잉? 전라 감사가 워떤 양반인디 그 양반을 꺾었을까잉. 군졸을 300명인가 데불고 삼례역에 쳐들어간 김시풍인가 영장인가 하는 자가 완전 항복하고 돌아 나왔다는디…. 글고 바로 제음 내리고 안되니께 다시 감결 내리고…. 참말로 징한 사람들이여. 지난달에 공주에서도 대단했다믄서?"

"말도 말랑깨. 삼례역에 수천 명이 모였는디 거기서 불상사는 한건도 없었디야. 어찌나 정직하고 점잖은지 거그에 쌀이며 떡이며 팔러 간 사람덜이 한둘이 아니여. 모다 제값 쳐주고 샀다고 안 허는가. 거 뭐시냐. 그리도 추운디도 수련인가 기도인가를 게을리하지 않음시롱 시천주 뭐라나 하는 주문 소리가 추운 동장군도 녹일 지경이었다는 거 아녀."

"왜 아녀. 지금 동학에 들어간다고 하는 사람들이 한둘이 아녀. 거기 가면 굶지 않고 사람대접 받으며 산다고 안 허요. 양반, 상놈, 백정들이 다들 맞절을 하며 그렇게 서로를 하늘이라고 위헌다고 안헙니까요."

"참으로 요상시런 사람들이여. 나도 이참에 동학에나 들어가 볼까나 지금 생각 중이여."

"자네도 그런기여? 나도 그렇게로. 어디 한번 생각 좀 해 보드라고 잉."

"그려도 나라에서 금하는 것을 하든 안 되는거 아니라우? 그거 믿으믄 목숨이 왔다 갔다 허는 위험한 도라고 안 혀요."

"언제 우리 목숨이 그리도 중했나잉? 하루를 살더라도 사람대접 받으며 살면 죽어도 구천에서 떠돌지 않것지라."

사람들의 웅성거림이 끝이 없이 이어졌다.

기준은 벌떡 일어나 서둘러서 짐을 챙겼다.

유상은 잠들어 있는 의령의 얼굴을 가만히 들여다보았다. 근 한 달

사이 의령의 얼굴은 몰라보게 야위었다. 아픈 의령으로 인해 간신히 삼례에 도착했지만 저잣거리 한복판에서 정선 일행에게 쫓긴 후 유상의 정혼자였던 송서영의 집에 잠시 머물렀다. 그러나 그곳에서도 오래 머물러 있을 수 없었던 두 사람은 지난날 유상이 과거 시험을 준비하느라 머물렀던 계룡산 근처의 암자에서 머물다 스님의 주선으로 거처를 마련하여 근근이 몸을 피하는 중이었다.

한 달을 객지에서 머무는 동안 두 사람의 심신은 점점 지쳐 갔다. 먹을 것도 부실한데다가, 잠자리마저 변변찮은 것이 그렇잖아도 연약한 의령의 몸을 극한으로 몰고 갔다.

"여기서 더 머물 수는 없다. 벌써 먹을 것도 바닥이 났다. 무엇보다 네 몸이 걱정이다. 이렇게 더 지내다가는 객사하기 십상이다. 이제는 다른 방도를 찾아야 한다."

유상은 더 이상 미룰 수 없다는 결심을 굳히자 마음이 조급해졌다. 스님을 통해 변통한 식량이 점점 줄어드는 것을 바라보며 의령에게 나쁜 일이 생길 수도 있다는 생각이 들자 겁이 덜컥 났다.

유상의 말에 한동안 생각에 잠겼던 의령이 입을 열었다.

"예. 압니다. 이제 결단을 내려야 한다는 것을요. 저는 이제 집으로 돌아가겠어요. 아무리 생각해도 도망칠 이유가 없어요. 가서 직접 부딪칠 겁니다."

"아니 될 말이다. 지금 잡히면 꼼짝없이 살인범으로 몰릴 것이야. 그러니 일단 이 마을에서 나가 더 멀고 안전한 곳으로 옮겨 의원의 치료를 받으면서 사람을 보내 사태를 파악해 보자.”

그러나 의령의 목소리는 결심을 굳힌 듯 단호했다.

“아니오. 저는 집으로 돌아갈 거예요. 이제 선비님도 제자리로 가세요.”

“아직 아무것도 해결된 것이 없는데 그것이 무슨 소리냐?”

유상이 화가 난 듯 날카롭게 물었다.

“이렇게 끝도 없이 도망친다고 문제가 해결되는 것은 아니지요. 제가 나타나지 않는다면 아버지 어머니께 해가 될 것이 뻔합니다.”

“지금 돌아가는 것이 오히려 네 아비에게 더 해가 될 수도 있다는 것은 왜 모르는 것이야!”

유상이 고집스럽게 입을 다물고 있는 의령을 향해 목소리를 높였다.

“나와 함께 한양으로 가자. 한양에 가서 너를 도와줄 사람을 찾으면 될 것이다.”

“그것이 무슨 뜻입니까?”

유상의 제안에 의령이 눈을 크게 떴다.

“제발 의령아, 나와 함께 가자. 너를 이대로 보낼 수는 없다.”

유상의 목소리가 가늘게 떨렸다.

“선비님 말씀은 못 들은 걸로 하겠습니다. 날이 밝는 대로 저는 공주로 가겠으니 선비님은 한양으로 가십시오. 이제 더 이상 저와 함께하시면 안 됩니다.”

"내가 어찌 너를 버리고 혼자 한양으로 갈 수 있단 말이냐?"

"제가 선비님을 따라 한양으로 가면 저는 어찌 되는 것입니까? 제가 할 수 있는 일이 무엇이 있습니까?"

의령이 유상을 똑바로 쳐다보며 물었지만 그는 대답할 말을 찾지 못해 입을 다물었다.

"선비님은 그런 분이에요. 당장의 거짓 약속도 못하시는 사대부이시니까요. 천지가 개벽하지 않는 이상 저는 선비님을 따라 한양으로 갈 수 없어요."

의령의 눈빛이 점점 차갑게 변했다.

"네 말이 맞다. 나는 너에게 거짓 약속을 할 수는 없다. 사대부로 태어난 이상 사대부의 본분을 지키고 가문을 일으켜야 할 책임이 있으니까. 그것을 알지만…, 그렇지만 너를 내 마음에서 지울 수가 없단 말이다. 나도 이런 내 마음을 어찌해야 좋을지 모르겠단 말이다."

유상의 말은 작은 외침이었다. 이렇게라도 자신의 넘치는 마음을 의령에게 전하고 싶었다.

"아니오. 선비님은 그럴 자격이 없어요. 그럴 용기도 없으시고요. 선비님이 서 계시는 그곳에서의 저 윤의령은 인간으로서의 존재가 없어요. 그런 삶은 더 이상 살고 싶지 않아요. 제가 원하는 세상은 두 사람이 평등하게 함께하며 서로를 존중하는 삶이에요."

의령의 말은 비수가 되어 유상의 마음을 어지럽게 흔들었다. 그러나 딱히 반박할 말도 생각나지 않았다.

"그것이 동학에서 말하는 삶이더냐? 그것이 도대체 무엇이란 말이냐?"

유상의 낮은 소리가 안타까운 탄식처럼 흘러나왔다.

"생명의 눈을 통해 지금의 이 모순적인 세상에 의문을 갖는 것이지요. 올바른 것을 찾고 잘못된 것을 바로잡을 용기를 내는 것이지요. 자기 것을 버리고 모두의 것을 얻을 용기를요. 그것이 하나뿐인 목숨을 바쳐야 할지라도요."

의령이 당당하게 내뱉는 말과 눈빛이 유상을 압도해 왔다. 그녀의 말은 그의 마음속 깊이 큰 상처를 냈다. 유상은 이미 주어진 것들을 버릴 자신이 없다. 잘못된 것을 바로잡을 의지가 없다. 사모하는 여인에게 더 가까이 손을 뻗을 용기가 없다. 유상은 더 이상 의령을 잡을 수 없었다. 그들은 한 달 만에 다시 공주로 향했다. 길은 추위로 꽁꽁 얼어붙어 있었다. 유상은 공주에 들어가자 마자 기준에게 사람을 보냈다. 한 달 만에 연락을 받은 기준은 혼비백산하여 유상에게 달려왔다.

"도사 나리, 무탈하게 돌아오셔서 다행입니다. 얼마나 고생이 많으셨습니까?"

"나는 괜찮다. 그보다 세책방 살인 사건의 진범은 잡은 것이냐?"

반가움과 궁금증을 한가득 담은 얼굴로 인사를 하던 기준의 얼굴이 일그러졌다. 기준이 의령을 쳐다보지 못하고 머뭇거리자 의령이 먼저 입을 열었다.

"저희 집에, 아버님께 무슨 일이라도 생긴 것이에요?"

"그것이⋯."

기준이 곤란한 듯 유상을 쳐다보자, 유상이 고개를 끄덕였다.

"낭자의 아버님께서 지금 감영에 잡혀 계십니다."

유상이 하얗게 질려 비틀거리는 의령의 손을 잡았다.

"혹시 오정선이라는 자와는 어떤 사이신지요? 그자가 아버님 투옥에 개입된 것 같습니다."

기준이 뜻밖의 이름을 묻자 의령이 당황한 얼굴로 유상을 돌아보았다. 유상은 정선이라는 이름을 듣는 순간 눈을 감았다.

"역시나 그자의 짓이로구나."

"세책방 살인 사건에 대해 아무런 증좌도 없어서 흐지부지되어 가는 참이었는데 그자의 측근이 세책방에서 급히 나오는 의령 낭자를 봤다고 충청 감사에게 고변을 했다고 합니다. 충청 감사는 낭자 아버님의 재물이 탐난 것이고, 그자는 낭자를 노린 것이 분명합니다. 다행히 지난번 공주에서 모인 동학도들이 아직 해산하지 않고 있어서 조심스러운 분위기입니다."

"제가, 제가 가야 합니다. 오정선이라는 자는 저를 노리는 것입니다. 저만 가면 모든 것이 해결될 것입니다."

의령이 하얗게 질린 얼굴로 서둘러 일어서자 유상이 급하게 막아섰다.

"잠시만 기다려 보아라. 만약 네가 지금 감영으로 간다면 그동안

네 아비가 겪은 고초가 모두 물거품이 되는 것이야. 오정선이 노리는 것도 그것일 테고…. 그러니 일단 일이 돌아가는 상황을 파악하고 시간을 두면서 방법을 찾아보자꾸나. 네 아비가 원하는 것도 그것일 것이야."

"도사님 말씀이 맞습니다. 어렵게 아버님께 연통이 되었는데 절대로 의령 낭자가 감영으로 오지 못하도록 하라는 말씀을 전하셨습니다."

기준의 말에 의령이 절망적인 얼굴로 휘청거리자 유상이 어깨를 잡고 자리에 앉혔다.

"일단 의령 낭자가 지낼 만한 곳을 알아보아라. 나는 공주로 가서 상황을 파악해 보겠다."

유상의 말에 기준이 서둘러 떠나려 하자 의령이 힘없이 말했다.

"저는 그때 갔었던 백정마을 움막으로 가겠어요. 그곳은 사람들이 쉽게 찾아오지 않는 곳이니 다른 곳보다는 숨어 있기 용이해요. 그곳에 가면 도움을 받을 수 있을 거예요."

의령의 말이 끝나자마자 세 사람은 백정마을로 급히 걸음을 옮겼다. 한겨울의 백정마을은 더욱더 춥고 스산하기까지 했다. 유상의 얼굴이 점점 굳어 갔다.

"의령아, 약조해 다오. 절대로 내가 나타나기 전까지 이곳을 떠나면 아니 된다. 어떤 일이 있어도 명심해야 한다. 알겠지?"

유상이 움막으로 내려가려는 의령의 어깨를 붙잡았다. 의령을 바라보는 유상의 눈빛이 간절했다. 의령은 그를 마주 보며 가슴이 철렁 내려앉는 것을 간신히 참고 안심하라는 듯 고개를 크게 끄덕였다.

의령이 움막으로 내려가자 곧이어 사람들이 그녀의 주위로 몰려들었다. 웅성거림이 점점 커지고 의령의 모습이 사람들 속으로 사라지기 전에 그녀가 유상이 있는 쪽으로 고개를 돌렸다. 그 모습을 지켜보다 뒤돌아서는 유상의 눈빛이 서늘하게 가라앉았다.

유상은 곧바로 금영에 들러 사태를 파악하고 본가로 돌아왔다. 본가에서는 한 달 동안이나 아무런 연통이 없다가 갑자기 나타난 유상으로 인해 한바탕 소란이 일었다. 다행인지 불행인지 아버지 이경무는 출타 중이었다.

금영에 붙잡혀 있는 윤상오의 상황은 예상보다 심각했다. 충청 감사 조병식은 의령과 윤상오를 단단히 벼르고 있었다. 빠른 시일 안에 세책방 주인을 죽인 진범이 잡히지 않고 의령도 나타나지 않는다면 윤상오가 받을 고초는 불을 보듯 뻔했다. 윤상오에 대한 경비가 삼엄해서 접근하는 것도 불가능했다.

유상은 감영에서 마주친 정선의 차갑고 비웃음이 가득한 얼굴이 떠올랐다. 그의 표정과 행동은 자신만만했고 유상을 향해 도전적인 미소를 던졌다. 유상은 그럼에도 아무것도 할 수 없었다.

유상은 백정마을에서 초조하게 자신을 기다릴 의령을 생각했다. 의령이 아비의 고초를 모른 척 눈감고 있을 성격이 아니었기에 당장이라도 감영으로 뛰어들지 않을까 염려되어 불안하고 초조했다.

"선비님은 그럴 자격이 없어요. 그럴 용기도 없으시고요."

의령의 말이 유상의 귓가에 맴돌았다.

유상에게는 지금이야말로 큰 용기와 결단이 필요했다. 한시도 머뭇거릴 시간이 없었다. 그는 드디어 결심을 굳히고 지체 없이 기준을 불러 은밀히 지시한 후 아버지 이경무를 기다렸다. 잠시 후 무릎을 꿇고 엎드려 있는 유상을 쳐다보는 이경무의 얼굴이 노기로 시뻘겋게 변했다.

"네가 지금 무슨 말을 하는지 아느냐? 감히 동학 하는 계집을 위해 힘을 써 달란 말이냐?"

"아버님, 살인 누명을 쓰고 있는 여인입니다."

"지금까지 혼인을 미룬 이유가 그 계집 때문이냐? 네가 가문을 욕보이려고 단단히 작정을 했구나."

"이번, 한 번만 살펴 주십시오. 그 이후는 아버님 뜻에 따르겠습니다."

"이런 못난 놈을 보았나. 계집을 품으려면 얼마든지 품어라. 먼저 양갓집 규수와 혼인을 하고 후에 소실로 들이면 될 것이다. 그런데 동학도로도 모자라 살인범인 계집을 도와 달라고 네 자신을 내던지는 것이 제정신으로 하는 소리란 말이더냐?"

"그 아이는 살인범이 아닙니다. 세책방 주인이 죽은 날 저와 함께 있었습니다. 만약 그 아이가 범인으로 몰린다면 저는 그대로 증언할 것입니다."

노여움에 얼굴이 하얗게 질린 이경무를 바라보며 유상은 물러서지 않았다.

"네가 정녕 미친 게로구나. 조상님들이 어떻게 일으키고 지킨 가문인데 네놈이 망치게 놔둘 것 같으냐?"

"아버님, 지금껏 정학이라 알고 있는 유학을, 성인들의 글만을 읽으며 그 가르침대로 살아야 한다고 배웠습니다. 그러나 세상은 달랐습니다. 말과 행동이 다른 자를 어찌 글을 읽는 사대부라 할 수 있습니까? 유학이건 동학이건 사람의 목숨을 귀하게 여기지 않는다면 금수와 다른 것이 무엇이겠습니까? 그녀는 살인범이 아닙니다. 그런데 어찌 모른 척하란 말씀입니까?"

분노한 이경무는 유상이 고집을 꺾지 않을 것을 알자 머릿속이 혼란스러웠다. 어쩌면 지금이야말로 유상의 모든 것을 제자리로 돌려놓을 기회라는 생각이 들었다.

"네가 원하는 대로 해도 너는 그 계집을 얻을 수 없다. 아니 살아생전에는 만나지 못한다. 그래도 좋으냐?"

이경무의 입에서 서늘하고 매정한 목소리가 흘러나왔다. 순간 무릎을 꿇고 있던 유상의 곧은 등이 움찔했다. 그리고는 서서히 몸을 일으켜 이경무를 쳐다보았다. 그러나 유상의 검고 깊게 일렁이는 눈빛은 고요하고 맑았다.

"예. 괜찮습니다. 살려만 주신다면…."

"못난 놈…."

유상의 망설임 없는 대답에 이경무가 신음과도 같은 한마디를 내뱉었다. 이경무가 잠시 숨을 고른 뒤 유상을 향해 말했다.

"이 자리에서 약조를 해라. 곧 가문에서 정하는 규수와 혼인을 해라. 그리고 지금 즉시 한양으로 올라가 업무에 복귀해라. 내가 손을 다 써 놓을 것이야. 무엇보다 이 시간 이후로 죽기 전에는 아니, 죽은 후에도 그 계집을 만나서도 연락을 해서도 아니 된다. 내가 허락하기 전에는 공주로 내려올 생각조차 하지 말거라. 그리할 수 있겠느냐?"

이경무의 말이 끝나자마자 곧바로 유상의 대답이 흘러나왔다.

"약조하겠습니다. 그리하겠습니다."

유상은 이경무에게 무릎을 꿇고 엎드린 채 오랫동안 고개를 숙이고 있었다. 유상의 엎드린 등이 가늘게 떨렸다.

윤영기는 무표정하게 자신을 응시하는 정선을 향해 안절부절못했다. 항상 웃는 표정이던 정선이 오늘은 처음부터 웃음기 가신 얼굴이어서 더욱더 가시방석이다.

"일이 이렇게 틀어질 줄 감사 영감도 몰랐다네. 의금부에서 사람이 내려와서는 살해범이 김문경에게 돈을 강탈하려다가 죽이고선 한양으로 도망쳐 왔다며 죄를 털어놓고, 감옥에서 자진을 했다고 일을 처리해 버렸으니 어떻게 손을 쓸 새도 없었다네. 더구나 감사 영감의 비리를 조사할 수도 있다고 겁박을 했으니 뭐라고 대응할 방법이 없었단 말이네."

"알고 있습니다. 저도 일이 이렇게 돼서 유감입니다. 그저 감사 영감을 도와 드리려 한 것이니 너무 마음 쓰지 말라고 전해 주십시오."

정선이 금세 표정을 풀고 그를 향해 부드러운 미소를 지었다.

"궁금해서 그러니 한 가지만 묻겠습니다. 누가 일을 꾸민 겁니까?"

정선이 낮은 목소리로 윤영기에게 물었다. 그러나 여전히 얼굴 가득 웃음을 띤 채였다.

"그것을 알 수가 없다네. 감사 영감도 궁금해하지만 어쩌겠나. 한양에서 이 일을 먼저 알았을 리는 없고, 어째서 그놈은 한양까지 가서 죄를 털어놓고 게다가 또 자진을 했다는 건지…. 허헛 참…."

윤영기가 정선의 눈길을 피한 채 헛웃음을 터트렸다.

"감영이 조용해지면 기방에서 크게 자리를 마련하겠습니다. 요즘 감사 영감이 자주 찾는 아이가 공주옥의 춘월이라면서요. 그곳에 미리 기별을 해 놓고 있겠습니다."

"자네가 그리 생각해 준다니 정말 다행이네. 감사 영감께 그리 전하겠네."

윤영기가 한결 홀가분해진 표정으로 부리나케 방을 나가자 정선의 입매가 서서히 굳어졌다. 정선은 의령을 거의 손에 넣었다고 생각했다. 의령이 공주에 나타났다는 기별을 받고 손을 쓰기 직전이었다. 손만 뻗으면 되는 것을 코앞에서 놓친 것이 분하고 억울하지만 지금은 한 발 물러설 때였다. 기다리는 자에게는 언젠가 기회는 올 것이다. 정선은 입을 앙다물었다.

의령은 알 수 없는 불안감으로 숨 쉴 수가 없었다. 상황은 생각보다 급박하게 돌아갔다.

백정마을에 들어간 지 사흘 만에 찾아온 기준은 윤상오가 무사히 풀려났고 일도 잘 해결되었으니 집으로 돌아가도 좋다는 말만 남긴 채 떠났다. 의령이 유상의 안부를 물을 새도 없었다. 유상은 자신이 돌아오면 떠나라고 말했지만, 의령이 그곳을 떠나기 직전까지도 그는 끝내 나타나지 않았다.

기준이 떠나고 의령이 안절부절못하고 있는데 초하루 장날을 맞아 장에 갔던 아이들이 돌아왔다.

"의령 누님, 세책방 아저씨를 죽인 범인이 잡혔는데 자진을 했다네요. 그리고 금영에 동학도들이 다시 모였어요. 지난번처럼 이번에도 굉장했어요. 사람들이 천 명인가 만 명인가 모였다고 난리예요. 그치? 어? 그런데, 의령 누님, 어디 가요?"

의령은 아이들의 말이 끝나기도 전에 봇짐을 안아 들었다. 의령은 사흘 내내 자신의 곁을 떠나지 않았던 간난이를 향해 몸을 숙였다. 간난이는 그동안 어미를 잃고 시름시름 앓고 있던 차였다.

"간난아, 나는 집으로 돌아갈 것이야. 급한 일만 해결하면 너를 꼭 만나러 올 것이니 조금만 참고 기다려야 한다. 그리고 충식이 성 오면 다음에 다시 연통한다고 전해 주어라."

불안한 얼굴로 의령의 옷깃을 꼭 쥐고 있는 간난이를 억지로 떼어 낸 후 의령은 백정마을을 벗어났다. 의령이 정신없이 뛰다시피 하여 집에 도착했을 때 윤상오는 이미 감영에서 풀려나 집에 돌아와 있었다. 고초를 겪어 초췌했지만 예상외로 표정은 담담했다. 눈물로 얼룩진 채로 들이닥친 의령의 얼굴이 오히려 더 아파 보였다. 의령은 말 없이 윤상오의 품에 안겨 울음을 토해 냈다. 배씨 부인의 기쁨에 겨운 외침도 그 울음소리에 묻혔다. 윤상오의 집은 한동안 울음바다를 이루었다. 안도와 애절함이 묻어나는 시간이었다.

"모든 게 저 때문입니다. 죄송해요. 아버지, 어머니⋯."

의령은 자책감과 안도감이 밀려들어 울음을 주체하지 못하였다. 윤상오와 배씨 부인이 그런 의령의 등을 토닥거려 주었다.

"그런 소리 말아라. 우린 너를 믿었기에 지금까지 기다리고 견딘 것이야. 우리가 하는 것이 옳은 것이기에 그 길을 가는 것과 같다. 기도하고 수련하고 실천하는 것이 지금 우리가 할 수 있는 일인 것처럼 너를 믿고, 너를 위하여 고초를 견디는 것이 옳은 것이기 때문이다. 네가 곧 나고, 난 언제나 너와 함께 있다. 네가 무사하기만 하다면, 나도 언제 어디에 있든 무사한 것이다. 지금까지도 그러했고, 앞으로도 그럴 것이니라. 알겠느냐?"

윤상오의 말에 의령이 고개를 끄덕였다.

"저어, 그런데, 어떻게 된 일인지⋯. 갑자기 풀려난 이유가 궁금해요. 저에 대한 살인죄의 누명도 풀렸다고 하고⋯. 범인이 잡혔는데 자진을 했다고 하고. 도인들이 금영에 다시 모였다는 것이 또 무슨 소리입니까?"

묻는 의령의 목소리가 조심스러웠다. 사실은 유상에 대해 묻고 싶었지만 차마 묻지 못했다.

윤상오가 한숨을 길게 내쉬고 의령을 쳐다보았다.

"나도 자세한 내막은 잘 모른단다. 그저 이유상 도사가 중간에 손을 썼다는 것만을 눈치챘을 뿐이야. 그러나 오늘의 동학 집회는 미리 예정되어 있었던 것이다. 내가 갇혀 있어서 그런 것만은 아니다. 지난번 충청 감사가 내린 감결이 제대로 지켜지지 않았을 뿐 아니라 오히려 전보다 더 도인들을 괴롭히고 있어서 다시 한 번 결집하여 세를 과시해야 한다는 의견도 많았고, 아직 지난번 집회 때 모였던 도인들도 다 흩어지지 않은 상황이었으니 모이기가 더 쉬웠던 것도 있었지. 동학도가 다시 모인다면 충청 감사가 겁을 먹을 것이라고 생각은 했었다. 그 사이 진범을 잡으려 이리저리 애를 쓰고 있었고. 그러나 일이 이렇게 쉽게 풀릴 줄은 예상하지 못한 것이지. 진범이 자백을 하고 바로 자진을 했다고 하면서도 내막을 아는 자가 없더구나. 그것도 뭔가 석연치가 않다만 누구한테 물어볼 수도 없는 일이고…. 그러나 충청 감사에 대한 원망이 조정에 까지 흘러가고 있는 것 같으니 누군가 조병식을 겁박해서 일을 해결한 것으로 보인다."

누군가 의도적으로 충청 감사에게 압력을 넣은 것이 분명했고 그럴만한 사람은 유상밖에 없었다. 잠시 침묵이 흐른 뒤 의령이 아무 말 없이 불안한 눈으로 윤상오를 쳐다보자 조심스럽게 다음 말을 이었다.

"준환이 임기준이라는 사람과 연통을 한다고 하여 알아보았더니 이 도사는 벌써 한양으로 올라갔다고 하더구나."

윤상오의 말에 의령은 자신도 모르게 눈을 감았다. 다음 날 기준은 의령을 찾아와서 유상이 전해 주라는 짧은 서찰을 남기고 돌아갔다.

'같은 하늘을 바라보기 위해 처음으로 용기를 냈다. 다음 생에는 네가 바라는 세상에서 꼭 다시 만나자. 그때는 네가 나를 구원해 다오.'

의령은 그 자리에 주저앉아 한동안 일어나지 못했다. 유상을 다시 볼 수 없다는 불안감은 곧 헤아릴 수 없는 깊은 절망감으로 변했다.

10장/ 1894년 공주

갑오년(1894) 봄. 유상은 의령을 보지 못하고 또 한 해를 보냈다.

임진년(1892) 겨울 이후 처음으로 마주 보는 기준이다. 유상은 의령과 함께 공주의 모든 것들에게서 눈을 돌렸다. 기준도 마찬가지였다. 그러나 아무리 눈을 감고 귀를 막으려 해도 공주, 곧 의령과 관련된 것들로부터 멀어질 수 없었다.

지금의 유상과 기준은 민란의 수괴자와 그를 잡아야 하는 입장으로 마주 보고 있다. 유상은 수족처럼 따르던 기준의 우직한 눈빛을 낯설게 바라보았다.

둘은 한동안 서로 얼굴을 마주 본 채 섣불리 입을 열지 못했다.

이윽고 유상이 먼저 입을 열었다.

"동학당의 대접주가 되었다고 들었다."

"그렇습니다. 공주의 동학 접주 임기준입니다. 오랜만에 뵙습니다, 도사 나리."

"너와 내가 이렇게 만날 줄은 꿈에도 생각지 못했다. 불과 두 해도 지나지 않았는데 너무 많은 것들이 변했구나."

유상의 입에서 한숨 같은 탄식이 흘러나왔다.

"모든 것이 도사 나리 덕분입니다. 저를 이렇게 변하게 만드셨습니다."

"그게 무슨 말이냐?"

유상은 기준의 예상치 못한 대답에 미간을 찡그렸다.

"도사 나리는 5년 전 제가 금영의 비장으로 있을 때 영장의 비리에 항의하다 뭇매를 맞아 다 죽어 가는 저를 구해 주셨습니다. 또한 동학을 접하게 된 것도 의령 낭자를 만난 후이니 도사 나리와의 인연으로 그리된 것입니다."

"우연히 그곳을 지나가다 너를 본 것일 뿐 의도한 것은 아니다. 너나 그 아이나 모두 내가 구해 주어서 살았다고 말하지만 그것은 그저 우연일 뿐이다.

유상이 굳은 목소리로 선을 긋듯 말했다.

"……."

"나에게 아무것도 빚진 것이 없다는 말이다. 지금의 너는 오로지 너의 의지와 선택으로 그리된 것이다."

"의령 낭자…."

"아니, 그만…."

기준이 주저하듯 조심스럽게 그 이름을 꺼내자 유상이 다급히 말을 막았다. 그 목소리에 그리움과 안타까움이 함께 묻어났다. 기준은 그 마음이 절절하게 다가와 나머지 말을 입속으로 삼켰다.

"… 저를 은밀히 보자고 하신 연유가 무엇입니까?"

오랫동안 잊은 듯 살다가 유상이 자신을 찾아온 연유가 궁금할 터였다.

"지금 전주성을 점령하고 있는 전봉준이라는 자는 누구이더냐? 그자가 동학 도인이라는 말이 사실이냐? 너희들이 끝내는 역모를 꾀하여 나라를 뒤엎으려는 것이냐?"

유상의 목소리가 날카롭게 변했다. 그러나 정작, 기준에게 무엇을 확인하고자 하는지 스스로도 명확치가 않았다.

"3월에 동학군은 무장에서 포고문을 발표했습니다. 포고문 중에 이런 대목이 있습니다. '백성은 나라의 근본이다. 근본이 깎이면 나라가 잔약해지는 것은 뻔한 일이다. 그런데도 보국안민의 계책은 염두에 두지 않고 바깥으로는 고향 집을 화려하게 지어 제 살길에만 골몰하면서 녹위만을 도둑질하니 어찌 옳게 되겠는가? …."

기준은 매섭게 치뜨며 불편해하는 빛이 역력한 유상의 눈을 피하지 않고 뼛속 깊이 새겨진 포고문을 읊조렸다.

"… 우리 무리는 비록 초야의 유민이나 임금의 토지를 갈아 먹고 임금이 주는 옷을 입으면서 망해 가는 꼴을 좌시할 수 없어서 온 나라 사람들이 마음을 함께하고 억조창생이 의논을 모아 지금 의로운 깃발을 들어 보국안민을 생사의 맹세로 삼노라. 오늘의 광경이 비록 놀랄 일이겠으나 결코 두려워하지 말고 각기 생업에 편안히 종사하면서 함께 태평세월을 축수하고 모두 임금의 교화를 누리면 천만다행이겠노라."

"……."

기준이 마치 현장에서 포고문을 읽듯이 힘주어 외기를 마치자 한동안 둘 사이에 침묵이 흘렀다. 잠시 기준이 다시 입을 열었다.

"정월에 고부 군수 조병갑의 잔악한 학정에 못 견디어 백성들이 봉기를 일으켰지만 후임 군수 박원명의 설득에 의해 해산했습니다. 그러나 한 달 후에 당도한 안핵사 이용태에 의해 약속은 파기되고 동학도들을 조사한다는 명분으로 극심한 탄압을 자행하자 흩어졌던 도인들이 다시 모여 무장에서 재봉기를 한 것입니다. 그것은 역모가 아닙니다. 죽지 않고 살기 위한 최후의 방편입니다."

기준은 그 후에 알게 된 바로, 고부와 무장의 기포가 아니더라도 공주와 삼례, 광화문과 보은에서의 상소운동과는 차원이 다른 대규모 항쟁이 해월 선생 쪽에서 진즉부터 준비되고 있었다는 말은 빼 놓았다. 어느 쪽에서든 불씨만 당겨지면 들불처럼 타오를 준비가 되어 있던 것이 동학도들이었기 때문이다. 공주에서 의송을 제출한 이래로 지난 2년 동안, 동학도들은 이번에야말로 동학에 대한 토색과 탄압을 중지시키고, 나아가 수운 대선생의 비원이던 보국안민의 대업을 이루어야 한다는 데까지 의론이 모아지던 참이었다. 그 마른 장작 같은 동학도들에게 기름을 끼얹은 것이 조병갑이고 이용태였다.

"너희들은 학정에 못 견뎌 일으킨 봉기라고 하지만 관아로 쳐들어가 무기를 빼앗고 성을 점령하고 사람을 해치는 것은 극악무도한 역모로 용서받지 못할 죄인이다. 이미 조정에서는 사태가 심상치 않다고 여겨 청나라에 원군을 요청하려고 한다. 일본의 동향도 예사롭지 않다. 이것이 너희들이 작변한 결과가 아니라 할 테냐. 나라를 위태롭게 만드는 행위가 역모요 반역이 아니면 무엇이냐?"

"역모라니요? 당치 않습니다. 가렴주구로 시달리는 백성들이 원하는 것은 한가지입니다. 토색질을 일삼는 탐관오리를 처벌해 달라는 것이 어찌 역모입니까? 백성들의 원성을 듣고 제대로 해결할 생각은 안 하고 남의 나라에 제 나라 백성을 잡아 달라고 하는 것이 올바른 일입니까? 자식이 죽을 만큼 힘들다고 하면 그 연유를 묻고 그것을 해결해 주면 되는 일을 이웃집 힘센 자에게 제 자식을 무조건 때려 달라고 요구하는 격이 아닙니까?"

기준의 말은 막힘이 없이 당당했다. 유상은 기준의 한결같은 주장에 일순 말문이 막혔다.

그러나 유상에게는 여전히 의문이었다.

"지난 3월 14일 네가 이끄는 동학도 700명이 궁원(운궁리)에 모여 한다리(대교리)에 가서 유림들의 유회를 파훼하고 16일에야 해산하였다. 그보다 이틀 전인 12일에 금산에서도 봉기가 일어났고, 4월 6일 전봉준이란 자가 황토현에서 관군과 싸울 때 공주 이인역 일대에도 약 5, 6천 명이 진을 치고 있었다. 이것은 동학도인 너희들이 일정한 연락 체계를 가지고 움직이고 있다는 증거가 아니냐? 지역을 넘어서지 않는 것은 민란으로 처리하지만 만약 전국의 동학도들을 이용하여 한꺼번에 일어난다면 이것이야말로 역모가 되는 것이다. 알겠느냐? 너희들이 얼마나 위험한 일을 벌이고 있는지 아느냐 말이다. 동학이 너희 교조의 신원을 해 달라고 요구하는 범위를 넘어서 나라를 위태롭게 만들고 있다고 생각하지 않느냐?"

"동학이건 유학이건 그 근본이 되는 것은 백성들의 마음, 즉 민본입니다. 동학은 결코 유학과 배치되는 학문이 아닙니다. 유학이 실현하지 못한 것을 동학이 보완하자는 것입니다. 지금 우리가 요구하는 것은 조병식, 조병갑 같이 가렴주구를 일삼는 탐관오리들을 벌하고 제대로 된 정치를 해 달라는 것입니다. 일본과 서양 세력의 불법적인 행동들을 막고 나라를 튼튼하게 지키자고 하는 일이 왜 사도로 몰려야 합니까? 지난번 한다리에서 열리던 유회를 파훼한 일은 나라와 백성보다 자기들이 가지고 있는 기득권을 내려놓지 않으려는 세력을 해산시킨 것입니다. 유림을 자처하는 자들의 이기적인 행동이 오히려 나라를 위태롭게 하고 있습니다."

유상은 기준이 동학에 입도한 이유를 알 것 같았다. 아마도 의령과 같은 이유일 것이다.

"충청 감사가 조정에 공주 이하 지방은 나라의 소유가 아니라고 보고했다. 이러니 조정에서는 충청도와 전라도의 변란을 예의 주시하고 있는 실정이다. 그뿐만 아니라 동학을 난의 주동자로 파악하고 있다. 모든 눈들이 공주를 향하고 있으니, 경거망동하지 마라. 너도 그러하고, 그 아이도…."

유상이 공주로 기준을 찾아온 목적은 이것이었다. 유상은 차마 입밖으로 소리 내어 의령의 이름을 부르지도 못했다. 하지만 시시각각 다가오는 위험으로부터 그녀가 조금이나마 멀어지게 하고 싶어 발걸음을 한 것이다.

"무엇을 걱정하시는지 압니다. 그러나 그것이 선택의 문제는 아니지요. 도사 나리께서 행한 한 번의 용기로 여러 사람이 목숨을 구했습니다. 그분들이 그리 건진 목숨으로 자기의 안락만을 도모하려 하겠습니까?"

유상은 부질없는 것임을 알면서도 달려올 수밖에 없었다. 그래서 더 안타까웠다.

"나를 만났다는 말은 전하지 마라. 이런 부질없는 관심이 그 아이를 더 힘들게 할 것이다."

유상이 기준을 향해 힘겹게 내뱉는 말은 자신에게 다짐하는 말로 들렸다.

"더 큰 용기를 낼 의향은 없으십니까? 무엇을 더 망설이시는 겁니까?"

기준이 망설이다 조심스럽게 입을 열었다. 유상이 굳은 얼굴로 고개를 저었다. 기준은 혼란스러움이 가득 담긴 유상의 얼굴을 안타깝게 바라보았다.

"상화야! 어디 있니? 상화야!"

의령은 상화를 찾아 집 안을 돌아다녔다.

의령은 상화를 찾아다니다 문득 멈춰 서서 하늘을 올려다보았다.

하늘은 맑았다. 푸른 쪽빛을 뿌려 놓은 듯 푸르른 하늘에 하얀 구름들이 가늘게 흩어졌다.

누구에게나 열려 있는 하늘, 누구에게나 공평한 하늘을 올려다보면 울렁이던 마음이 잠잠해졌다.

갑오년(1894). 백정마을의 움막에 살던 간난이가 윤상오의 집에 양녀로 들어와 윤상화가 된 것은 유상이 한양으로 올라간 직후였다. 의령이 갑작스럽게 백정마을로 피신했을 때, 간난이의 어미는 이미 숨을 거둔 뒤였다. 의원이 다녀갔지만, 손을 써 볼 엄두조차 내지 못하고 죽을 날만 기다리던 처지였다. 움막 사람들이 나서서 조촐하게 장례를 치렀지만 어미를 잃은 충격으로 간난이는 시름시름 앓는 중이었다. 그러나 갑작스럽게 나타난 의령에게 매달려 한시도 떨어지지 않았고 세책방 살인 사건의 진범이 잡혔다는 기별을 받고 집으로 달려오기 전 간신히 떼어 놓고 온 후로 간난이가 눈에 밟혀 편히 있을 수가 없었다.

의령은 그날 이후 거의 매일 간난이를 보러 백정마을에 갔고 그 사실을 알게 된 윤상오와 배씨 부인은 고심 끝에 간난이를 의령의 동생으로 맞아들였다.

상화는 한동안 어미 생각에 밤마다 놀라 깨거나 오줌을 지렸다. 배씨 부인과 의령은 그런 상화를 지성으로 껴안았다. 시간이 지나면서 상화는 차츰 얼굴의 그늘을 지워 갔다. 겨울이 지나고 봄이 올 무렵, 상화는 예전의 그 천진난만하고 호기심 많은 아이로 돌아갔다. 천방지축인 상화를 찾아 집 안팎을 뒤지는 것이 의령의 주요 일과 중 하나가 되었다. 의령은 아픈 과거를 벗어던지며 밝은 얼굴을 되찾아가는 상화를 보며 더없는 위안을 얻었다.

'그래, 밝게 자라거라. 네 웃음이 이 세상에 가득 차도록 밝게 웃으며 자라거라. 그리되도록, 내 온 힘을 다할 것이니….'

그것이 의령의 일상 심고가 되었다.

"의령 낭자!"

상화를 찾다가 생각에 잠긴 의령이, 낯익은 목소리에 고개를 돌리자 임기준 접주가 상화의 손을 잡고 서 있었다.

"임 접주님! 상화야!"

"성님, 동구 밖에 놀러갔는데, 아저씨를 만났어요."

"이런…, 고뿔이 나을 때까지만이라도 집에 있으라고 그리 일렀건만…."

"아마도, 만만찮은 여장부로 자라날 겁니다. 하하."

기준이 웃으며 말했다.

"어서 오십시오 임 접주님. 그렇잖아도 기다리고 계십니다."

의령은 상화를 사랑채로 보내고 기준을 윤상오에게 안내했다. 급박하게 돌아가는 정세에 관하여 긴한 의논을 하기로 약조한 날이었다.

이유상이 예견한 대로 조정에서 청국군에게 동학군의 진압을 요청하자, 기다렸다는 듯이 일본군이 대규모 병력으로 한양을 장악하고 내정을 간섭하기 시작하였다. 청국군은 전주에서 관군과 동학군이 화약하였으므로 양국군이 모두 철수하자고 제의하였으나 일본군은 도리어 이번 기회에 조선의 내정을 함께 개혁하자고 나섰다. 이는 명백한 도발이었다. 적어도 지금껏 조선에서 기득권을 누리고 있는 것은 청나라였다. 청나라가 이를 거부하자 일본군은 기다렸다는 듯이 경복궁을 침탈하고, 해상과 육지에서 청국군에게 대대적인 도발을 감행했다. 애꿎은 조선 땅에서 남의 나라 군대의 포격전이 벌어지고, 그 피해는 고스란히 조선 백성들에게 돌아왔다.

기준과 마주 앉은 윤상오와 장준환 사이에 긴장감이 감돌았다. 의령은 말없이 세 사람을 지켜보았다.

"한양에 주둔하고 있던 일본군 군대가 불법으로 경복궁을 침탈하여 임금을 위협하고 대원군을 내세웠다고 합니다. 그뿐만 아니라 청군과 일본 군대가 아산의 풍도에서 붙었는데 청나라가 참패했답니다. 청나라를 일거에 제압한 것으로 보아 일본군의 힘이 만만하지 않은 것 같은데 지금 이 땅에서 몰아내지 않는다면 큰 화를 당할 것입니다. 전국의 도인들이 들썩이고 있는데 저희도 가만히 있지는 않을 것입니다."

기준이 전해 준 말에 모두들 깜짝 놀랐다.

"일본군에게 패한 청나라 병사들이 공주로 피신하여 들어왔다가 연기, 청주 쪽으로 도주했다고 하오. 청나라군이 패했다는 소문이 파다하긴 했지만 모두들 긴가민가했는데 사실이었군요."

윤상오가 신음하듯 말했다.

"전주에서 화약을 맺고 집강소를 통치하던 전봉준 대장도 이런 사태를 우려했던 것인데 일이 이렇게 진행되는군요."

장준환이 이마를 찡그린 채 기준을 쳐다보았다.

"청군이나 일본군에게 빌미를 주지 않기 위해 서둘러 화약을 맺은 것인데 일이 돌아가는 모양새가 어쩐지 이상하네요. 일본군에게 왕궁을 빼앗기고 임금이 위협당하고 있다는 것은 나라를 빼앗겼다는 말이 아닙니까?"

의령도 우려스러운 마음을 내비쳤다.

"예. 맞습니다. 분명히 나라를 빼앗긴 것입니다. 그동안 우리가 우려했던 일이 일어났습니다. 지금이야말로 척왜양창의, 나라를 위해 의병을 일으킬 때입니다."

기준의 목소리가 그 어느 때보다 강경했다.

"곧 이인에 도회소를 설치하여 집강소 활동을 할 예정입니다. 지금은 각 접 중심의 개별적인 활동을 접고 힘을 모을 때입니다. 공주는 이미 봉기의 움직임이 무르익었다고 판단됩니다. 곧 전국적인 거사가 될 것입니다. 이대로 가만히 앉아서 나라를 빼앗기지는 않을 것입니다."

장준환이 기준의 의견에 덧붙였다.

"그러나 의병을 일으키는 일은 많은 준비와 시간이 필요합니다. 아직 벼가 익지 않았고 추수기도 넘겨야 많은 사람들이 동조할 것입니다."

의령이 조심스럽게 의견을 더하자 윤상오가 덧붙였다.

"의령이 말이 맞소. 급할수록 신중하게 결정해야 하오."

"모든 것은 때가 있는 것입니다. 그 적절한 시기를 놓치면 호미로 막을 것을 가래로도 막지 못할 사태가 옵니다."

기준이 더욱 강경하게 밀어붙였다.

"해월 선생도 이 상황을 어떻게 대처해야 하는지 고민을 하실 것이오. 들쭉날쭉 움직이는 것보다는 한꺼번에 힘을 모으는 것이 중요합니다. 차분히 준비하면서 기다려 봅시다."

윤상오가 두 사람을 진정시켰다.

"저는 부여, 광천 등 공주 인근 지역을 돌아다니며 뜻을 같이하는 자들을 모아 봉기를 준비하겠습니다."

장준환이 말했다.

"이미 이인 역에 도인들이 모이고 있습니다. 저도 이인 반송의 김필수 접주와 만나 의논해 보겠습니다. 그러나 도인들의 의견을 따라야 하니 앞으로의 사태는 어찌 될지 장담할 수 없습니다."

기준의 말에 윤상오가 불안한 시선을 감추지 못했다.

"저도 여인들을 모아 보겠습니다. 남정네들처럼 앞에 나가 싸울 수는 없어도 뒤에서 많은 일손이 필요할 거예요."

의령의 말에 모두들 말없이 고개를 끄덕였다.

"이 도사, 이 도사, 이 사람 또 넋 놓고 하늘 쳐다보고 있구먼. 지금 때가 어느 땐데 하늘이나 쳐다보고 있는 건가?"

김도현이 멍하니 하늘을 올려다보는 유상에게 다가와 어깨를 쳤다. 유상이 쓴웃음을 지었다. 그러고는 주위를 살핀 후 조심스럽게 입을 떼었다.

"그래 대원군은 대체 어찌하려는 건가?"

"아무래도 동비들을 이용하려는 모양일세. 일본 쪽에서 김홍집 등을 내세워 연일 일본군의 동비 토벌을 용인해 달라는 요청을 하고 있지만, 승인을 차일피일 미루고 있는 것이, 어떻게든 시간을 끌자는 계획인 것이지. 그러다가 평양에 있는 청군과 삼남 아래에서 올라오는 동비들을 이용해 일본군을 몰아내려는 것이야."

"그것이…, 실현 가능한 일이란 말인가?"

"어찌 청국과 동학도들만 믿겠는가? 러시아나 다른 외세들끼리 조선 내에서 서로를 견제하도록 만들거나 유림들이 들고 일어나도록 하는 방안 등도 모색하고 있다네."

"대원군이 이 기회에 정권을 다시 장악해 이준용 대감에게 왕위를 물려주려는 속셈은 아닌가?"

유상의 목소리가 싸늘하게 식었다.

"물론 그런 이유도 있겠지만 왜놈들이 장악한 나라를 되찾기 위한 큰 명분만 하겠나?"

김도현은 이미 그 부분에 대한 고민이 끝난 것 같았다.

"대원군과 동학도들 사이에 끈이 있단 말인가?"

"계사년(1893) 2월 초에 광화문 앞에서 복합 상소할 때 붙잡혀 있었던 동비들을 은밀히 만나고 줄을 만들어 둔 모양이야. 그렇지 않아도 공주의 임기준이라는 동비 괴수와 접촉을 하려는 모양인데 공주 쪽의 인물이라면, 혹시 자네가 아는 자는 아닌가?"

임기준이라는 이름에 유상이 흠칫 놀라자 김도현이 고개를 끄덕였다.

"역시 아는 자였군. 자네가 연결을 해 주면 좋겠는데 안 되겠나?"

"내가?"

유상이 주저하는 빛이 역력하자 김도현이 바짝 다가붙었다.

"지금 나라 형편이 예사롭지 않다는 것은 잘 알고 있지 않은가? 왜놈들이 임금을 위협해서 친일 내각을 세웠네. 게다가 청국에는 선전 포고를 하고 전쟁을 시작했네. 이제 조선의 운명은 일본의 손에 내맡겨졌네. 이게 무슨 뜻인지 정녕 모르는가? 망국이네, 망국이야. 어찌 이런 일이 있을 수가 있단 말인가? 아무리 임금이 무능하고 민 중전과 그 일당들의 행태가 도를 넘었다고 해도 그것은 우리 조선에서 해결할 일이지 감히 왜놈들이 간섭할 일이 아니란 말이지. 우리도 무엇인가 해야 하지 않겠나?"

유상이 한양에 올라와 업무에 복귀하자마자 조선의 정세는 급격한 전란의 소용돌이 속으로 빠져들어 갔다. 계사년 봄에는 광화문전에 동학도들이 나타나 사흘 동안이나 복합하여 상소를 올렸으나 임금은 겨우 해산을 종용하는 말만 전하였다. 그 즈음에 시내 곳곳에는 외국의 상인과 선교사들의 철퇴를 요구하는 패서가 나붙어 민심이 흉흉해졌다. 한양 도성은 일본군과 청국군이 하루도 잠잠할 사이 없이 대열을 지어 오가며 세력을 과시하였고, 시시각각 상권을 침탈해 들어오는 왜상과 청상들의 위협에 조선 상인들은 아우성이었다.

해가 바뀌어 갑오년이 되자 드디어 전라도에서 동학도들이 무장봉기를 하여 전라도 관군은 물론 서울에서 내려간 경병까지 격파하고 전라도의 수부이자 태조의 어전을 모신 경기전이 있는 전주성을 점령했다.

유상이 기를 쓰고 모든 것에서 한발 물러나 있었지만 누군가 의도적으로 혼란한 상황에 맞서도록 등을 떠미는 것 같았다.

"시간이 없다네. 우물쭈물하는 사이에 이 나라는 돌이킬 수 없는 나락으로 떨어지고 말 걸세."

"그런 일이라면, 조 도사가 제격이 아닌가!"

유상이 즉답을 회피하며 대원군의 측근인 조민호를 끌어들였다.

"그렇잖아도, 지금 조 도사는 전주에 전봉준이라는 자를 만나러 갔다네. 그 왜 3월에 무장에서 포고문을 내걸고 전주성을 점령한 동비 대장 말일세. 전라도 쪽에는 꽤 많은 수의 동비 괴수들이 있다고 하더군."

"그럼 대원군이 전봉준이라는 자와도 끈이 있단 말인가?"

"사실인지 아닌지 모르지만 전봉준이란 자가 대원군의 식객으로 있었다는 소문이 돌더군."

대원군을 거론하는 김도현의 얼굴에 화색이 돌았다. 그 모습에 유상은 자신도 모르게 쐐기를 박듯 쏘아붙였다.

"아무리 대원군의 밀사라고 해도 전봉준이나 동학도들이 그렇게 호락호락 이쪽의 의도대로 따라 주지 않을 수도 있네. 대원군이 동학도들을 어떻게 파악하고 있는지 모르겠지만 절대로 만만하게 볼 자들이 아니란 말일세. 그자들은 자신들의 확고한 의지가 아니면 한 발자국도 움직이지 않는 사람들이라네. 적어도 내가 만난 동학도들은 말일세."

유상은 말을 마치자마자 스스로도 자신의 입에서 나온 말이 믿어지지 않아 도망치듯이 자리를 떴다. 김도현의 의아한 시선이 뒤에서 따갑게 따라왔다.

의령이 오랜만에 변복 차림으로 문 밖을 나서 장터로 향했다. 장날의 저잣거리는 여느 때와 같이 사람들의 발걸음으로 분주했다.

의령은 굳게 닫힌 문을 바라보며 서 있었다. 그녀가 세책방에 온 것은 살인 사건이 난 후 처음이었다.

김문경의 세책방은 그가 죽은 이후부터 굳게 닫혀 있다고 했다.

저잣거리의 끝 쪽에 위치해 있었고 살인 사건까지 난 장소라 사람들이 꺼린 탓이다.

외진 곳에다 사람들의 발길마저 끊겨 장날의 북적거림이 빗겨 간 세책방 앞은 한적하다 못해 적막감마저 감돌았다.

의령은 가만히 눈을 감았다. 지난 일들이 주마등처럼 스쳐 지나갔다.

윤상오를 따라 처음 왔을 때부터 어두컴컴한 이곳에 이유도 없이 단박에 마음을 빼앗겼다. 오래된 종이와 묵향 냄새가 코끝을 맴돌았고 성연과 성민, 그리고 아이들의 웃음 띤 얼굴이 떠올랐다. 그리고 마지막으로 피를 쏟고 죽어 간 김문경이 그곳에 있었다.

의령은 그날 자신이 김문경을 찾아가지 않았다면 어떻게 되었을까를 생각했다. 유상이 갑작스레 떠나고 한동안 그 생각으로 괴로워 잠들지 못한 날들이 있었다. 김문경이 살해당하지 않았다면 그녀는 지금과는 다른 삶을 살지 않았을까 생각했다. 그러나 그런 부질없는 생각은 이내 지웠다. 일어나지 않은 일을 고민해 봐야 현실은 바뀌지 않았다. 자신이 바라고 원하는 것을 이루기 위해 죽도록 노력해 보는 수밖에 없었다.

어찌 되었든 김문경을 죽인 살인범을 빼면 그를 마지막으로 본 것은 의령이 틀림없었다.

그날 의령은 김문경의 입에서 이필제란 이름이 나오자 숨도 쉬지 못한 채 허우적대다가, 겨우 정신을 차려 자세한 내막을 물었다.

"나는 김 대감 집의 서자였고 이명섭은 내 하나밖에 없는 동무였다. 비록 이명섭이 네 어머니 집의 노비였지만 서자로 태어나 아무것도 할 수 없는 나를 위로해 주던 이였다. 이명섭은 어릴 적부터 보아

온 네 어머니를 깊이 은애했단다. 그뿐만 아니라 우리 두 사람은 이 필제 어른의 그 무모하리만치 진취적이고 열정적인 생각과 추진력에 매료되었다. 네 어머니도 마찬가지였다. 그리고 이필제 어른은 네가 잘 알다시피 수운 대선생의 신원을 내세워 해월 선생을 설득하고, 동학도들을 규합하여 영해 관아를 습격한 후 끝내는 붙잡혀 효수되었다. 이필제 어른은 네 외가의 은밀한 지원을 받아 그런 일들을 벌인 것이지. 그분이 잡혀 효수되고 네 어머니는 옆에서 돌봐 주던 이명섭과 도망칠 수밖에 없었다. 만약 그분의 아이를 가졌다는 것이 발각되면 어떤 경우든 무사하지 못했을 테니까. 두 사람이 도망친 후 내가 백방으로 수소문해 겨우 찾아가니 네 아비는 이미 목을 매 죽었다고 하고 그 죽음을 목격한 너는 충격으로 의식을 놓고 있었지. 나도 그때는 동학도로 지목되어 쫓기는 몸이라 사정이 여의치 않아서 당장 너희 모녀를 도울 형편이 되지 않았다. 겨우 안정이 되어 찾아갔을 때 두 사람은 이미 떠난 후라 찾을 길이 없었지. 그래도 혹시 몰라 공주에서 너를 기다리고 있었다. 네 어미에게 공주에 머물지도 모른다는 말을 한 것이 생각났기 때문이지. 그리고 네가 윤상오와 함께 나타났을 때는 정말 놀랐단다. 한눈에 너를 알아봤지. 이필제 어른의 눈매와 고집스런 입을 어찌 그리 닮았는지. 아비가 죽고 어미와 네가 어찌 살았는지 묻지 않아도 알 것 같았다. 이 험한 세상에 지아비도 없이 어떻게 지냈을지를…. 어미는 죽었겠지? 그래서 네가 윤상오 나리의 여식으로 들어간 것이겠고. 그 집에서 네가 편히 지내는 것만으로도 나는 충분했다."

긴 이야기를 마치고 힘없이 벽에 등을 기대앉아 의령을 쳐다보는 김문경의 눈빛은 아버지 이명섭의 눈빛이었다. 의령은 그 눈빛에 취한 듯 저도 모르게 입을 열었다. 한 번도 입 밖에 낸 적 없는 말이었다.

"어머니는 저를 노리는 양반 손에 살해당했어요. 다행인지 불행인지 저는 살아남았고요."

김문경의 눈빛이 불안하게 흔들렸다. 그러고는 곧바로 사정없이 피를 쏟아 냈다. 끊임없이 쏟아지는 피를 바라보며 의령은 예감했다. 그의 죽음이 멀지 않았음을.

의령이 재빨리 다가가 피를 쏟는 그의 입을 닦아 내며 의원에게 가자고 했지만, 김문경은 의령의 손길을 뿌리치고는 고개를 저었다.

이미 자신의 죽음을 담담하게 받아들이고 있었다.

"무모했지만 네 친부인 이필제 어른이 원하던 일이 성사되었다면, 네 아비와 어미가 그리도 허망하게 죽지 않았을 것이다. 천지가 개벽하여 모든 사람이 하늘님이 되는, 그런 세상이 되었다면 조선의 백성들이 이렇게 비참하게 죽어 가지는 않았을 것이야. 너는 개벽된 세상에서 살아야 한다. 그것을 위해 주저하지 마라. 너는 결코 나약한 존재가 아니란다…. 내가 먼저 저세상에 가서 네 부모를 만나고 있으마. 그러니 내 걱정 말고 어서 돌아가거라."

김문경이 쏟아지는 기침을 참고 겨우 내뱉은 유언 같은 말을 마치자마자 의령을 쫓아내듯이 골방 밖으로 내몰았다. 그것이 마지막이었다. 의령은 죽어 가고 있는 김문경에게 다시 돌아가지 못하고 허겁지겁 도망치고 말았다. 그리고 의령이 세책방을 나간 직후 김문경은 누군가에 의해 살해당한 것이다. 관에서 잡자마자 자진해서 죽었다는 살인범은 저잣거리의 거렁뱅이라고 했다. 의령은 그자가 진범이라고는 믿지 않았다.

김문경이 죽어 가면서 자신에게 친부를 알려 준 것이 어떤 의미일까를 생각했다. 그래서 세책방의 살인범으로 몰려 공주를 떠나야 했을 때 삼례로 가기를 고집했다. 그곳에서 해월 선생을 만날 생각이었다. 어쩌면 해월 선생은 자신이 이필제의 여식이라는 것을 알고 있지는 않을까 하는 생각이 들었다. 처음 자신의 얼굴을 바라보며 놀라던 모습들이나 가끔씩 자신의 얼굴을 물끄러미 바라보았던 일들이 생각났다. 그러나 딱히 만나서 뭘 어쩌겠다는 생각도 없었다. 단지 해월 선생에게 이필제는 어떤 사람이었는지를 묻고 싶었다. 다행인지 불행인지 해월 선생이 낙마하는 바람에 삼례 집회에 참여하지 못했다는 소문을 전해 듣고 절망했다.

그러나 한편으로는 해월 선생을 만나지 못하고 온 것이 또 다행이라는 생각도 들었다. 아직까지 의령은 친부가 이필제라는 것을 어떻게 받아들여야 할지 혼란스러웠다.

의령은 긴 꿈에서 깨어나듯 눈을 뜨고 생각에서 빠져나왔다. 김문경의 마지막 모습이 마치 어제인 듯이 생생했다.

친부인 이필제나 의붓아버지 이명섭과 어머니, 그리고 그로부터 20여 년을 죽음보다 더 모진 고통 속에서 하루하루를 살아온 김문경이 살고 싶었던 세상을, 앞으로 상화가 살아야 할 새로운 세상에서는 꼭 이루리라 다짐하며 그곳을 빠져나왔다.

의령이 저잣거리 한복판으로 걸어 나오다 잠시 포목점에 들러 상화에게 입힐 옷감을 보는데 사람들이 삼삼오오 모여서 수군댔다.

"왜놈들이 궁을 강제로 빼앗아 임금을 옴짝달싹도 못하게 허고 대원군을 다시 불러들였다지? 거기다가 청나라 군대가 왜놈들하고 아산 앞바다 풍도와 성환에서 붙었는데 완전 박살이 났다고 하더라고. 이게 뭔 일이여?"

"그래서 그런지 의병을 일으킨다고 이인에 동학당 도회소가 설치되어 집강소를 운영한다고 안 허요. 그 경비를 부호와 전관 출신들에게 거둬들이고 있다고 저잣거리에 파다해요."

"부여에 사는 참의를 지낸 민치준인가 뭐시긴가 하는 양반이 이인 도회소에 가서 소 한 마리와 돈 1백 금을 바쳤다고 하는 소리가 그 소리구만."

"그동안 양반입네 하고 거들먹거리던 양반들이 된통 당하고 있구면요. 뭐 당연한 일 아닌가? 나라를 지키는데 양반 상놈 따로 있나."

"이인에 도회소가 생긴 후부터 동학도들이 엄청나게 모여 민회를 열고 있다지 않소."

"그렇다네요. 얼마 전에도 이인에서 동학당이 모여서 집회를 했다고 하지요?"

"말도 마요. 어제는 공주 대교리, 공수원, 반송에서 동학당 수백 명이 왜놈들에 대항할 의병을 일으킨다며, 양반들 돈과 곡식을 빼앗아 갔다고 하지 뭡니까?"

"아 며칠 전부터는 동천점에도 동학도들이 거 뭐시냐 보국안민, 척화거의 이런 거를 주장하며 주둔하고 있다 안 허요."

"지난 장날부터 지금 난리도 아닌가 보요. 장돌뱅이나 보부상들 얘기 들어보면 조선 팔도에서 일본군을 몰아내야 한다고 여기저기 의병을 일으키고 있다고 합디다."

"죽지 못해 사는 드런 놈의 시상 다 뒤집혀 버렸으면 좋겠다고 생각했지만 그려도 왜놈들한티 나라를 뺏기는 거는 아니지요. 우리도 이라고 가만있으면 어쩌나 싶어요."

"우리 같은 무지렁이들이야 먼 힘이 있을까? 그저 조용히 숨죽이며 살아야지."

저잣거리에서는 백성들 사이에 흐르는 알 수 없는 불안감으로 팽팽한 긴장감이 감돌고 있었다. 의령은 가만히 사람들의 말 속에 묻혀 오랫동안 그 자리에서 떠날 줄을 몰랐다.

조선의 상황은 하루가 다르게 점점 더 절망적으로 변했다. 경복궁을 점령한 일본군이 내세운 친일 각료들에 의해 내정간섭이 본격적으로 이루어졌다. 조선 각지에서는 나라를 잃었다고 유림들이 봉기하는 움직임이 시작되었고, 동학에 입도한 농민들이 조선 곳곳에서 곧바로 일본군에 대항하기 위해 일어섰다.

공주도 마찬가지였다. 그동안 공주의 소식들을 수시로 파악해 온 유상은 공주부 곳곳에서 동학도들이 심상찮게 움직이는 것에 애가 달았다. 유상은 더 이상 모른 척 눈을 감을 수가 없었다. 이제는 마주쳐야 할 시간이 다가왔다고 생각했다.

유상은 멀리서 보이는 윤상오의 집을 향해 조심스럽게 걸음을 옮기다 가까스로 멈춰 섰다. 유상이 더 이상 머뭇거리고 도망치지 않으리라 결심하자 모든 것이 선명해졌다.

유상이 몸을 돌리기 직전 누군가가 달려오며 작은 몸이 순식간에 그의 품으로 뛰어들었다.

"양반 나리! 저 간난이에요, 간난이. 아니다 이젠 윤상화예요. 의령 성님 동생이오."

유상이 자신의 품에서 고개를 들며 재잘거리는 작은 몸을 내려다보며 활짝 웃었다.

"그래 기억난다. 백정마을의 간난이. 네 어미는 어떻게 되었느냐?"

"그때 바로 엄니가 죽어 버렸어요. 의원 나리가 손을 썼는데도 어쩔 수가 없었대요."

아이가 눈물을 글썽이자 당황한 유상이 머뭇거렸다.

"그런데 의령 성님이랑 아버지 어머니가 저를 윤상화로 만들어 줬어요. 이제 저는 간난이가 아니라 상화예요. 윤상화."

상화가 소맷부리로 눈물을 닦아 내며 유상을 쳐다보았다.

"그랬구나. 잘되었구나. 이제는 상화로구나."

유상이 조심스럽게 상화의 머리를 쓰다듬었다.

"의령 성님 만나러 오신 거죠? 어서 가요. 오늘은 집에서 일을 한대요."

상화가 몸을 돌려 유상의 커다란 손을 잡고 집 쪽으로 끌고 갔다.

"상화야, 내가 할 일이 있단다. 의령이랑 약속한 것을 지킨 후에 만나러 가야 한단다. 그러나 조금만 기다려 다오. 일이 끝나면 반드시 두 사람을 만나러 갈 것이야. 약조하마."

유상이 상화의 작은 손목을 조심스럽게 붙잡았다.

"그럼 일 끝내고 얼른 와요. 기다릴게요. 꼭 와야 해요."

상화가 아쉬움이 가득 담긴 얼굴로 유상의 손가락에 자신의 작은 손가락을 걸었다. 유상이 손가락에 조금 힘을 주며 고개를 끄덕였다.

유상은 몸을 돌려 상화를 쳐다보고 싶은 것을 참으며 걸음을 재촉했다.

이생에서 안 되는 일이 왜 다음 생에서는 될 것이라 믿었는지 아무리 곱씹어도 미련했다. 지금 바꾸려 행동하지 않는다면 다음 생이라고 희망이 있을까?

의령과 그가 같은 하늘을 볼 수 있는 세상이 무엇인지 알고 싶었다. 더 이상 망설일 이유가 없었다. 지금이야말로 진심으로 원하는 것을 얻기 위해 더 큰 용기를 내야 할 시간이었다.

8월 1일, 여름비가 내렸다. 건평의 유회는 7월부터 시작되어 모인 유림들은 어림잡아 천 명은 넘어 보였다.

유상은 며칠 전부터 이곳 건평 집회에 참여하여 그들의 동태를 파악했다. 지난 3월 임기준이 동학도들 700명을 이끌고 가서 파훼시켰던 한다리의 유회와는 성격이 달랐다.

6월 21일 일본군에 의해 경복궁이 점령되고 임금이 불법 감금되는 사태가 알려지자 보수 유림들도 들썩이기 시작했다. 바탕의 생각은 달랐지만, 일본 세력을 몰아내고 조선을 지켜야 한다는 점에서는 동학이나 유림이 다를 바가 없었다.

공주부는 동학도들이 이인 도회소를 운영할 정도로 세력이 상당했다. 이런 곳에서 유림들이 주축이 되어 창의를 외치며 의병을 규합하는 집회는 유상의 이목을 끌기에 충분했다.

우렁찬 구호 소리에 돌아보니 사람들을 모아 놓고 진법 연습을 시키는 자가 보였다. 공주 사람 이영해라고 했다. 몸은 허약해 보였으나 눈빛만은 번개처럼 빛났다. 총어사 이봉의가 종숙부라 했다. 유상은 그자에게서 눈을 떼지 못했다.

잠시 후 소란스러운 소리가 들리고 누군가가 단상에 올라섰다.

이 집회를 주도하여 성겁평에서 창의했다는 민준호였다. 유상은 그가 목에 핏대를 세우며 동학당 무리를 소탕하자고 소리를 질러 대는 모습에 저절로 얼굴이 굳어졌다. 왜를 토벌하고 나라에 보답하자고 권면하여 의병을 일으켜서 사람들을 모은다는 소문을 들었을 때는 뜻이 통하는 자라고 생각했다. 그러나 지금까지 지켜본 민준호의 언행으로 보면 도대체 어떤 목적을 가지고 유회를 조직했는지 의심스러웠다.

유상이 몇 번을 접촉하여 본 결과 결국의 목표는 자기의 공을 드높이는 데 있는 사람이었다. 무엇보다 같은 적을 앞에 두고 있는 동학당을 비난하는 데 지나치게 골몰하고 있었다. 민준호뿐 아니라 이곳에 모인 유림들 대부분이 그러했다.

7월 즈음 집회가 시작할 때의 분위기는 지금과 달랐다. 당장이라도 한성으로 쳐들어가 궁에 있는 임금을 구하고 일본군을 몰아낼 기세였다. 더구나 임금과 대원군이 각지의 유림들에게 의병을 일으켜 나라를 구하라는 밀지를 내렸다는 소문이 파다하게 퍼지자 그 열기는 더욱 고조되었다. 그러나 왈가왈부 말이 많은 사이 선무사 정경원이 나타나 임금과 대원군이 보냈다며 내민 효유문에서, 집회를 해산하고 집으로 돌아가라는 내용을 보고 동요된 유림들이 유회를 하나둘 이탈하기 시작했다. 유상은 더 이상 기다릴 시간이 없었다.

유상이 허리를 곧게 세우고 단상 앞으로 나아가자 그를 알아본 사람들이 재빨리 자리를 터 주었다. 유상은 비장한 얼굴로 곧장 민준호 앞에 가서 섰다.

"건평에 사는 이유상입니다. 제가 한 말씀 드려도 될까요?"

"예? 물론이오. 단상 위로 서시지요."

민준호가 불쾌한 표정을 애써 감추며 단상에서 내려오자 유상이 지체 없이 올라섰다. 사람들이 술렁였다.

"저는 건평에 사는 이유상이라고 합니다. 여기에 모인 여러분이 자랑스럽습니다."

유상은 잠시 말을 끊고 자신을 주시하고 있는 사람들을 둘러보았다. 어딘지 모르게 분위기가 가라앉아 있었다. 비가 내린 탓만은 아니었다.

"예로부터 나라가 위태로울 때마다 유림들이 먼저 나서서 의병을 일으켜 나라를 구했습니다. 여기에 계신 여러분 모두 그런 마음으로 모이셨을 것이라고 생각합니다. 그런데 지금 무엇을 망설이고 계신 겁니까? 며칠 동안 탁상공론만 하고 있지 않습니까?"

유상의 목소리에 힘이 들어가자 민준호가 굳은 얼굴로 항의하듯 소리쳤다.

"탁상공론이라니? 무슨 말을 그렇게 하는 거요?"

"지금 궁에서는 일본군이 총칼을 들이대고 임금을 볼모로 잡고 있습니다. 이러한 때에 양반 상놈 따질 때가 아니고 정학이니 사학이니 따질 때가 아니지 않습니까? 지금은 양반이건 동학도이건 가릴 때가 아니란 말입니다. 모두 힘을 합쳐 왜적들을 이 땅에서 몰아내는 것이 급선무가 아닙니까?"

"아무리 시간이 없다고 하나 양반의 체통과 법도에 어긋나는 일은 할 수가 없소. 우리를 어찌 사학의 무리와 같이 취급한단 말이오. 더구나 동학당에는 천한 상것들이 몰려들어 양반을 능멸하고 있다고 하지 않소? 이런 자들과는 절대로 함께할 수 없소이다."

확실히 좌중의 분위기는 민준호에게 기울어 있었다. 아니, 그것이 당연한 일이었다. 이유상은 잠시 곤혹감을 느꼈으나, 기왕에 빼어 든 칼이었다. 아니, 죽기를 각오하고 빼어 든 칼이니 여기서 물러설 수는 없는 일이었다.

"그들은 천한 상것들이 아니라 이 나라의 백성들입니다. 위태로운 나라를 지키고자 목숨을 내놓고 싸우려는 의병입니다. 양반 상놈 따지고 주저하는 이 시간에도 일본군은 임금의 목을 조이고 있습니다. 나라가 망하고 나면 양반이 다 무슨 소용입니까? 임진, 병자의 치욕을 벌써 잊으신 겁니까?"

유상의 목소리가 점점 다급해졌다.

"이럴 때일수록 신중해야 하오. 처음에 대원군과 임금의 밀지가 있다고 했지만 그것이 가짜라는 소문이 있소. 더구나 임금이 보낸 선무사도 이렇게 모여 있는 것이 도움이 안 된다고 하지 않소. 지금 일을 급하게 처리했다가 임금의 뜻이 아니라면 그런 불충을 어찌 감당한단 말이오?"

민준호가 지지 않고 맞받아쳤다.

"지금 궁의 사정을 알고도 그런 말씀을 하십니까? 지금 궁에서 나오는 모든 결정은 일본이 사주한 거라고 보아야 합니다. 이런 때에 나온 선무사의 말을 어찌 믿고 대의를 위한 거사를 멈춘단 말입니까? 처음 이곳에 모였을 때의 초심을 기억하십시오."

유상이 잠시 말을 끊고 자신을 둘러싼 사람들과 시선을 맞췄다. 그러고는 단호하게 입을 열었다.

"이제 결단을 해야 합니다. 어차피 모두가 함께 움직일 수 없다면, 뜻을 같이하는 분들이라도 먼저 일어납시다. 지금 당장 일본군을 토벌하여 나라를 구하실 분들은 한발 앞쪽으로 나와 주십시오."

유상이 더 이상의 논쟁은 하지 않겠다는 듯이 말을 마치고 단상에서 내려와 서자 앞쪽에 있던 사람들이 우르르 뒷걸음질 쳤다. 그들은 서로 눈치를 보듯 머뭇거리며 시선을 마주치지 못했다. 작은 웅성거림이 점점 잦아들었다. 유상은 미동도 없이 비를 맞고 서 있었다. 빗줄기가 점점 거세졌다.

잠시 후 뒤쪽에서 사람들 사이를 헤치며 누군가가 앞으로 걸어 나와 유상의 옆에 섰다. 이영해였다. 두 사람의 눈이 마주쳤다. 유상은 단단한 이영해의 눈빛에 불안했던 마음이 가라앉았다. 뒤이어 진법 훈련을 받았던 사람들 수십 명이 나와 두 사람 옆으로 섰다. 숫자가 조금씩 불어나 100여 명이 유상과 이영해의 앞으로 모였다. 그러나 그보다 몇 배나 많은 무리들과는 완벽하게 분리되어 있었다. 그들과 멀찍이 떨어져 있던 대부분의 유림들은 모두 못 볼 것이라도 본 사람들처럼 이유상 쪽을 외면하고 있었다. 벌써 집으로 돌아가는 사람들도 많았다. 시뻘건 얼굴로 숨을 몰아쉬던 민준호도 뒷걸음쳤다.

"이제 마지막으로 묻겠습니다. 지금이 아니면 다시는 기회가 없을지도 모릅니다. 어떤 선택을 하시겠습니까?"

유상이 쏘아보듯 민준호를 보며 말하자 우왕좌왕 주저하던 몇 명의 발걸음이 앞으로 향했다. 민준호는 끝내 고개를 돌리고 몸을 뒤로 뺐다.

대다수 유림들이 모여 선 무리의 침묵이 깊어지자 바닥을 내리치는 빗소리가 점점 크게 들려왔다.

유상은 더 이상의 움직임이 없자 미련 없이 몸을 돌려 주위를 에워싼 사람들을 바라보았다.

"여러분들의 용기 있는 선택이 나라를 구하게 될 것입니다. 저를 따라 주십시오. 함께 싸웁시다!"

유상이 큰 소리로 말하고 주먹을 번쩍 들어 올리자 이영해를 비롯한 100여 명의 사람들이 떠나갈 듯 크게 함성을 지르며 발을 굴렀다. 그 무리에 끼지 못한 수많은 사람들이 삽시간에 흩어지기 시작했다. 한참 동안 그들의 우렁찬 함성 소리만이 쏟아져 내리는 빗속의 건평들에 울려 퍼졌다.

의령이 누군가 자신을 쳐다보는 눈길을 느끼며 무심코 고개를 들었다. 공주부 곳곳에서 동학도들의 움직임이 활발해지자 윤상오가 지원해야 하는 일도 만만치 않았다. 의령도 틈이 날 때마다 밖으로 나와 손을 보태는 중이었다.

반듯하고 단정한 용모의 선비가 번득이는 눈빛으로 의령을 뚫어지게 쳐다보고 있었다. 오정선이었다.

오정선은 얼마 전까지만 해도 동학도를 잡아들이느라 혈안이 되어 돌아다니던 자였는데 동학군이 모이는 자리에 버젓이 나타난 것이 의아스러웠다. 의령과 눈이 마주치자, 뜻밖에도 오정선이 성큼성큼 다가왔다.

　의령이 눈을 찡그리며 얼굴을 굳히자 정선이 다가오며 두 사람의 거리를 좁혔다.

　"낭자, 긴 시간을 돌아 드디어 다시 만나게 되는군요. 나를 기억하겠소? 오정선이라 하오."

　정선이 의령을 향해 기대에 찬 표정으로 입을 열었다.

　"처음 뵙겠습니다. 아버님께 저를 구해 주셨다는 이야기는 들었습니다. 인사가 늦었습니다. 고맙습니다."

　"나를…. 전혀 기억하지 못한다는 말이오?"

　"저의 목숨을 구해 주신 분은 이유상 도사입니다. 그 후의 일은 전혀 기억나지 않습니다."

　정선의 얼굴이 일그러졌다. 의령은 그런 정선의 표정을 읽으면서도 무심히 대꾸했다.

　"헌데 이곳은 어쩐 일이신지요? 동학에 입도하신 것입니까?"

　"지난 3월까지 용담 현령으로 있으면서 동학에 대해 알게 되었소. 그 지역 보부상들이 나서서 동학군을 토멸한 공로로 진산 군수로 승차하였으나, 병으로 체임되어 본가로 돌아왔소. 그러다 드디어 나도 동학에 입도하여 '보국안민, 척왜양'에 함께할 수 있게 되었소. 이렇게 늦게라도 같은 도인으로서 낭자를 보게 되니 더욱 반갑소이다."

정선이 입가에 어색한 웃음을 띤 채 의령을 똑바로 쳐다보며 대답했다.

"그렇습니까? 참으로 다행입니다. 부디, 동학은 입과 머리로 하는 것이 아니라 마음과 몸으로 행하는 것이라는 것을 잊지 마시기 바랍니다. 그럼 전, 하던 일이 있어서…."

의령이 고개를 숙이고는 곧바로 몸을 돌렸다. 멀어져 가는 의령을 바라보며, 정선의 눈빛이 분노로 일렁였다.

유상은 자신의 손을 내려다보았다. 죽창을 다듬고 검술 연습을 하느라 갈라지고 거칠어진 손등이 벌겋게 벗겨져 상처가 드러나 있었다. 손바닥을 뒤집어 냄새를 맡았다. 피비린내가 가시지 않은 것처럼 구토가 올라왔다.

8월 초에 건평 유회에서 유상을 따르던 유회군 100여 명을 이끌고 나온 뒤 부여, 강경, 논산, 은진, 노성, 금산, 진산 등의 충청도 각지와 그 밖의 여러 지역에서 합세하여 모인 동학 도인들이 어느덧 6천 명으로 불어났다.

그리고 며칠 전인 10월 12일 농민군을 이끌고 논산에 도착한 전봉준 대장과 합류했다. 전봉준 대장이 동원하여 삼례를 거쳐 온 동학농민군과 합치면 만 명이 넘었다. 해월 선생의 기포령에 따라 논산으로 향하는 손병희 통령의 부대까지 합세하면, 수만 명의 대부대가 될 것이었다. 문제는 날씨였다. 어느덧 겨울이 시작되고 있었다.

전봉준이 9월 10일 전라도 지역의 동학군들을 재소집하여 삼례에 대도소를 설치하고, 일주일 후에는 해월 선생이 전국 동학도에게 총기포령을 내렸지만 공주를 향해 움직이는 행렬의 움직임은 더디기만 했다. 더구나 점점 불어나는 동학군들을 먹이고 입히는 일이 코앞의 과제로 다가왔다. 동학군이 주둔하는 고을 주변의 피해를 최소한으로 줄이기 위해 훈령은 엄하고 단호했다.

'동학군은 칼에 피를 묻히지 않고 이기는 것을 으뜸으로 삼고, 어쩔 수 없이 싸우더라도 사람의 목숨만은 해치지 않으며, 행진하면서 지나갈 때 남의 물건에 해를 끼치거나 절대 민폐를 끼치지 말고, 충신과 효자와 열녀와 존경받는 학자가 있는 동네에는 절대 주둔하지 마라.'는 4대 강령을 하루에도 몇 차례씩 외는 것이 일이었다.

칼에 피를 묻히지 않고 이기는 전쟁이라니. 전장에서 목숨을 걸고 싸워야 하는 군의 훈령이 이래서야 어찌 적을 죽일 수가 있을까. 그러나 그것이 동학군들의 실제의 염원이었고, 꿈이었다. 유상은 쓴웃음을 지으며 자신의 두 손을 가만히 들여다보았다. 아직도 핏자국이나 피비린내가 남아 있을 리 만무했다.

유상은 김원식을 제 손으로 처단했다. 후회는 없다. 그러나 처음으로 사람을 죽인 후 마음의 회오리는 여전히 맴돌이치고 있었다. 여산부사 김원식은 포악한 성격에 늘 술을 먹고 횡포를 부리며 처음부터 유상의 신경을 긁어 대는 자였다. 호남 동비 토벌의 임무를 띠고 들어왔다는 첩보를 전해 듣지 않았다 해도 유상은 그자를 눈여겨보았을 것이다. 예상했던 대로 전봉준을 죽일 기회를 노리는 것이 감지되었다. 유상은 목숨을 귀히 여겨 함부로 살인을 하지 말라는 훈령을 어겼지만 후환을 없앨 필요가 있었다.

"도사 나리, 충식이입니다. 들어가겠습니다."

밖에서 조심스러운 목소리가 들려왔다.

백정마을에서 동네 아이들의 맏형 충식은 여인처럼 허연 얼굴과 훤칠한 키가 눈길을 끄는 자였다. 유회군을 이끌고 동학군에 합류한 지 얼마 되지 않아 이유상을 찾아온 충식은 자기의 이름을 밝히고, 의령이 전하는 물건을 건넸다. 부적이라고 했다. 다른 도인들이 가지고 있는 것과 같은 궁을(弓乙) 모양의 부적을 무명천 위에 수놓은 손수건이었다.

유상이 공주로 내려왔다는 것을 의령이 알고 있을지도 모른다고 생각했지만 무엇인가를 보낼 줄은 몰랐기에 그것을 받을 수가 없었다. 유상이 차마 잡지 못하고 망설이자 충식이 냉큼 손에 쥐여 주었다. 꺼실거리는 천의 감촉이 손끝에 느껴지자 유상은 미묘한 감정이 치밀어 올랐다. 충식이 그 모습을 물끄러미 바라보다 한숨을 길게 내쉰 뒤 체념한 듯 낮게 중얼거렸다.

"의령과는 오래된 동무입니다. 저에게 이 말을 꼭 전해 달랍니다. 꼭 살아야 한다고, 그래야 의령이도 살 수 있다고….."

그 이후로는 충식은 틈만 나면 유상을 찾아와서 귀찮게 달라붙었다. 어떤 날은 검술을 가르쳐 달라고 하고, 어떤 날은 십여 명의 패거리들을 몰고 와서 풍물을 치기도 했다. 유상은 그를 막지 않았다. 유상은 충식이 몰고 오는 의령의 기운이 절실하게 필요했다.

동학군과 합세하여 쓰러져 가는 나라를 바로 세우고 썩어 가는 세상을 정화하겠다고 결심한 뒤 지금까지의 행보가 자신이 진심으로 원하는 것이었는지 매순간마다 혼란스러웠다. 그러나 전봉준을 비롯하여 동학 도인들의 의연한 모습이 자꾸만 흘러가려는 유상을 잡아끌었다.

그들은 하늘님의 마음을 지켜 기운을 바로 하고자 하루에도 몇 번씩 시천주 조화정 영세불망 만사지라는 13자의 주문을 외웠다. 합창하듯 마음을 모아 외우는 주문 소리는 들떴던 마음을 차분히 가라앉혔다. 그뿐만 아니라 각자의 품속에 소중하게 간직한 부적이 목숨을 보전해 주리라 굳게 믿고 있었다.

충식이 들어온 뒤로도 혼자만의 생각에 잠겨 있는 이유상을 충식이 불러 깨웠다.

"무슨 생각을 그리하세요?"

"음, 생각은 무슨…."

"… 김원식을 처단한 것이 마음에 걸리십니까?"

"같은 상황이 백 번 온다 해도 난 그자의 목을 칠 것이다…. 전 대장은 어떠신 것 같으냐?"

"별다른 내색은 없으셨어요. 그래도 도사 나리가 단칼에 처단할 줄은 몰랐으니 조금 놀라셨겠지요. 전 대장께서 지금까지 그자의 횡포를 참고 견딘 것은 그만큼 믿고 싶은 마음이 크신 것 아니겠어요?"

"그러셨겠지. 그래서 내가 나선 것이다. 누군가는 결단을 해야 했으니까."

"샌님인 줄 알았더니 아니라고 도인들이 놀라워합니다요."

"샌님이었지. 누군가를 알기 전에는 말이다."

"……."

유상이 조심스럽게 내비치는 마음을 알고는 충식은 입을 다물었다. 충식은 얼굴만큼이나 세심한 마음씀씀이가 여인 같았다. 유상의 조그만 마음의 동요까지도 귀신같이 알아냈으며 처음 손수건을 내민 이후로 의령의 이름은 절대로 입에 올리지 않았다. 의령이 충식을 유상에게 보낸 이유를 알 것 같았다.

"임기준의 소식은 알아보았느냐? 그가 관에 투항한 것이 사실이더냐?"

유상이 손수건을 코에서 떼지 않고 묻자 충식의 곤혹스러운 목소리가 들려왔다.

"아무래도 소문이 사실인 모양이에요. 워낙 갑작스레 이루어진 일이라 아무도 그 연유를 알지 못하지만 사사로운 개인의 이익을 위해 그런 짓을 저지를 만한 분이 아니지 않습니까?"

"음….."

유상의 복잡한 표정이 그대로 묻어났다. 믿고 있었던, 어쩌면 이

길로 가라고 유상을 이끌었던 임기준의 배신 행위는 그래서 더 충격이었다. 기준이 그동안 공주에서 활약한 일들이 한순간에 물거품처럼 사라지고 있었다. 기준과 유상의 엇갈린 행보가 아프게 다가왔다.

"아무래도 저는 여인들을 모아 공주 부내로 들어가야겠어요. 논산에 만 명이 넘는 사람들이 모여 있다면 모든 것들이 다 부족하고 불편하겠지요. 곧 공주에 도착한다니 제가 먼저 가서 주미나 효포, 이인 쪽 주변 마을의 동정도 살피고 미리 식량도 확보하는 게 좋겠어요. 다행히 저와 뜻을 같이하는 여인들을 조직했어요."

의령이 윤상오와 배씨 부인, 성연을 향해 입을 열었다.

"그것도 좋은 생각이구나. 어차피 공주를 점령하고 한양으로 올라가자면 이인이나 우금티, 효포가 싸움터가 될 것이다. 그런데 공주로 들어오는 날이 너무 지체되고 있어서 걱정이다. 그동안 조용하던 공주부 내로 경군과 왜군이 몰려들고 있다는 소문이다. 저들이 먼저 공주성을 차지하고 방어하려 한다면 싸움은 힘겨워질 것인데 큰일이구나."

윤상오가 걱정스런 목소리로 말하며 얼굴을 찡그렸다.

"더구나 날은 점점 추워지고 벌써 한 달이 넘도록 밖에서 진을 치고 생활했다면 그 많은 사람들이 제대로 먹지도 입지도 못했을 것인데 정말 걱정이네요."

배씨 부인도 세 사람을 번갈아 보며 한숨을 내쉬었다. 모두의 표정이 점점 어두워졌다.

"그건 그렇고, 임기준 접주가 왜 그랬는지 너는 아느냐? 관에 가기 전에 너를 만나러 왔지 않느냐? 그때 무슨 말을 하지는 않았느냐?"

윤상오가 갑자기 의령을 향해 물었다.

"이런저런 말끝에, 누군가의 희생이 필요하다면 자신이 감당할 수도 있다고 말했어요. 그땐 그게 무슨 소린가 했지만, 일이 이렇게 되고 보니, 무슨 곡절이 있다는 생각이 들어요. 분명히, 자신의 영달을 위해서 투항한 것은 아닐 거예요. 그리 믿고 싶고요."

"나도 그런 생각을 안 한 것은 아니다. 경리청 참모관이 되어 동학 도인 탄압에 앞잡이 노릇을 하고 있는 서병학과 크게 말다툼을 벌인 것이 얼마 전인데 그 사이 변심했다는 것이 이상하단 말이지."

"……."

"그래도 조심해야 한다. 임기준이 관군이나 일본군의 앞잡이로 나선다면 그 첫 번째 목표는 우리가 될 것이 뻔하다."

"예. 그리하겠어요."

이유상은 붓을 내려놓고, 자기가 쓴 글을 읽어 내려갔다.

"공주창의소 대장 이유상이 순상(박제순) 합하께 삼가 글을 올립니다. 대장부는 결코 다른 사람을 기만하지 않으며, 어진 관리 또한 기만책을 쓰지 않습니다. 저는 유생으로서 나라의 형편이 어려움을 가만두고 볼 수 없어서 의병을 불러 모아 지용이 뛰어난 군사(軍師) 2백

명과 포수 5천 명을 얻었습니다. 그뿐만 아니라, 저 남쪽에는 우리를 옹위하는 16만 7천 명의 의병이 있다고 합니다. 전봉준에게 군사를 일으킨 이유와 장차의 계획을 물으니, '지난번에 법헌이 내린 통문을 받들고 장차 북쪽으로 나아가 일본군의 불의함을 징치할 것이다. 나는 금영과는 묵은 원한이 없어서 그냥 지나기만 하려 하나 수비와 경계가 철옹성 같아 그곳을 우회할까도 생각 중이다.'라고 하였습니다. 합하께서 성을 견고하게 지키는 것은 주어진 직분을 다하는 일일 것입니다. 다만, 합하는 지금 청나라를 막자는 것입니까. 일본을 막자는 것입니까. 의병을 막자는 것입니까. 오직 막아서야 할 것은 일본이 아닙니까. 우리 또한 일본을 막고, 나라 밖으로 물리치고자 하는 의병이오니 삼가 바라건대 합하께서는 군사를 거두어 주십시오. 지난날 저를 만난 일을 생각해 보시면 소생의 이 말은 실로 헛된 말이 아님을 알 것입니다. 오로지 깊이 생각하십시오. 만약 의병과 더불어 서로 다툰다면, 그 피해는 고스란히 백성에게 돌아가고, 오직 어려움에 처하는 것은 이 나라입니다. 마땅히 형편을 살피시고 밝게 판단하여 저의 제안을 받아들이시기를 바랍니다. 갑오년(1894) 10월 15일. 공주 유생 이유상."

충청 감사 박제순에게 보내는 편지였다. 박제순을 만난 적이 있는 이유상은 동학군 창의의 본뜻이 경복궁을 불법으로 점령한 일본군을 몰아내기 위한 것임을 소명하여 관군과의 접전 없이 공주를 지나 한양으로 향하는 길을 찾고 싶었다.

이미 옥천, 청산을 떠나 논산으로 도인들을 이끌고 온 손병희통령도 합류했다. 이제 더 이상 물러설 곳도 없었고 망설일 이유도 없었다. 대군을 이끌고 한양으로 올라가 부정부패에 얼룩진 관료들을 몰아내고, 일본군에게 짓밟힌 궁을 되찾아 나라의 기틀을 새롭게 해야했다.

유상은 상서의 내용을 꼼꼼히 검토한 후 집안 노비로서 그를 따라 동학군이 된 김 서방에게 들려 공주로 보냈다. 다음 날은 전봉준 대장도 박제순에게 '일본 오랑캐가 분란을 야기하고 군대를 출동하여 우리 임금을 핍박하고 우리 팔방으로 백성을 뒤흔들어 놓았으니 함께 동참하자.'는 서한을 보냈다. 그러나 박제순은 요지부동이었다. 그러는 사이 이규태가 이끄는 관군과 인근의 지방군, 모리오 대위가 이끄는 일본군은 속속 공주성으로 집결하고 있었다.

의령은 며칠째 잠을 자지 못해 뻑뻑한 눈을 비비며 주위를 돌아보았다. 뭉친 주먹밥을 고리짝에 담는 손길들이 점점 느려지고 있었다. 어떤 여인은 불 앞에 앉아 꾸벅꾸벅 졸고 있었다. 그 모습이 위험스러워 달려가기도 전에 옆 사람이 살그머니 몸을 붙잡는 것이 보였다.

다행히 우금고개 주변(봉정, 금학, 주미, 오곡, 이인)의 마을 사람들은 동학도들에 대해 호의적이었다.

"목천의 세성산에서 동학군이 크게 패했다는 소문이 파다해요. 일본군이 가지고 있는 총이란 게 얼마나 대단한지 수천 명의 동학군이

산 위에 포진하고 있었는데, 하루 밤낮 사이에 수백 명이 죽고 끝내는 다 도망쳤다고 하잖아요!"

옆에서 들리는 겁에 잔뜩 질린 목소리에 고개를 돌려 바라보았다. 아비와 오라비 세 명까지 모두 동학군에 가담했던 월례였다.

"그렇다고 들었어요. 일본군을 몰아내자고 일으킨 의병들에게 총부리를 들이대는 관군이라니…. 더구나 임금님을 욕보이고 궁궐을 더럽힌 일본 군대와 합세하여 백성들을 죽이다니 믿어지지 않아요."

월례 옆에서 졸며 깨며 일하던 현임이 거들고 나섰다.

의령이 말없이 손을 움직여 주먹밥을 뭉쳤다. 뜨거운 밥에 감각마저 잃어버린 손이 발갛게 달아올랐다.

"목천 쪽이 무너졌다면 거기에 있던 관군과 일본군이 공주로 몰려오지 않을까요?"

"한다리(장기면 대교리)에서도 옥천포 동학군이 싸우다가 크게 패했다고 하던데요. 불안해 죽겠어요. 어떻게 된 일일까요?"

월례와 현임이 답을 구하듯이 간절한 눈빛으로 의령을 쳐다보았다.

"아직 절망할 때는 아니라고 봐요. 우리도 대규모 연합군으로 뭉쳤으니 그리 쉽게 당하지는 않을 거예요."

의령은 덤덤하게 말했다.

"그나저나 앞으로가 걱정이에요. 식량도 부족하고 주먹밥을 도인들에게 갖다 주는 것도 여의치가 않은데 날은 점점 추워지고 있어요.

잘 먹지 못하면 싸우기도 힘들 텐데…."

의령은 월례와 현임의 말에 더 이상 대답할 말을 찾지 못했다.

불안한 마음을 내비치지 않으려 했는데 자꾸만 한숨이 흘러나왔다.

"지금의 상황을 제대로 보는 것이 필요하다고 봐요. 목천 세성산이 무너지고 공주를 제외한 여러 곳곳에서 동학군이 몰리고 있는 것은 사실인 듯해요. 식량도 절대적으로 부족하고 무기는 말할 것도 없고요. 가장 중요하고 시급한 일은 어떤 방법을 써서라도 동학군 쪽에 식량을 날라 주는 것이에요. 그러나 시간이 지나면 지날수록 동학군의 상황은 더 나빠져요. 군량이 떨어지면 사기도 함께 떨어지니 군량을 대량으로 조달할 방법을 찾아보는 수밖에 없어요. 일단 제가 아버지와 상의해서 동학군 쪽에 전달하는 방법을 찾아볼게요."

유상이 공주로 돌아와 유회군을 이끌고 논산에서 전봉준 대장과 합류했다는 소식을 전해 듣고 의령은 가슴이 먹먹해졌다.

그녀는 하늘을 쳐다보며 한층 가까이 있는 유상을 느꼈다. 그러나 점점 더 가까이 다가오는 피바람에 가만히 숨을 죽였다.

동학농민군의 숫자는 무려 4만 명이었다.

갑오년(1894) 10월 23일, 논산을 출발하여 공주 경천점에 도착한 동학농민군의 전투는 공주 남쪽 이인에서 시작되었다. 농민군의 승리로 끝난 이인 싸움 이후, 동학농민군은 공주를 삼면에서 포위하였다.

충청 감영이 있는 공주는 북쪽으로는 금강이 흐르고 삼면은 산줄기가 병풍처럼 솟은 천연의 요새이다. 이 천연의 요새를 넘을 만한 고개는 능티와 우금티였다. 10월 24일은 하루 종일 공주의 동쪽에서 충청 감영으로 들어가는 길목인 효포·능티에서 일진일퇴를 거듭했다. 탄환이 비 오듯 날고, 연기가 넘쳤으며 비마저 뿌리고 시커먼 구름이 어둠처럼 내려앉았다.

다음 날인 25일에도 동학농민군은 새벽부터 효포·능티를 향해 일제히 공격했다. 붉은색 장막을 친 큰 가마를 탄 전봉준 대장과 동학농민군들은 남쪽길을 따라 곧바로 밀물처럼 쳐 올라갔다. 그러나 이를 필사적으로 저지하려는 일본군과 관군이 세 방향에서 협공으로 압박하자 동학농민군은 더 이상 버티기가 힘들었다.

무엇보다 10월 21일 목천 세성산 전투의 패배와 23일 한다리(장기면 대교리)에서의 뼈아픈 패배는 동학농민군의 협공 계획에 상당한 차질을 빚었다.

또한 공주에 미리 들어와 자리를 잡고 동학농민군을 기다리고 있던 일본군과 관군의 최신 무기의 위력은 상상을 초월했다.

유상은 처음으로 죽음의 공포를 맛보았다.

천연의 요새인 능티를 방어하기 위한 일본군과 관군의 총공격으로 동학농민군의 전사자가 속출했다.

그들은 벌떼처럼 몰려들어 산 위로 올라갔다가 요란한 총소리가 한바탕 울리고 나면 한순간 낙엽처럼 쓰러졌다. 일본군과 관군은 봉우리 곳곳에 자리를 선점하고 끝도 없이 소리치며 올라가는 동학농민군들을 무너뜨렸다. 반면에 그들의 조총과 화살은 그들의 근처에도 이르지 못하였다.

도인들의 주검이 낙엽처럼 쌓여 갔다. 전봉준은 끝내 경천으로 후퇴 명령을 내렸다.

유상은 한걸음 내디디면 닿을 거리에 있는 공주를 바라보았다. 그곳으로 들어가기가 이렇게 어려울 줄은 상상도 못했다. 공주를 지척에 두고 돌아서는 발걸음이 천근만근 무거웠다. 유상은 그렇게 의령에게서 다시 한 걸음 멀어졌다.

"그게 무슨 소리냐? 준환이 잡히다니?"

윤상오가 출타해서 돌아오며 의령을 향해 다급히 외쳤다. 의령은 눈물을 삼키며 입술을 깨물었다.

장준환은 얼마 전 효포, 이인 등지에서 관군과 일본군에게 패한 후 동학군을 다시 결집하려고 윤상오와 접촉을 하던 중이었다.

"전 오위장의 별군관 이상만이 원당, 단평의 두 마을 장정들을 거느리고 숨어 있다가 체포했어요."

동학군은 고립무원이었다. 관군과 일본군은 물론이고 지방관과 유생들을 중심으로 조직된 민보군에게까지 위협을 받고 있었다. 동학군에게 닥친 상황은 점점 최악으로 치달았다.

"다행히 아버님이 전해 준 군량과 무기들은 들키지 않았지만 집 안을 뒤져 깃발과 군기, 총과 문서까지 압수했다고 해요. 장 접장은 동학 괴수로 이름이 올라 관에서 벼르고 있었으니, 어쩌면….”

의령은 차마 그다음 말을 다 내뱉지 못하였다. 윤상오의 표정이 점점 일그러졌다.

“성연이는 어찌 하고 있느냐?”

“어머니와 함께 아이들을 돌보고 있는데 이런 일을 예상한 것마냥 의연하게 대처하고 있어요. 그러나 놈들이 우리 집을 수색하는 일도 시간문제이니 어서 피하셔야 해요.”

“우려했던 대로 오정선이란 자가 다시 동학 토벌군으로 가담해서 선봉진 별군관이 되었다고 한다. 그자의 목표는 분명 너일 것이니 어떻게든 피해야 할 것이야. 그러니 일단 부안으로 가자꾸나.”

의령은 질끈 눈을 감았다.

“역시나 그랬군요. 하지만 아버지…. 저는 가지 않겠어요.”

윤상오가 놀란 눈으로 의령을 바라보았다.

“그게 무슨 소리냐? 가지 않겠다니?”

의령의 눈빛이 고요하게 가라앉았다.

“누군가는 장 접장을 대신할 사람이 필요합니다.”

“그걸 네가 한단 말이냐?”

윤상오가 답답한 듯 의령을 향해 소리쳤다.

“장 접장은 군량과 무기뿐만 아니라 동학군을 모으러 왔어요. 성과도 있어서 꽤 많은 사람들을 모았어요. 이 사람들과 함께 군량과 무기를 안전하게 논산의 전봉준 대장에게 연결해 줄 사람이 필요합니다. 지금은 아무도 믿을 수 없는 상황이니 제가 이 일을 하겠어요."

"그 일이라면, 내가 마무리하마. 너는 어서 어머니와 아이들을 데리고 피신하여라."

"그럴 시간이 없어요. 한시바삐 떠나야 합니다. 제가 하겠어요."

의령의 간절한 목소리가 윤상오의 옷자락을 잡았다.

"… 이 도사 때문이냐?"

의령이 심하게 흔들리는 눈빛을 감추지 못하고 입술을 깨무는 모습에 윤상오가 한숨을 길게 내쉬었다.

"살아 있어야 만난다. 의령아, 그 험한 일을 하다 변이라도 당하면 이 도사가 온전히 살아갈 수 있을 것 같으냐?"

윤상오의 목소리가 점점 거칠어졌다. 그러나 의령은 도리어 차분해져 갔다.

"저는 해월 선생을 비롯하여 아버지와 어머니 그리고 동학도들에게 큰 빚을 지고 있어요."

"빚이라니 그게 무슨 소리냐?"

순간 의령의 처연한 눈빛에 윤상오의 가슴이 철렁 내려앉았다.

"제 친부가… 영해에서 해월 선생과 함께 수운 대선생의 신원을 도모했던… 이필제입니다."

"네 친부가 이필제라니 그게… 사실이더냐?"

경악에 찬 윤상오의 표정에 의령이 눈을 감았다 떴다.

"저도 임진년(1892) 공주 집회가 열린 며칠 후 세책방 아저씨에게 들었어요. 그날 그 사실을 저에게 알려 주시고는 누군가에게 죽임을 당하신 것이고요. 그것을 알고도 아버지 어머니께 사실대로 말씀드릴 용기가 없었어요. 용서해 주세요."

의령이 윤상오 앞에 엎드려 흐느꼈다. 윤상오가 그녀를 혼란스러운 표정으로 바라보았다.

"그래서 네가 그때….."

윤상오는 그 당시의 힘들었을 의령이 떠올라 말문이 막혔다.

"이필제가 너의 친부라니… 생각지도 못한 일이라 뭐라 할 말이 없구나…. 그러나 의령아, 지금 분명한 것은 네가 내 딸이라는 것이다. 너의 친부가 이필제라고 해도 그 사실은 변하는 않는다."

윤상오가 단단한 두 손으로 의령을 일으켜 세우며 말했다.

"아버지!"

"네 친부로 인해 동학이 어려움에 빠졌다 하더라도 결국은 세상을 바꾸기 위해서가 아니더냐. 너까지 친부를 부끄러워하지 마라. 그것으로 네 목숨을 버리지 말라는 말이다."

윤상오의 말에 의령이 고개를 흔들었다.

"그것 때문이 아닙니다. 저는 아버지를 만나 다시 태어났고, 동학이라는 새로운 세상을 맛보았어요. 사람이 하늘이라는 것을 이미 알았는데 다시 예전으로 돌아갈 수는 없어요. 목숨을 바쳐서라도 찾을 거예요. 제가 못하면 상화가 하면 되고 또 그다음 사람이 하면 됩니다. 결국은 우리가 이기는 싸움이에요. 그러니 저를 보내 주세요."

윤상오는 숨이 막혔다. 의령의 살아온 날들이 얼마나 힘들고 고통스러웠는지 고스란히 전해져 왔다. 그것을 견디어 온 날들을 지키기 위해 떠난다는 말에 더 이상 의령을 잡을 수가 없었다. 그는 의령과의 영원한 이별의 예감으로 억장이 무너져 내렸다.

"저는 여기 남아서 뒤쫓아 오는 사람들을 유인할 터이니 절대 멈추지 말고 가세요. 조금만 더 가시면 동학군이 매복하고 기다리고 있을 거예요. 그러니 뒤는 걱정 말고 어서 가세요."

의령은 숨을 몰아쉬며 멈춰 섰다. 상투를 튼 조그만 얼굴에서 땀이 구슬처럼 흘렀다.

"혼자서는 안 됩니다. 제가 남겠습니다, 아가씨."

함께 길을 나선 이 서방이 앞으로 나서며 의령을 말렸다.

"지금 저자는 나를 쫓는 거예요. 그러니 군량과 사람들을 데리고 어서 떠나세요. 한시가 급합니다. 어서요."

의령이 밀어내듯 막아서자 잠시 망설이며 서 있던 그가 앞서가는 사람들의 뒤를 쫓아갔다.

의령은 그들의 뒷모습이 시야에서 점점 사라지는 것을 지켜보며 품 안에서 단도를 꺼내 칼집을 버리고 칼만 허리춤에 찔러 넣었다. 쇠의 차가운 감촉이 초겨울의 찬바람과 함께 섞여 등을 서늘하게 만들었다.

의령은 사람들이 사라진 반대쪽으로 몸을 틀었다.

그러고는 마치 아는 사람을 마중하는 것처럼 담담한 얼굴로 느긋한 자세를 취했다.

한참이 지난 후에 그의 얼굴이 서서히 드러나자 의령이 입술을 깨물며 허리춤의 단도에 손을 올렸다.

누군가 유상의 몸을 줄기차게 흔들어 댔다. 차가운 물기가 계속해서 그의 얼굴로 흘러내렸다. 얼굴을 지나 온몸으로 물기가 스며들었다. 몸이 점점 축축해졌다. 콧속으로 스며드는 물기에 비릿한 피 맛이 느껴졌다. 코로 숨쉬기가 힘들어 입을 열자마자 핏물이 한꺼번에 입 속으로 들이쳤다.

유상은 가물거리는 의식을 놓지 않기 위해 목구멍까지 올라온 핏물을 힘겹게 뱉어 내고 천천히 눈을 떴다. 희미했던 의식이 점점 또렷해지고 천천히 주위를 돌아보자 차마 눈 뜨고 볼 수 없는 처참한 광경이 눈앞에 펼쳐졌다.

'시천주조화정영세불망만사지'를 외치며 용감하게 전진하던 수많은 동학농민군들의 시신이 시뻘건 피투성이로 널브러져 산자락을 뒤덮고 있었다. 일본군이 무차별적으로 쏘아 대던 스나이더 소총, 무라타 총 소리가 아직도 귓가를 맴돌았다.

유상은 소문으로만 듣던 연발 기관총에서 끝도 없이 발사되던 총알들을 떠올리며 죽어 지옥에 떨어진 것이 틀림없다고 생각했다. 대부분의 시신들은 형체를 알아보기 힘들 정도로 끔찍했다. 팔다리가 떨어져 나간 시신은 그나마 다행이었다. 배에 총알이 관통해 장기가 밖으로 튀어나오거나 얼굴에 맞아 눈알이 통째로 날아가고 코와 입이 뭉그러져 있거나 머리가 깨져 뇌수가 밖으로 쏟아져 나온 시신들이 산처럼 쌓였고 그곳에서 흘러내린 피가 마침 내리는 겨울비에 실려 진한 피의 강물을 이루었다.

유상은 가까운 곳에서 풍기는 피 냄새의 비릿함으로 구역질이 올라오는 것을 간신히 참고 눈으로 직접 보고도 믿기지 않는 현실에 망연자실했다.

"도사 나리, 그만 내려가야 합니다. 언제 저놈들이 몰려올지 모릅니다. 도사 나리!"

누군가 또다시 눈앞에서 어른거리며 유상을 향해 재촉하는 소리에 그를 쳐다보려 애를 썼다. 그러나 여전히 앞이 흐릿하고 정신이 가물가물했다. 지옥은 아닌 듯싶었다.

"도사 나리, 저 충식입니다. 정신이 드십니까?"

충식이….

"네가 어떻게, 여기에…."

유상이 간신히 입 밖으로 소리를 냈다.

"도사 나리, 정신 차리세요. 지혈을 하긴 했지만, 워낙 피를 많이 흘러서 어지러울 것입니다. 정신 차리십시오. 어서 몸을 피해야 합니다."

유상은 자꾸만 까무러지는 정신을 추슬러 비칠거리며 몸을 일으켜 세웠다. 비에 젖은 유상의 옷자락에선 시뻘건 핏물이 뚝뚝 흘러내렸다. 겨울비의 찬 기운이 뼛속까지 스며들었다.

"어떻게 된 것이냐? 다들 어디로 간 것이냐?"

유상이 마지막으로 생각나는 것은 우금고개와 견준산 위에서 먼저 자리 잡고 기다리고 있던 일본군과 관군을 향해 일제히 소리치며 올라간 기억이었다.

전봉준 대장과 손병희 통령이 이끄는 동학군 부대는 10월 23~25일까지 3일간 일본군과 관군의 연합군과 치른 1차 전투에서 일진일퇴의 치열한 전투를 치렀지만 끝내는 밀리고 밀려 공주 경천점으로 그리고 논산으로 후퇴할 수밖에 없었다. 동학농민군은 억울하지만 분루를 삼키고 전열을 재정비하며 다음을 준비했다.

공주를 거쳐 한양으로 진출하려는 동학농민군은 능티를 넘는 것을 실패하자 이제는 우금고개를 넘는 길을 택할 수밖에 없었다.

그리하여 11월 8일 또다시 전봉준 대장의 지휘하에 선봉에 선 동학농민군은 이인과 무너미고개(판치)의 관군을 공격한 것을 시작으로 2차 대접전을 개시했다.

첫날인 8일은 동학농민군이 맹렬한 공격을 퍼부어 선봉으로 나와 있던 관군을 공주 성내로 퇴각시키고 공주를 포위했다.

동학농민군이 우금티를 노리자, 일본군과 관군의 연합부대의 주력도 우금티 주변으로 군대를 배치하였다.

동학농민군은 다음 날 9일 아침부터 우금티를 향해 총공격을 감행했다. 그러나 일본군과 관군은 산등성이에 벌려 서서 일제히 사격을 하고 다시 몸을 산속으로 숨겼다가 동학농민군이 넘어오려고 하면 또다시 산등성이에 올라 일제히 사격을 했다.

치열한 접전은 반나절 만에 40~50차례나 되풀이되었지만 동학농민군은 끝내 우금고개를 넘지 못했다. 그뿐만 아니라 시간이 지남에 따라 동학농민군의 시신 더미가 온 산에 가득하였다.

오후 무렵 일본군과 관군이 오히려 동학농민군 진지를 향해 기습 공격을 감행하여 동학농민군들이 많은 희생을 당했다. 일본군은 이인 부근까지 진격하여 산허리에 불을 지르고 다시 퇴각했다. 이는 우금티에서는 동학농민군들이 많은 희생을 당했지만 그 밖의 지역에서는 여전히 퇴각하지 않고 대치하고 있었기 때문이었다.

공주만 넘어서면 한양은 지척이다. 동학농민군의 꿈꾸던 세상이 눈앞에 잡힐 듯했다. 그러나 그것은 어쩌면 신기루인지도 몰랐다. 꿈으로 가는 길은 멀고도 멀었다. 아무리 다가가도 뒤로 물러서기만 할 뿐, 결코 손아귀에 잡히지 않는 그 꿈은 동학농민군들의 몸뚱이와 핏물을 받아 삼키며 점점 더 희미해졌다.

손병희 통령이 이끄는 호서 지역의 동학군은 물론이고, 지난봄의 전투 경험이 있다는 전봉준 부대들조차 결국은 대부분은 농사짓던 백성들이었다. 무엇보다 그들이 가진 변변찮은 무기는 일본군의 신식 무기와 새롭게 무장한 관군의 전열을 뚫기에는 역부족이었다.

공주성을 둘러싼 동학농민군은 수만 명이 넘었다. 그중 우금티를 포위한 2차 전투는 1만 명으로 시작한 싸움이었다. 우금티전투는 혈전이었고 밀고 밀리는 대접전 끝에 동학농민군은 시신으로 나뒹굴거나 산지사방으로 흩어지고, 불과 1천여 명밖에 남지 않게 되었다. 그 속에 이유상이 끼어 있었다. 이번이 마지막이라며 다시금 우금티를 향해 기다시피 접근하던 이유상은 옆에서 총에 맞아 쓰러지는 어린 동몽 접장을 향해 몸을 날린 후 기억이 끊어졌다.

"오늘 열이틀입니다. 어제 관군과 일본군에게 크게 패하고 살아남은 자들이 불과 500여 명뿐이라 전 대장은 끝내 논산으로 퇴각하셨습니다. 나리는 팔에 총탄을 맞고 넘어진 후 머리를 부딪쳐서 지금까지 정신을 잃으신 듯합니다. 시신들 속에 끼어 있어서 미처 찾지 못했습니다."

"내가 하루 동안 여기 쓰러져 있었다는 말이더냐? 그런데 너는 어떻게 알고 나를 찾아왔느냐?"

"기억하십니까? 저는 지금까지 줄곧 도사 나리의 휘하에 있었습니다. 어제 전 대장의 후퇴 명령에 따라 내려갔다가 도사 나리가 보이지 않아 다시 온 것입니다. 제 임무 중 하나는 도사 나리를 끝까지 모시는 것입니다."

"전 대장께서는 무사하더냐? 지금 어찌하고 있느냐?"

"대장님은 무사합니다. 손병희 통령도 함께 있습니다. 흩어졌던 동학군들이 속속 논산에 집결하고 있습니다. 그곳에서 전열을 정비한 다음 재차 공략을 할 작정이라 합니다. 그러니 지금은 나리의 몸을 보전하고 다음을 기약해야 합니다."

충식이 유상의 휘청거리는 몸을 조심스럽게 부축하며 발걸음을 옮겼다.

유상은 충식이 급히 잡아끄는 대로 따라가면서도 온 산하를 뒤덮은 시신들에서 눈을 떼지 못한 채 중얼거렸다. 혹시라도 자기처럼 숨이 붙어 있는 이들이 있을까 차마 발걸음이 떨어지지 않았다. 지금까지 수차례의 전투를 치렀지만 의연하게 죽음을 받아들이는 것만은 익숙해지지 않았다. 아니 오히려 더욱더 힘들고 고통스러웠다.

"앞을 보고 가시지요. 저들이 진즉에 각오한 죽음입니다. 절대로 의미 없는 죽음이 아닙니다. 아시지 않습니까? 살아남은 사람들은 죽은 이의 몫까지 더해서 살아야 하는 것을요. 모두들 고통에 몸부림치며, 공포에 비명을 질렀지만, 끝끝내 시천주 조화정을 외치며 쓰러졌습니다. 그것은 죽지 않게 해 달라는 것이 아니라, 반드시 개벽 세상은 오고야 말리라는, 그래야만 한다는 유언이었습니다."

충식은 말끝에 묻어 나오는 울음을 입술을 깨물어 털어 내고 있었다. 그는 자꾸만 되돌아보며 발길을 떼지 못하는 유상의 몸을 단호한 손길로 잡아끌었다.

"아무것도 하지 못했다. 공주 안으로 단 한 발도 디뎌 보지 못하였다. 비 오듯 쏟아지는 총알 속으로 속절없이 뛰어들기만 했다. 저들의 죽음을, 어찌해야 한단 말이냐. 여기를 벗어나면, 또 어디를 갈 수 있다는 말이냐?"

여전히 기운을 추스르지 못하고, 땅으로 가라앉는 유상을 향해 충식이 목소리를 높였다.

"왜적이 궁궐을 침탈하고, 총부리를 돌려 우리를 향해 달려드는데, 가만히 앉아 있었다고 무사했을까요? 비록 손에 죽창뿐이었으나 우리가 나선 길은 영원히 사는 길이라 믿습니다. 저들은 저렇게 누워 있으나, 흙으로, 봄에 피는 풀과 나무로, 이 땅에 영원히 함께 살아갈 것입니다."

유상은 새삼스럽게 그를 쳐다보았다. 눈썹 위에서 입 아래까지 길게 난 상처에서 피가 흐르다 덕지덕지 말라붙어 있었지만, 곱상한 얼굴 바탕은 여전했다. 그러나 까만 눈동자가 선명한 눈은 화가 난 듯 잔뜩 굳어 있었다. 그 얼굴 위로 의령의 얼굴이 겹쳐졌다. 그 생각을 하자 울렁대던 마음이 고요하게 가라앉았다. 마치 의령이 곁에 있는 듯했다. 유상은 자신이 왜 이곳에 서 있어야만 했는지 생각이 났다.

맥을 놓았던 유상이 죽을 힘을 다하여 충식을 밀어내고 홀로 섰다.

"그래, 그렇지. 네 말이 맞다. 가서 힘을 모아 다시 싸워야지."

이번에는 유상이 비어져 나오는 울음을 씹어 뱉으며 말하였다. 다시금 비틀거리는 유상을 충식이 부축하려 하였으나, 유상은 완강히 뿌리치며 몸을 일으켜 세웠다. 유상의 입에서 주문이 흘러나오기 시작했다.

'시천주조화정 영세불망만사지' 내 안에 모시고 있는 하늘이시여 스스로 조화를 정하여 평생 잊지 아니하고 하늘의 도에 맞도록 행하겠습니다.

유상이 만신창이가 된 몸을 계룡산 중봉의 암굴에 숨긴 채 치료를 하는 동안 을미년(1895) 봄을 맞았다.

그 사이 충식이 이곳저곳을 오가며 의령과 윤상오 가족을 찾았으나 그들은 물론이고 장준환을 대신해 공주 지역의 동학군들과 함께 군량을 싣고 간 의령은 그날 이후 행방이 묘연했다. 누군가 뒤 쫓아 온 사람을 유인하려 혼자 남았던 의령은 끝내 논산으로 합류하지 못했다.

유상은 무심코 두 손을 올려 얼굴을 감싸려다 왼쪽 팔에서 느껴지는 극심한 통증으로 신음을 삼켰다. 우금티 전투에서 총에 맞은 왼쪽 팔의 상처가 시도 때도 없이 고통을 몰고 왔다. 유상은 그것이 오히려 고마웠다. 그는 극심한 고통을 느낄 때마다 죽고 싶다는 강력한 유혹을 간신히 떨쳐 냈다. 아직은 죽을 수가 없다. 의령이 열망하던 나라, 개벽이 된 나라를 만들지 못한 채 눈을 감을 수가 없었다.

유상은 의령이 살아 있다고 믿었다. 그녀는 유상이 살아 있는 한 언제나 자신과 함께 있을 것임을 알았다. 유상은 의령을 잃고 나서야 비로소 완전히 그녀를 바라볼 수 있었다.

동굴 밖에서 인기척이 있더니 충식이 들어왔다. 희미한 어둠 속에서 점점 뚜렷해지는 충식의 표정은 그가 묻지 않아도 많은 것들을 말하고 있었다. 유상과 눈이 마주친 충식이 고개를 저었다.

"전 대장께서 끝내는 처형되었다고 합니다. 손경선, 손화중, 김덕명 대접주들과 함께 한양 저잣거리에 목이 매달리셨다고⋯."

유상은 눈을 감았다. 이미 예상했던 일이었지만 가슴이 저렸다.

우금티 전투에서 대패한 후 아래쪽으로 밀려 내려간 전봉준과 주력부대는 몇 번의 패배를 거듭하다 끝내 회복하지 못한 채 후일을 기약하며 동학농민군을 해산했다. 그리고 얼마 후 전봉준은 순창의 피노리에서 체포되었고 다른 지역에서도 잇따라 대접주들이 체포되어 서울로 압송되었다.

"다행히 아직 해월 선생과 손병희 통령 쪽의 대접주들은 강원도 쪽으로 몸을 감추어 추격을 벗어난 듯합니다."

유상 굵은 한숨을 뱉어 내며 충식을 보며 물었다.

"지금 각 마을의 민심은 어떠하냐?"

"지금 관군과 일본군이 동학군에 가담했던 사람들을 찾아내어 무차별적으로 도륙하고 있습니다. 계룡의 늘티 논에서 생화장을 당했다고 하고 갑오년의 싸움에서 죽은 동학농민군의 시신을 정상적으로 장례를 치르지 못하고 돌무덤을 세워 놓고 간 것이 여기저기 많다고 합니다."

"또 가엾은 백성들만 죽어나고 있구나. 어찌하면 좋을지 모르겠다."

유상이 길게 한숨을 쉬었다.

"소개 한가는 한숨을 쉬고

새태 이가는 이를 갈고

여사울 전가는 전대로 있고

소와리 오가는 오시란하게 있다."

충식이가 노래하듯 말하며 유상을 쳐다보았다.

"그게 무슨 말이냐?"

"지금 효포에 사는 사람들이 이런 노래를 하고 있습니다.

악행으로 유명했던 소개(효포)의 한 감사는 피해를 입을까 전전긍긍하고, 동학군에 협조하지 않아서 많은 피해를 입은 새터의 전주 이씨들은 이를 갈고, 동학군과 함께했던 여사울과 소와리 사람들은 그 난리 때 편안하게 지냈다는 말이라고 합니다. 이것은 시간은 지났지만 지난 갑오년의 싸움을 제대로 평가하고 있는 것이 아니겠습니까?"

"그런 말들을 하고 있단 말이지."

"어떤 이들은 우금티를 바로 앞에 두고 동학군 수천 명이 죽고 도망간 것이 아쉬워서 무르팍으로 내밀어도 나갈 수 있었는데, 주먹만 내질러도 나갈 수 있었는데 그걸 못했다며 땅을 친다고 합니다."

"그 말이 딱 맞는 말이로구나. 그 생각만 해도 억울하고 원통하다."

"지금 일본군이 동학군에 가담했던 사람들을 찾아내서 씨를 말리고 있지만 한편으로는 각 고을의 많은 백성들이 도망 중인 이들을 숨겨 주고 부상자들을 치료하고 있다고 합니다."

"그것 참 고마운 일이로구나."

유상이 고통스러운 듯 팔을 문지르며 눈을 감았다.

"윤상오 나리의 식솔들과 의령이는 아직까지 행방을 찾을 수가 없습니다."

충식이 주저하듯 말하자 유상이 천천히 감았던 눈을 떴다.

"의령이는 죽지 않았다. 나는 숨을 쉬는 순간마다 그것을 느끼고 있다. 의령이 간절히 소망했던 일을 하면서 기다리면 될 것이야. 그러면 올 것이다. 어떤 방법이든 의령은 반드시 나에게 올 것이다."

유상의 눈이 점점 또렷하게 빛났다. 창백하던 얼굴빛도 혈색을 찾는 것 같았다. 충식은 변해 가는 유상을 놀란 눈으로 바라보았다.

"나리, 무엇을 하려는 것입니까? 지금 왜놈들이 조선 팔도를 샅샅이 뒤져 동학군을 색출해서 모조리 살육하고 있습니다. 조선은 이미 왜놈들의 손아귀로 들어갔습니다. 그런데 지금 어떤 일을 하려는 것입니까?"

"아직은 모른다. 무엇을 어떻게 해야 하는지를…. 그렇지만 어떤 방법이 됐든 결국은 왜놈을 이 땅에서 몰아내고, 그다음 개벽의 꿈을 다시 꽃피우는 일이 될 것이다. 그것만은 분명하다. 그것이 의령이가 하려는 일이지."

그때, 충식은 유상의 얼굴에서 의령을 보았다. 그 모습을 바라보며 어쩌면 유상에게 의령이 벌써 찾아간 것은 아닌가 하고 충식은 생각했다.

에필로그/ 1905년 상화

그녀다. 유상은 뛰는 가슴을 진정시키려 품안의 낡은 손수건을 움켜잡았다. 너덜너덜해진 천의 감촉이 손끝에 살아났다.

태양이 머리 위로 밝게 빛나는 하늘을 올려다보고 있는 그녀를 쳐다보자 눈이 부셨다.

유상이 을미년(1895) 이후 10년 만에 다시 오른 우금고개는 믿을 수 없을 정도로 평화로웠다.

그동안 일부러 외면하고 살았던 유상을 넓은 마음으로 감싸주듯 잔잔했다. 그곳에서 언제 피비린내 나는 싸움이 있었는지 믿기지 않을 정도였다. 11월의 찬바람이 제법 강하게 불었지만 유상의 온몸이 불덩이처럼 화끈거렸다. 다행인지 불행인지 유상은 갑오년 전쟁에서 살아남았다. 비록 한쪽 팔의 감각을 잃었지만 아직까지 살아 있다.

갑오년이 지나고 을미년 이후 동학군이 완전히 해산한 뒤 몇 년 동안 해월 선생을 비롯하여 전봉준과 동학군에 가담했던 수많은 동학 접주들이 붙잡혀 죽어 갔다. 수십 만 명이 죽어 나간 갑오년 전투에서 일본군의 피해는 거의 없다고 했다. 갑오년 겨울 우금티전투의 패배 이후 수많은 동학 도인들을 샅샅이 찾아내 학살한 후 일본은 거침 없이 조선을 집어삼키는 행보를 보였다. 갑오년(1894)에 일본군의 앞잡이가 되어 동학군을 살육한 충청 감사 박제순은 을사년(1905) 11월 17일 대한제국 외부대신의 직책을 가지고 일본 제국의 주한 공사 하야시 곤스케와 을사조약(늑약)을 체결했다. 조선은 이제 명색만 독립국일 뿐, 실질로는 일본의 속국으로 전락하고 말았다.

유상은 눈을 가늘게 뜨고 의령을 쳐다보았다. 유상은 이인 쪽에서 주미를 거쳐 우금고개를 넘어 금학골을 지나 공주로 들어가려던 중이었다. 10년 전 수만 명이 목숨을 걸고 넘으려던 우금고개는 관군과 일본 혼성군에 막혀 통한의 고개가 되었다. 그곳을 넘자마자 환영처럼 의령이 서 있었다.

의령을 잃고 처음 몇 개월 동안 유상은 절망했고 죽음의 문턱에 까지 갔다. 그녀를 사지로 내몬 것이 자신의 탓만 같았다.

그러나 유상은 다시 살아야 했다. 의령이 어딘가에서 유상을 기다리고 있을 것만 같았다. 유상은 아직 의령이 원하는 세상을 만들지 못했다. 일본에게 빼앗긴 나라도 되찾아야 했다. 그는 그 때문에 죽을 수 없었다. 유상은 갑오년에 넘지 못한 우금티를 다시 넘는 그날까지 멈출 수 없었다.

인기척을 느꼈는지 그녀가 뒤를 돌아보았다. 두 사람의 눈이 마주쳤다. 그녀의 조그만 얼굴 가득 웃음이 퍼졌다. 그러고는 천천히 유상을 향해 다가왔다.

"아저씨, 저 상화예요. 윤상화"

유상이 성큼 다가오는 상화의 작은 몸을 한팔로 안았다. 의령을 다시 만난 것처럼 마음이 고요해졌다. 유상은 상화를 품에 안고 햇빛 쏟아지는 하늘을 바라보며 눈을 감았다.

상화의 맑은 웃음소리가 우금티 고개를 넘어 드넓은 하늘 위로 높이 울려 퍼졌다.

● 참고문헌 및 자료

공주시지집필위원회(공주시지 편찬위원회), 『공주시지 상·하』, 2002.

김기전, 『(다시쓰는) 동학농민혁명사』, 광명, 2006.

김용휘, 『최제우의 철학』, 이화여자대학교 출판부, 2012.

나카츠카 아키라, 『1894년, 경복궁을 점령하라』, 푸른역사, 2002.

동학농민혁명기념사업회, 『동학농민혁명의 지역적 전개와 사회변동』, 새길, 2011.

동학농민혁명참여자명예회복심의위원회, 『동학농민혁명사 일지』, 2006.

박맹수, 『생명의 눈으로 보는 동학』, 모시는사람들, 2014.

박맹수·정선원, 『공주와 동학농민혁명』, 모시는사람들, 2015.

박맹수, 『개벽의 꿈』, 모시는사람들, 2012.

박맹수, 『사료로 보는 동학과 동학농민혁명』, 모시는사람들, 2009.

이이화, 『파랑새는 산을 넘고』, 김영사, 2008.

이이화·배항섭·왕현종, 『이대로 주저앉을 수는 없다. 호남 서남부 농민군, 최후
　　　의 항쟁』, 혜안, 2006.

조경달, 『이단의 민중반란』, 역사비평사, 2008.

주영하, 『19세기 조선생활과 사유의 변화를 엿보다』, 돌베개, 2005.

정창권, 『홀로 벼슬하며 그대를 생각하노라』, 사계절출판사, 2006.

최제우 지음, 박맹수 옮김, 『동경대전』, 지식을 만드는 사람들, 2009.

최제우·김용옥 역주, 『도올심득 동경대전 1』, 통나무, 2004.

표영삼, 『동학1.2』, 통나무, 2014.

한우근, 『동학농민봉기』, 세종대왕기념사업비, 2000.

연도(간지)	날짜 · 내용
1860 경신	4월 5일 수운, 동학 창도하다
1861 신유	해월, 용담으로 찾아가 입도하다
	12월 수운, 교룡산성 은적암에서 지내며 전라도 일대 포덕하다
1863 계해	8월 14일 수운, 해월에게 도통 전수(37세)하다
1864 갑자	3월 10일 수운, 대구장대에서 순도(41세), 해월, 高飛遠走하다
1871 신미	3월 10일 이필제, 영해 교조신원운동 일으키다
1872 임신	해월, 태백산 적조암에서 49일 기도하고 동학 재건에 나서다
1880년대	초반 해월, 충청도 평야지대와 전라도에 동학 전파하다
	중반 동경대전, 용담유사 목판본을 여러 지역에서 간행하다
1882 임오	●9월 윤상오, 단양 송두둑에 은거 중인 해월을 찾아가 수도 절차 배우다
1883 계미	●여름 윤상오가 '계미중하 경주개간본' 동경대전 간행 과정에 유사로 참여하다
1885 을유	●7월 해월, 도인 장한주와 함께 공주 마곡사 가섭암으로 은신하다
1890 경인	●8월 해월, 충청도 공주 궁원으로 은신처 옮기다
	●12월 해월, 도인 장한주와 함께 공주 신평에서 과세하다
1891 신묘	●2월 해월, 윤상오 주선으로 진천 금성동에서 공주 신평리로 옮겨오다
	●5월 공주 윤상오, 호남우도편의장직에 임명되다
	●7월 초 해월, 전라도 순회포덕 활동 마치고 공주 신평으로 돌아오다
1892 임진	●1월 충청감사 조병식, 동학을 배척 탄압하는 금령 내리다
	●7월 서인주, 서병학, 경상도 상주 은신 중인 해월 찾아와 교조신원 건의하다
	●10월 서인주, 서병학이 해월에게 재차 교조신원을 건의하다
	●10월 해월, 입의통문 발송하고 교조신원을 위한 위송소 공주에 설치하다
	10월 20일 공주집회, 11월 삼례집회 개최하다
	●10월 20일경 '각도동학유생의송단자' 작성하여 충청감사에게 제출하다
	●10월 22일경 충청감사 조병식, 의송단자에 대한 답변인 제음을 내리다
	●10월 24일 조병식, 동학 도인과 일반민중 수탈 금지하는 감결 하달하다
	●10월 26일 동학도인 1천여 명, 공주감영 부근에서 집회 열고 정소 올리다
	●10월 27일 해월, 전라도 삼례도회소 명의 경통 발송, 삼례 집결을 지시하다
	●12월 도인 1만7천 명이 공주 부근에서 집회 열고 충청감사에게 요구하다
1893 계사	2월 11일 광화문 복합상소, 소두 박광호, 의암 손병희 등 참여하다
	●3월 11~20일 충청도 보은에서 열린 취회에 공주 동학도인 참가하다

연도(간지)	날짜 · 내용
1894 갑오	1월 10일 고부봉기 시작, 조병갑 축출하다
	●3월 14일 임기준, 동학농민군 7백여 명과 공주 궁원에 모여 유회를 파훼하다
	●3월 16일 공주 궁원에 모였던 동학농민군 해산하다
	3월 20일 무장기포-포고문 반포하다
	3월 25일 호남창의대장소(백산), 4대강령, 12개조 군율 선포하다
	●4월 6일 충청 농민군, 진잠·연산·옥천·공주·이인역 등지에 취당 둔취하다
	●4월 7일 공주 이인에 동학 반대하는 보부상 4천여 명, 집회 열다
	4월 7일 동학군, 정읍 황토현에서 전라감영군 격파하다
	4월 23일 동학군, 장성 황룡천에서 경군 격파하다
	4월 27일 동학군, 전주성 함락, 조정은 청국에 동학 진압 요청하다
	●5월 5일 경성주재 청국 이사 당소의, 청국 순사 30여 명과 공주 도착하다
	●5월 5일 공주에 머물던 평양병이 공주 출발하여 삼례로 향하다
	5월 7일 동학군과 관군, 전주화약 체결하고 동학군 집강소 활동하다
	5월 8일 동학농민군 전주성에서 자진 철수하다
	6월 21일 일본군이 경복궁을 강제 점령하다
	6월 22일 일본군이 대원군을 중심으로 친일괴뢰정권 수립하다
	6월 23일 일본군이 풍도 앞바다에서 청군에 기습공격하여 청일전쟁 도발하다
	●7월 3일 공주 이인역에서 동학농민군이 작료(作鬧)하다
	●7월 7일 공주 대교·공수원·반송 등지에서 동학농민군이 돈과 곡식 압류하다
	7월 15일 동학군 수만 명이 모여 남원대회를 개최하다
	7월 충청도, 경상도, 강원도, 황해도 동학군 본격 기포하다
	●8월 1일 이유상이 건평에서 민준호에게 '토왜보국' 건의하였으나 거절당하다
	●8월 2일 임기준과 공주 정안면 동학농민군 몇천 명, 공주 부내로 들어오다
	●8월 3일 공주 부내의 동학농민군 해산하여 금강 근처에 유진하다
	●8월 4일 동학농민군 수천 명이 다시 공주부 아래로 모이다
	●8월 19일 수천 명의 동학농민군이 금강 근처에 둔취하다
	●8월 26일 공주 유구 출신인 전 진산군수 오정선, 동학에 입도하다
	9월 10일경 전봉준 재봉기를 위해 전라도 삼례에 대도소를 설치하다
	9월 18일 해월, 청산에서 동학도 총기포령 내리다
	●9월 말경 전봉준이 이끄는 농민군 4천여 명이 은진·논산에 이르다
	9월 29일 카와카미 소로쿠 병참총감, 인천남부병참감에게 동학당 학살 명하다
	●10월 8일 스즈키 아키라 소위 부대 49명, 공주에 도착하다
	●10월 12일 전봉준이 이끄는 농민군, 논산 도착하다
	●10월 15일 이유상, 충청감사 박제순에게 봉기의 정당함 알리는 글 보내다
	●10월 16일 전봉준, 충청감사 박제순에게 함께 일본군 몰아내자는 글 보내다
	●10월 16일 전봉준이 이끄는 농민군, 은진과 노성 점령하다

연도(간지)	날짜 · 내용
	●10월 18일 스즈키 아키라 소위, 공주 계속 주둔 건의를 후비보병 제 19대대 미나미 고시로 소좌에게 보내다
	●10월 19일 경리청군 공주에 도착, 우선봉진군 유성에 도착하다
	●10월 21일 목천 세성산의 농민군, 우선봉진군과의 전투에서 대패하다
	●10월 23일 전봉준의 농민군, 공주 경천점 점령하다
	●10월 23일 이인 두고 농민군과 일본군·관군이 공방전을 벌이다
	●10월 24일~25일 농민군, 효포와 능티에서 일본군·관군과 공방전 벌이다
	●10월 25일 농민군, 경천과 노성으로 퇴각 시작하다
	●10월 26일 전봉준, 경천으로 철수, 논산으로 본진 옮겨 전열 재정비하다
	●11월 3일 동학농민군, 노성, 논산, 초포 등지에 모여 진을 치다
	●11월 3일 장준환이 '설포(농민군 모으는 일)' 위해 몰래 귀가했다 체포되다
	11월 8일 우금티 전투, 4~50차례 공방 끝에 패퇴하다
	●11월 11일 오후부터 동학농민군 공주에서 논산으로 퇴각하다
	●11월 12일 전봉준, 봉화산에서 척왜 척화 위해 동심합력을 호소하다
	●11월 14일 전봉준, 논산으로 이동하여 김개남과 합류하다
	●11월 15일 논산 황화대 전투 후, 전봉준 부대 전주 쪽으로 퇴각하다
	11월 24일 나주성 전투, 동학군 패퇴하다
	11월 27일 김구 등 황해도 동학군 해주성 공략, 동학군 패배하다
	12월 3일 김개남 처형되다
1895 을미	3월 29일 전봉준 최경선 손화중 김덕명 성두환 등 처형되다
1897 정유	12월 24일 의암(37세), 해월로부터 도통을 이어받다
1898 무술	6월 2일 해월, 한양 육군형장에서 교수형으로 순도하다
1905 을사	12월 1일 의암, 동학을 천도교라는 근대종교로 개신하다
	일본과 강제로 을사조약(늑약)을 체결하다
1907 정미	수운과 해월, 정부로부터 신원되다
1962 임인	10월 3일 정읍 황토현에 갑오동학혁명기념탑 건립하다
1964 갑진	수운, 순도 100주년 맞아 대구 달성공원에 동상 건립하다
1994 갑술	동학농민혁명 100주년 맞아, 동학에 대한 관심 고조되다
1998 무인	6월 2일 해월 순도 100주년 행사 거행하다
2004 갑신	3월 5일 동학농민혁명 참여자 등의 명예회복에 관한 특별법 의결되다
2014 갑오	10월 11일 동학농민혁명120주년 기념대회 서울에서 개최되다

여성동학다큐소설 공주편

비구름을 삼킨 하늘

등 록 1994.7.1 제1-1071
1쇄 발행 2015년 11월 25일

지은이 이장상미
펴낸이 박길수
편집인 소경희
편 집 조영준
디자인 이주향
관 리 위현정

펴낸곳 도서출판 모시는사람들 03147
　　　　서울시 종로구 삼일대로 457(경운동 수운회관) 1207호
전 화 02-735-7173, 02-737-7173
팩 스 02-730-7173
인 쇄 (주)상지사P&B(031-955-3636)
배 본 문화유통북스(031-937-6100)
홈페이지 http://www.mosinsaram.com

값은 뒤표지에 있습니다.
ISBN 979-11-86502-27-3　03810

이 도서의 국립중앙도서관 출판시도서목록(CIP)은 e-CIP 홈페이지(http://www.nl.go.kr/
ecip)에서 이용하실 수 있습니다.(CIP제어번호: 2015028443)

여성동학다큐소설을 후원해 주신 분들

Arthur Ko	김미영	김인혜	명천식	방종배
Gunihl Ju	김미옥	김재숙	명춘심	배선미
Hyun Sook Eo	김미희	김정인	명혜정	배은주
Minjung Claire	김민성	김정재	문정순	배정란
Kang	김병순	김정현	민경	백서연
강대열	김봉현	김종식	박경수	백승준
강민정	김부용	김주영	박경숙	백야진
고려승	김산희	김지현	박덕희	변경혜
고영순	김상기	김진아	박막내	(사)모시는사람
고윤지	김상엽	김진호	박미정	들
고은광순	김선	김춘식	박민경	서관순
고인숙	김선미	김태이	박민서	서동석
고정은	김성남	김태인	박민수	서동숙
고현아	김성순	김행진	박보아	서정아
고희탁	김성훈	김현숙	박선희	선휘성
공태석	김소라	김현옥	박숙자	송명숙
곽학래	김숙이	김현정	박애신	송영길
광양참학	김순정	김현주	박양숙	송영옥
구경자	김승민	김환	박영진	송의숙
권덕희	김연수	김희양	박영하	송태회
권은숙	김연자	나두열	박용운	송현순
극단 꼭두광대	김영란	나용기	박웅	신수자
길두만	김영숙	네오애드앤씨	박원출	신연경미
김경옥	김영효	노소희	박은정	신영희
김공록	김옥단	노영실	박은혜	신유옥
김광수	김용실	노은경	박인화	심경자
김근숙	김용휘	노평회	박정자	심은호
김길수	김윤희	도상록	박종삼	심은희
김동우	김은숙	라기숙	박종찬	심재용
김동채	김은아	류나영	박찬수	심재일
김동환	김은정	류미현	박창수	안교식
김두수	김은진	명연호	박향미	안보람
김미서	김은희	명종필	박홍선	안인순

양규나	이미숙	이혜정	정용균	주영채
양승관	이미자	이희란	정은솔	주진농씨
양원영	이민정	임동묵	정은주	진현정
연정삼	이민주	임명희	정의선	차복순
오동택	이병채	임선옥	정인자	차은량
오세범	이상미	임소현	정준	천은주
오인경	이상우	임정묵	정지완	최경희
왕태황	이상원	임종완	정지창	최귀자
원남연	이서연	임창섭	정철	최균식
위란희	이선업	장경자	정춘자	최성래
위미정	이수진	장밝은	정한제	최순애
위서현	이수현	장순민	정해주	최영수
유동운	이숙희	장영숙	정현아	최은숙
유수미	이영경	장영옥	정효순	최재권
유형천	이영신	장은석	정희영	최재희
유혜경	이예진	장인수	조경선	최종숙
유혜련	이용규	장정갑	조남미	최철용
유혜정	이우준	장혜주	조미숙	하선미
유혜진	이유림	전근숙	조선미	한태섭
윤명희	이윤승	전근순	조영애	한환수
윤문희	이재호	정경철	조인선	허철호
윤연숙	이정확	정경호	조자영	홍영기
이강숙	이정희	정금채	조정미	황규태
이강신	이종영	정문호	조주현	황문정하
이경숙	이종진	정선원	조창익	황상호
이경희	이종현	정성현	조청미	황영숙
이광종	이주섭	정수영	조현자	황정란
이금미	이지민	정영자	주경희	
이루리	이창섭			
이명선	이향금			
이명숙	이현희			
이명호	이혜란			
이미경	이혜숙			

여러분의 후원에 감사드립니다.

이름이 누락된 분들은 연락주시면 이후 출간되는 여성동학
다큐소설에 반영하겠습니다. / 전화 02-735-7173